犹太人：
16个致富法则

褚　兢／编著

百花洲文艺出版社
BAIHUAZHOU LITERATURE AND ART PRESS

图书在版编目（CIP）数据

犹太人：16个致富法则 / 褚兢编著. — 南昌：百花洲文艺出版社，2017.10
ISBN 978-7-5500-2430-4

Ⅰ.①犹… Ⅱ.①褚… Ⅲ.①犹太人 – 商业经营 – 经验 Ⅳ.①F715

中国版本图书馆CIP数据核字(2017)第219349号

犹太人：16个致富法则

褚　兢　编著

出 版 人	姚雪雪	
责任编辑	郑　骏　叶　姗	
封面设计	黄敏俊	
制　　作	周璐敏	
出版发行	百花洲文艺出版社	
社　　址	南昌市红谷滩新区世贸路898号博能中心A座20楼	
邮　　编	330038	
经　　销	全国新华书店	
印　　刷	南昌市红星印刷有限公司	
开　　本	710mm×1000mm　1/16	印张　15.25
版　　次	2018年1月第1版第1次印刷	
字　　数	350千字	
书　　号	ISBN 978-7-5500-2430-4	
定　　价	36.00元	

赣版权登字　05-2017-374

邮购联系　0791-86895108
网　　址　http://www.bhzwy.com
图书若有印装错误，影响阅读，可向承印厂联系调换。

目 录

导 言

世界上有数以千计的民族,有的强大,有的弱小;有的流布千载,裔脉不绝,有的却因种种天灾人祸,迄今不存;有的彪炳于世界文化史册,也有的始终默默无闻,如一棵卑微的小草……每个民族在发展和进步中的成功,其民族性格和特征必然地起到了不可替代的作用。就拿犹太人来说吧。按人口比例,这是一个在世界民族之林中不算大的民族,总人口不过 1200 万而已。但是,就是这样一个民族,在世界文明发展史上,却起到了了不起的作用。犹太民族已经存在有 5000 年左右的历史,这个历史和中华民族传说中的三皇五帝的时代一样长。有西方的学者论述,说古代犹太人对人类文明的贡献仅次于古埃及人。当然,这是从西方的眼光来看待历史、看待文明的结果。不过,倘若我们把眼光越过人类文明发轫的时期朝迄今为止的历史看过来,可以发现,犹太人所做出的贡献确实不同凡响。

至今,世界上一共存在着三大主要的宗教,即基督教、伊斯兰教和佛教。但是,倘要追根溯源,三大宗教中的最大宗教——基督教,其缘起就与犹太人最早信奉的犹太教有关。基督教的《圣经》共分两个部分:《旧约》和《新约》。《旧约》其实就是犹太人早期历史的一种原始记录。而《新约》是在《旧约》的基础上增写补录和新创的著作,着重记录了耶稣及其使徒们的事迹行状。要知道,基督教的创始人耶稣就是一位犹太人,他出身于木匠家庭,少小时过着贫穷的生活。在他成长的时代,犹太人的国家以色列正处在罗马帝国的占领和统治之下,受尽蹂躏的犹太民族过着悲惨的生活。从小就对犹太教义有着浓厚兴趣,并十分认真学习其经典的耶稣,借着给贫困的犹太民众治病,帮他们排忧解难的机会,宣讲一种属于穷人的教义,这种教义不再只是犹太上层贵族和祭司们的专利,而对广大穷苦百姓有着浓厚的吸引力,基督教就这样产生了。它在受苦受难的犹太百姓当中传播,影响非常广泛。罗马王廷屡经镇压不果之后,不得不向其妥协,正式将它吸收为罗马的国教,基督教最终大兴于世。

　　除了宗教方面，犹太人无论在科学、思想还是在文化和艺术等方面，都对人类文明做出了十分重要的贡献。尤其在近现代，犹太民族中涌现了大量的哲学家、思想家，对西方哲学乃至整个人类社会进步产生了巨大的推动作用。如：影响了整个现代西方哲学的非理性主义哲学家柏格森、首创哲学现象学流派的胡塞尔、精神分析学的创始人弗洛伊德、逻辑实证主义创始人之一维特根斯坦、法兰克福思潮代言人马尔库塞、符号学大师卡西尔、社会学和政治学泰斗马克斯·韦伯……而著名的犹太科学家有尽人皆知的爱因斯坦，他创立了相对论的理论，引导了整个20世纪的世界科学发展。其余还有量子力学开创者波尔、波恩；原理物理学开拓者费米；创立了电守恒定律的李普曼；反质子的发现者之一西格晋；提出人类四血型理论的兰茨泰纳；控制论提出者维纳……在其他领域，还有诗人海涅、音乐家门德尔松、西方现代绘画艺术的鼻祖毕加索、小说家卡夫卡、表演大师卓别林、著名电影导演斯皮尔伯格、外交家基辛格、政治家卢森堡、教皇亚历山大三世、现代新闻事业的开拓者路透、普立策新闻奖的创建人普立策以及获诺贝尔经济学奖的K.J.阿罗、P.A.萨缪尔森和西蒙等等。我们仅举出一个现代的数据，就可以证明犹太人对我们的世界、我们人类的文明所做的贡献有多么大。据有关资料统计，自从世界上最著名的科学和文学奖项诺贝尔奖创立以来，其获奖者当中，犹太人竟占到了30%之巨，要知道，犹太民族的总人口不过1400万，占世界人口数仅仅0.2%而已。犹太人的杰出之处，当然不仅仅限于上述领域，应当说，犹太民族作为一个整体，它们最引人注目的特长是经商。犹太人有"世界第一商"的美誉。犹太人的经典《塔木德经》对于商业文明有着十分具体的同时也是最早的诸多规定，现今流行的许多商业法则也多出自犹太人的经验和创造。英语中有一些与经商或财富有关的词语就是从犹太人的词汇中转变而来，比如英文中的"珠宝"（Jewelly）便是"犹太人"（Jew）一词的音转。甚至英国著名的剧作家莎士比亚所写的《威尼斯商人》里面还塑造了一个典型的犹太商人夏洛克的形象。

　　从以上的叙述中可以看出，犹太人不是一个尚武的民族，而是一个崇文的民族，这一点与我们中华民族十分相像。犹太人一般都谦恭有礼，这也与中华民族崇尚礼治时代的人文风气相同。而且，犹太人的忍耐精神和勤奋敬业和中华民族如出一辙，大多数犹太人也和我们的普通百姓一样，崇尚简朴节俭的生活法则。但是，犹太人对于财富的观点，比起中国传统文化中的态度无疑要积极、健康得多，正因为如此，他们所创造的商业文明和经商理念值得我们很好地学习、借鉴。

犹太人自命为"上帝的选民"，但读过犹太人的历史，我们便会知道，犹太人其实遭遇过巨大的不幸。犹太人的国家数次被别人占领，他们也曾多次流离失所——整整一个民族背井离乡，无家可归，还多次遭到别人的迫害和打击，在第二次世界大战中甚至险些被希特勒为首的德国法西斯"灭种"。这个民族是在置之死地而后生的境地中顽强地挺过来的。他们之所以能存活于当世，除了善于学习、勤于思考、勇于创造之外，还跟他们作为世界史上最擅长经商理财，最善于聚财致富有关。因为，只有有了足够的财产，他们才能够避免衣食之忧，不致仰人鼻息，才能够拒绝别人的恩赐，摆脱外力的羁绊、欺凌和控制，也才能够独立自主地生存和发展。

本书想告诉读者的是，世界上为什么唯独犹太人最懂得如何致富，他们致富的法则到底有哪些，这些法则我们自己是否能够做到。我们是否能做到阿尔伯特·哈伯德所阐述的商业信条：

> 我相信愉快的心情，也相信健康。我相信成功的关键并不是赚钱，而是创造价值。创造价值的回报就会自动涌来。
>
> 我相信阳光、空气、菠菜、苹果酱、酸乳、婴儿、羽绸和雪纺绸。请始终记住，英语里最伟大的单词就是"自信"。
>
> 我相信自己每销售一件产品，就交上了一个新朋友。
>
> 我相信工作的双手、思考的大脑和爱的心灵。

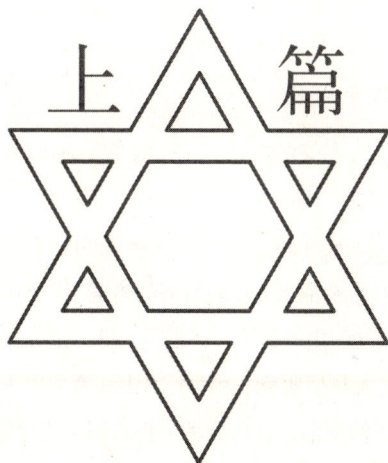

上篇

历史恩赐，先祖基因——传承力

犹太人——罕见的民族经历

从地图上我们可以看到，今天的以色列国（也即从前犹太人的国度，《圣经》上称之为迦南），地处欧、亚、非三洲的交通要冲。那个地方处于北温带，又靠近大海，是个十分宜于居住的地方。公元前18世纪中叶，古老的犹太民族在其族长亚伯拉罕的带领下，来到这里，被称为希伯来人（希伯来的意思是"河对岸的人"）。希伯来王国时期，犹太民族中出了三位杰出的君王，他们是扫罗、大卫和所罗门，这三位君王分别来自居于南方部落的犹太和便雅悯。所罗门死后，希伯来王国内部矛盾日渐激化，北方部落拒绝服从后任国王的统治，自己推举了新的国王，自称以色列王国，南方两个部落仍定都耶路撒冷，国王自称犹大王，他的国家也就被称为犹大王国。公元前8世纪，位于两河流域的亚述王国兴起，以强大的武力征服犹太民族。他们先是攻陷以色列的都城撒玛利亚，奴役那里的以色列人。后来，犹太民族的北方10个部落竟然不知所终，历史上再没有有关他们的记载，所以他们被称为"失踪的以色列10部落"。而犹大王国一直被亚述人奴役了100多年，最后，由于亚述被新巴比伦所灭，犹太人的统治者又换了新人。正因为犹太人所居住的地方是一块宝地，同时又是交通要地，所以，不断有周边异族在这里进行争夺，发生冲突。新巴比伦国王尼布甲尼撒二世是在与埃及法老尼科的争战中夺取耶路撒冷的。耶路撒冷被包围18个月后，尼布甲尼撒二世率兵将其攻陷，占领了犹大王国全境，从国王到工匠，数万犹太人被押往巴比伦，史称"巴比伦之囚"。犹太人的正式名称是从这个时候开始的。以后，波斯帝国兴起，新巴比伦又被波斯帝国所灭，犹太人的统治者又变成了波斯人。公元前331年，希腊——马其顿王亚历山大占领波斯帝国的首都，迦南成为马其顿的领地。在亚历山大建立的帝国陷入分裂的时期，迦南地区在短短的20年间七易其主，受尽蹂躏。在埃及王托勒密统治的时代，犹太人开始大规模定居埃及。到公元前198年，犹太人的统治者又变成塞琉古王朝。纷乱的年代，犹太人经历了数次大流散，他们被迫到处迁徙，易土而居。在小亚细亚、阿拉伯半岛、埃及和西欧一些国家，他们过着寄人篱下的生活。他们的宗教信仰也不断受到外来的冲击，不过，其中的精髓却一直保留下来。

公元前2000年左右，强大的罗马帝国兴起，他们四处发动战争，掠夺土地。当他们的铁蹄踏上犹太人的国土后，犹太人最后一次失去自己家园，远走他乡，直到1948年重新复国之前，再也没有回来。罗马帝国这次入侵以色列，给这个国家造成的伤痛异常惨烈，至今，以色列军队招募新兵，都要将新兵们带到当年犹太人与罗马人之间发生最后一场战斗的地点——马萨达进行宣誓："宁为自由死，不做奴隶生"，那次战斗，给犹太民族留下的烙印实在是太深了。公元前70年，罗马人占领了耶路撒冷，对犹太人大肆杀戮，幸存下来的犹太人纷纷躲进他们的最后一个堡垒马萨达，进行垂死的抵抗。罗马大军15000人将马萨达铁桶般包围起来，而马萨达城内最后剩下的犹太人连妇女孩子一起算上不过967人，好在马萨达建得非常坚固，这里地形险要，易守难攻；里面又早已储存了大量的粮食，足够长期应战。罗马人围困马萨达几个月，竟然没有办法拿下这座小城。他们想尽办法，均不成功，最后，便采用了一种虽然蠢笨但却狠毒的招数，他们在马萨达小城旁用土堆起一座与城同高、巨大无比的土堆，这座土堆一直连接到城墙旁，然后准备用火焚城。公元前73年4月15日晚，城内的犹太人知道马萨达已经不保，决定集体自杀。他们用抽签的方式选出10名勇士作为自杀的执行者，之后，10名勇士又推选一人来处死其他9人，再放火毁城，然后自尽。第二天清晨，做好一切准备的罗马人呐喊着攻进城内，却惊奇地发现城内没有任何抵抗，但很快便明白，他们费尽心力攻下的，原来只剩一座空城。殉难前夕，犹太人领袖爱力阿沙尔对着所有即将死去的犹太人发表了震撼人心的讲话：

天亮时我们将不再抵抗，感谢上帝让我们能够自由地选择和所爱的人一起高贵地死去。让我们的妻子没有受到蹂躏而死，让我们的孩子没有做过奴隶而死吧！把所有的财物连同整个城堡一起烧毁。但是不要烧掉粮食，让它告诉敌人：我们之死不是因为缺粮，而是自始至终，我们宁可为自由而死，不为奴隶而生！

马萨达成为犹太人精神自由的象征！

犹太教在罗马帝国统治的时候，被逐步改造成基督教，但许多犹太人仍暗中信仰着犹太教。正因此，十字军东征时，犹太教徒遭到基督徒的屠杀，他们被指斥为"异教徒"。到公元13世纪的时候，犹太人开始大量迁徙到中欧和东欧各个国家，这个人口不多的民族，此时已分散居住在数十个国家之中。尽管人数少，但由于受他们的民族精神和民族传统所影响，这个民族并没有被彻底压垮，而是像磐石下面的草根，一有机会，便发芽生长，并繁衍蔓延。犹太人被禁止从事传统的生产活动，不许务农，不许做工，不许这个那个，他们唯一的选择只剩下经商。靠着这唯一的路径，他们却挣扎着生存下来，又遭来其他民族的嫉妒。在许多国家，犹太人都被看作异类。他们被称作"跳蚤""细菌""害虫"，甚至"犹太病毒"……法国曾经六次对犹太人进行驱逐，其他国家大多也采取过类似的行动，而到了20世纪三四十年代，德国希特勒法西斯更是采用了惨绝人寰的种族灭绝手段，一共屠杀了600万犹太人。法西斯建立的奥斯维辛集中营成为空前绝后的杀人魔窟，成为犹太人心中永世难忘的惨痛记忆。

二战时期，纳粹对犹太人犯下的罪行尽人皆知，但是，直接与间接导致犹太人遭受巨大苦难的其实还另有他人。据后来相继披露的资料显示，即使那些与德国法西斯并肩作战的同盟国家，对待犹太人的态度也颇有可追究之处。1938年，希特勒正式吞并奥地利，当夜，纳粹就开始大肆掠夺在奥地利首都维也纳居住的17万犹太人的财富，价值高达数百亿美元。纳粹对犹太人的迫害激起世界上对犹太人抱有同情态度的人士的义愤，他们纷纷向各国政府施压，要求为犹太人的安全提供可能的保护。但是，美国政府没有放开对犹太人的移民政策，在美国总统罗斯福为应付压力而提起召开的有关国际会议上，竟然有25个国家在会上宣读了事先拟就的发言稿，大多以各种理由拒绝接受犹太难民，就连加拿大、澳大利亚和苏联这些地广人稀的国家竟然也拒绝为犹太人敞开自己的大门。这当中还发生了一个惨痛的事件：1939年5月间，运载有900多名犹太难民的一艘邮船"圣路易斯"号从德国汉堡出发，前往南美国家古巴，可是却被拒绝入境，不得已又转往美国的迈阿密，同样遭到拒绝。难民们在海上漂泊了几十天，最后仍只有回到欧洲。这艘邮船上的犹太人，最后绝大部分惨遭纳粹杀害。有人说，"圣路易斯"号的命运说明，当时对犹太人的偏见其实是欧美国家存在的一种普遍现象。

犹太民族的这种历史，在世界民族史上不说绝无仅有，也是极其罕见的。暴力、苦难、凌辱、欺虐、迫害、流浪……是这个民族词典中最频繁出现的字眼，犹太民族顽强、坚忍、执着、刚毅、机敏、灵活……的特性也正是在这种情境下逐渐养成的。

犹太人对人生的基本观念

《塔木德经》有一句话：痛苦，才是人生之路。这句话，可谓凝聚了犹太民族的苦难历史和经验。

犹太人的头脑里面永远充满了痛苦的观念和深深的忧患，他们终其一生都抱有这样一种挥之不去的忧虑和警诫，他们的灵魂里浸透了这种意识，他们始终都是从这样的角度去理解生活、看待问题的。

犹太先知们说，人的一生往往被分成这样六个阶段：

1岁的时候是国王——家人围绕着他，像扶持国王一样扶持他，把他关心得无微不至；

2岁的时候是小猪——喜欢在泥巴里面嬉戏和玩耍；

18岁以前是小羊——无忧无虑地欢笑、跳跃；

结婚的时候是驴子——背负着家庭的重担，低头缓行；

中年的时候是狗——为了养家糊口，不得不摇尾奉承，乞求他人的善意；

老迈的时候是猴——行为和孩童无异，然而再没有人去关心他了。

但是，这样的顺序却未必正确。因为，当新生儿生下来的时候，大家不应为他的降临而高兴，倒是应该为他哭泣。犹太箴言这样说：

"孩子出生时我们感到高兴，有人去世时我们感到悲伤。其实应该反过来才对。因为孩子出生时不知今后命运如何，而人死的时候，一切业已盖棺论定。"

人生从苦难和黑暗开始，最后才能达到幸福和光明。基督教的"原罪说"就是这样解释人生的。但是，人生下来以后，要摆脱苦难和黑暗，并不能单单靠上帝的恩赐，而要靠自己的努力。因此，犹太人几乎个个都异常的努力和奋发，他们在生活的道路上忍辱负重，含辛茹苦，为的就是要抵达光明的人生彼岸。"人在这个世界上就是为了人生的某个目的而痛苦、努力地生活，直到人死了，人生的任务算完成了，痛苦的努力才告结束。"

坚忍不拔的犹太人精神

有人说，犹太人顽强而坚韧的精神以及勇于挑战风险、永不气馁的进取意识是他们成功的一个重要精神来源。别的民族也具有类似的特点，但唯独犹太人这方面的表现特别得强烈，因此，在这个充满竞争、充满风险的世界上，唯有他们这个民族能够独占鳌头，卓尔不群。

犹太人的这种精神从他们的文化遗传上最充分地体现出来，《圣经》中有关耶稣的故事就是犹太精神的最典范代表。犹太人从欣赏艺术的过程中也会将这种伟大的精神表现出来。在一家博物馆里，挂着一幅内容很特别的画，画面上是一个人在和魔鬼下棋。有人阐释说，这个人就是我们人类的代表，而魔鬼则象征着异己的力量，象征着罪恶、堕落。为了获胜，双方均使出浑身解数，欲做最后一博。画面上出现的局势是：魔鬼将了人类一军，这一招又狠又辣，直指要害，人类眼看支撑不住，就要落败了。有一位特殊的人前来参观这幅画，他站在画前，久久不肯离去。忽然，他激动起来，嘴里喊出：

"还有一招，还有一招！"

后来，博物馆的人员知道了，这位特殊的参观者原来是位犹太人。

是啊，在犹太人眼里，魔鬼经常使人濒于绝境，濒于毁灭，可是，人类却不甘束手就擒，他必须要反抗，要抵御，要奋发而起，粉碎魔鬼的伎俩。生命的天平，常在希望与绝望之间摇摆，但是对于一个性格坚韧的民族来说，只要坚持下去，只要不肯放弃，总会想出那最后的力挽乾坤的一招。

犹太人的历史，恰恰证明了这一点。

犹太人对于自己有一个特殊的称呼，就是"上帝的选民"。这个称呼是怎么来的呢？原来，它来自于犹太人的经典《圣经》。《圣经》里说，上帝与犹太人的三位始祖和摩西立下约定，赐给他们"流着奶和蜜的土地"，并教给他们"十诫"等613条法律。这说明，上帝对于犹太人有着特殊的关爱，特地选中了他们作为自己恩赐的对象。当然，作为上帝的选民，也必须尽自己的义务，这些义务就是，对上帝应当绝对忠诚，不可做任何背叛上帝谕旨的事情。上帝的选民不是一种特权，而是一种责任和义务，犹太人要将上帝的旨意带到这世界上，将上帝对于人类的要求宣喻给人类。

正是这种观念，给了犹太人在任何逆境中都能保持生存下去的勇气，使得他们一直不放弃坚忍不拔地努力。

犹太人的辩证法

正因为经历了太多的苦难，犹太人看问题形成了一套独特的方式，就是凡事都能够从不同角度去分析、去理解，至少，对同一件事情，他们会看到它不同的两个方面。

有一天，一个人弯着腰在自家院子里锄草。杂草长得过于茂盛，他费了很大的劲也没把草锄干净。天气十分热，这人忙出一头大汗，又累又渴。他心里恼火，一边干着嘴里一边唠叨：

"可恶的杂草！我的院子本来应该多么漂亮，可是这些杂草却把院子弄得乱糟糟的。上帝也真是，为什么偏偏要造出这么些杂草来破坏我院子的美丽呢！"

这个人竟然把气撒到了上帝头上，真是太没有见识了。一棵被他拔起的杂草躺在太阳底下，对这个人说：

"是啊，在你眼里，我们的确可恶。可是，不知你想过没有，上帝之所以把我们造出来，就说明我们并不是一无是处。先生，请听我说一句话吧。我们把自己的根伸进土壤的深处，其实是在帮助你耕耘土地。当你把我们连根拔起的时候，我们的根须把泥土给带松了，等于是替你松了土。而且，在你没有拔起我们的时候，我们站在院子里，晴天帮你阻挡大风，以免沙尘吹起院子里，雨天则可以防止泥土被冲刷。如果没有我们，这个院子将像沙漠一样荒芜，什么东西也不可能生长，你又怎么能够享受养花和赏花的快乐呢？"

连院子里的杂草都能看见它有益的一面，还有什么东西不能发现它的价值？

一个拉比看见有个人在急匆匆地往前赶路，便把他叫住，问道：

"你这样急急忙忙的样子，打算干什么呀？"

那人头也不回地说："我要赶上生活。"

"你怎么知道生活在前面呢？你这样埋着头拼命往前赶，却不知道自己的生活究竟在哪儿。你一心要赶上生活，可也许生活正在后面追赶你呢。要是你静下心来，仔仔细细往四周看看，说不定生活就能与你会合。可是你这样慌不择路地往前赶，也许正是在逃离你的生活呀！”

那个赶路人的行为，用我们中国曾经流行过的话来形容，就是“埋头拉车，不抬头看路”。

从没用的东西上看出有用，从无价值上发现价值，这正是犹太人善于淘金的本领所在。而从来不盲目行动，总是通过瞻前顾后，来寻找最近的路途，也体现出他们聪明的一面。犹太人的辩证法和中国古代的辩证法并不相同。像老子和庄子的辩证法，固然也很善于通过事物的一个面看到它另外的一面，但最后的结果却是，发现二者并没有根本的区别，它们都统一于宇宙的“道”。而犹太人的辩证法却是把事物另一面的价值发掘出来，以便更好地加以利用。有人把犹太人的智慧称为“俗智慧”。之所以称为“俗智慧”是因为它不是用来进行纯思辨的，而是用来生存的。学习老庄的辩证法，导致中国古代许多隐士们面临精神上高洁，但物质生活上却十分贫困的窘境；而学习犹太人的辩证法，就容易在生活当中站住脚跟。而从生活的经验来看，一个人不应当只具有高雅的智慧却缺少“俗智慧”，只有二者兼具，才能够笑对生活的每一天。

在犹太人眼里，财富和智慧几乎就是二而一、一而二的东西，它们应当是辩证的统一。没有财富的人，一定缺少智慧，至少是缺少一种“俗智慧”，而没有智慧的人，当然也就会缺少钱。

犹太人爱钱的历史原因

有这么一个谜语，说什么东西它无脚能行，无翼能飞，无轮能转，无嘴能应？答案是：钱。

钱是个好东西，自从人类进入商品交换的时代以后，钱，它几乎就能代表一切——当然，这仅仅指的是物质方面的一切。饿了，它能换来吃的，冷了，它能换来穿的，不管缺什么，只要有了它，马上可以解决，心里想的，它都能满足你。贫穷的人有了它，不再会有衣食之忧，而贵族有了它，才能端起那不倒的架子。中国古代的哲人虽然总是教导人们千万不要把钱看得太重，所谓金钱如草，仁义为宝，所谓不义而富且贵，于我如浮云，但是，这并不能阻挡人们对钱的看重和喜好。人间常见的事实是：有钱能使鬼推磨、一分钱难倒英雄汉。但毕竟，自从货币诞生以来，它就成为了世间一切可以流通的商品的中介。有人说，它是一切尺度的尺度。

对于钱的态度，在许多民族那里是矛盾的，就像我们刚才举的中国人的例子。这是因为，钱固然能带来一切好处，它也能给人带来灾害。世间为钱而产生的矛盾、冲突、欺诈、残杀、陷害不计其数，由它带来的悲剧甚至毁灭也常常发生。大概正因为此，所以，这些民族便产生了一些带劝诫性的格言，这些格言公开宣称对钱的贬损和憎恶。即使他们当中贪得无厌的人，也每每要借一些堂皇的理由来遮掩自己对钱的欲望和热衷。不过，犹太民族却没有类似的情况，它们公开地崇拜钱，甚至把钱放在一个"准神圣"的地位上。

> 钱不是罪恶，也不是诅咒，它在祝福人们。
>
> 金钱可能是不慈悲的主人，但绝对是能干的奴仆。
>
> 赞美富有的人，并不是赞美人，而是赞美钱。
>
> 金钱给人间以光明，金钱给众生以温暖。金钱让说坏话的人舌头发硬，金钱让举起屠刀的人呆立发愣；金钱给神购买了礼物，敲开了神那紧闭的门……

以上所举的，都是犹太人对钱公开赞美的语言。犹太民族就是这样坦然地宣称他们对金钱的爱好，他们对金钱的感情似乎是与生俱来。

古代犹太人（一度被称为希伯来人）在很早以前就被赶出了家园。失去了土地的民族只好在世界各地流浪。但是，他们无论在哪里，都遭受到歧视，连生存下去都很困难。他们寄居于别人的国土上，必然要受到更为沉重的剥削。所在国每每强迫他们交纳更多的人头税和特别税，他们几乎是用钱去买下在一个国家的居留权。另外，就业困难其实并非现代社会才有，以前落后的生产力和有限的土地资源早就形成了如同现在类似的就业问题。所以，为了保护本民族和本国的利益，欧洲许多国家都规定犹太人不得从事农业、手工业等等一切传统职业。既然任何职业都为法律所禁止，犹太人只好走唯一的一条路，就是经商或者放贷。这样长期经商和放高利贷的经验使得他们在商品流通的领域里如鱼得水，他们在这方面越来越精明，越来越会算计，脑子也越来越灵活。随着生产力的不断进步，商品流通越来越普遍，犹太人获利自然也就越来越多。犹太人酷爱钱的另一个重要原因就是，尽管他们能赚钱，但由于经常遭到迫害，一旦被驱逐，再多的家产也会顷刻之间荡然无存，而只有钱可以随身带走。于是钱成了他们应付不时之需的极重要手段。赚钱、攒钱对于犹太人而言，不仅是生活的必须，也是安全的象征。犹太人既然没有家园，他们必须替自己找一个。如果说，宗教为犹太人建立了精神家园的话，那么，钱则为犹太人建立了物质的家园。

犹太人精神对现代资本主义的贡献

公开表达自己对金钱和财富的热爱，犹太人的这个特点，在世界各民族史上也许是绝无仅有的，由此引起了其他民族对他们的憎恶。世界上绝大多数民族对钱都抱有一种莫名的恐惧，比如中国的孔子说："君子喻于义，小人喻于利。"英国哲学家培根说："对于财富我叫不出更好的称呼来，只能把它叫作'德能的累赘'。"古希腊的《伊索寓言》和俄罗斯民族的《克雷洛夫寓言》里面有很多对于爱好钱财的人的讥讽和嘲谑。这种情况的产生大约是认为，在人类中历来发生的争端、杀戮、欺骗、阴谋大都与金钱有关。其实这种现象在犹太人那儿未必就未曾发生，但是，由于犹太人特殊的处境，金钱带给他们的成就感和安全感却远比给他们带来的灾难要大得多，所以，他们把金钱和财富看得比其他任何东西更重要。对于金钱的观念以及赚钱的行为，犹太人早就形成了一整套较为规范的伦理标准。第一，犹太人认为金钱本身是无害有利的，它能解决生存问题，提供安全保障，衡量一个人是否有能力，是否成功。由于犹太人根本没有世袭的利益可以获得或者传递给子孙，他们也无法获得军功或官职来判定自己的成就，所以，唯有金钱成为这个民族用来衡量一切的标准和尺度。在当今各个资本主义国家里，这个观念早已被大家所接受，哪怕是仍在实行君主制的国家如英国、荷兰等，大家更看重的已经不再是爵位之类的虚名，而是他所拥有的财富。第二，在犹太人长期的经商活动中，他们形成了无比锐利的眼光，养成了无孔不入的钻劲，把世间的一切都纳入到商业的视野中来。在他们那里，没有禁忌，没有羞答答的遮掩，没有所谓的绅士风度，也没有世俗的高低贵贱之分，只要可以挣到钱，一切都不在话下。有人做过统计：现代世界里，许多原先根本不能进入商业活动的领域，后来被纳入商品经济的范畴，基本上都是犹太人的功劳（后面我们会举一个很典型的例子，就是奥运会历来由主办国出钱一改而为商业化运作）。犹太人大大拓展了商品交易的渠道和覆盖面。第三，犹太人赚钱始终有一个信守契约、遵循游戏规则的"正当性尺度"，他们不做非法生意，不搞强买强卖，不采取暴力手段，不弄虚作假，不干伤天害理的事情，这也是他们赚钱赚得理直气壮的原因。以上三点，实际上在现代商业社会中已被广泛接受、普及和遵守，早年的犹太人形象基本就是现代资本家的"范本"，现代资本主义社会的普适性伦理和发展动力基本上脱胎于犹太人的精神。

犹太人的法律思想

可以说，犹太人是世界上最重视法律的民族之一。形成这种特点的原因很多，大家普遍知道的就是，犹太人自命为"契约之民"，他们认为人之所以存在，是因为和上帝有着约定，而这种约定是绝对不能违背的。那么人和人之间呢？依照人是上帝造的这个逻辑，人与人之间也必须是契约关系，这种契约一旦订立，也是不可毁损的。犹太人不光在经商做生意的时候签订契约，哪怕就是结婚，新郎也要给新娘一份《结婚契约书》，而且，婚约一旦定下来，就不可随意变更，因为这也是神的旨意。所以，对于许多西方人很随便地离婚，犹太人是不能认可的。犹太人在离婚方面很是严谨。在犹太人的传统里，一对夫妇即使要离婚，也必须在拉比的主持下，举行一场像婚礼那样的纪念聚会。

这种契约思想的形成，到底是实际经验在先还是神话传说在先，已经没有确切的结论。但是，从实际生活来讲，犹太人的经历必然是造成他们如此重视契约、重视律法的原因之一。

犹太人长期流落在世界各个不同的国家和地区，受尽欺凌和迫害，他们必须克谨克恭，如履薄冰地遵守这些地方的法律制度，不然的话，人家本来就想方设法找你的茬，要是给人落下话柄，那还不揪住不放？还有，从另一个角度看，在上古时代，犹太人自身就是由许多不同部落的人组成的，这个民族形成之初其实是一个部落联合体。如果没有一定的法规制度来加以制约的话，整个民族的形成都会遇到问题。犹太人的立法实际上是从实践当中逐步形成的，起初不过是针对某项具体的行为来做出规定，以便日后有所参照，犹太人的经典《塔木德经》里就记载了许多这种带有原始律法性质的东西。以后，逐步提炼，逐步抽象而成具有一定概括性和普遍性的法律条文。不过，犹太人从历史上看就一直是一个讲究经济的民族而不是一个玩弄政治的民族，所以他们的律法多是从实际生活出发，从经济立场出发来订立的。一直到现在，我们的经济法规中仍有不少条律是按照古代犹太人的思考结果流传下来的。

犹太人的法律特点

研究法律的都知道，世界历史上曾经存在过的法律体系不在少数，而且各有其不同的特点。像古希腊的法律，着重于公民的权利，它基本上体现的是公民法，而古代中国的法律则是完完全全维护皇权利益的皇权法。自资本主义革命以后，西方各国实行的法律主要区别为大陆法系和海洋法系，这里面主要着眼的是公民政治权利的设定，经济方面的权利是附属于政治权利的。而犹太人的法律与上述法律体系均不相同。犹太人的法律特点是什么呢？我以为，它的最主要的着眼点是各个不同主体之间的经济利益，它从最初的时候起，就是用来确定经济权利和调解经济纠纷的。这里举几个例子。

有限责任和无限责任。其实，《塔木德经》对于这类规则的确定不是从责任的角度开始的，而是就具体融资或投资问题来订立准则的。由于犹太人做生意会经常遇到钱不趁手的事情，用现在的话来说，就是资金周转遇到了难题。那么，为了解决这个问题，往往就会采取借钱的办法或者是合资的办法。借钱还钱，虽然看起来是一回事，但是这里面牵涉到一个利益分配的关系问题。犹太人借钱和我们中国人借钱的用途不一样。我们在古典书籍中看到，中国人借钱，常常是用来解决生计或者与此类似的问题，而犹太人借钱则一般都是为了做生意。借钱用来解决生计问题，那么在某种意义上，就带有周济贫弱、排忧解难的意思在里面，对于利息等等就不会过于计较。如果借出方斤斤计较于利息问题，会遭到乡邻的嘲讽。而借钱做生意，那就必然要讲究个利益均沾。比如，犹太人 A 向犹太人 B 借一笔钱，很可能赚，也很可能赔，于是两个人事先商定：A 借的这笔钱不规定还钱的时间，只是须从盈利中拿出本金的两倍还给 B。看起来，一笔钱归还时可以翻上一番，但是，这种情况没有融资担保。如果 A 做生意亏了，那么损失则由 B 承担，这种借贷方式叫作无限投资。从 B 的角度讲，这样借钱获利大，但是风险也大，所以，必须要拿得准，放得心，才会把钱借出去。而有限投资呢，就是 A 向 B 借钱之后，所得收益和 B 平分，万一 A 经营失败，损失则由两个人共同承担。

注重细节，注重律法的操作性。由于经济生活遇到的都是非常具体和多变的情势，如果规则不具体，遇到情况有差池就不能操作。于是犹太人在确定律法的时候，对于可能发生的情况都要考虑到。比如，在对于雇工替主人放牧家畜的时候遇到意外该如何处理，什么情况下由雇工承担责任，什么情况下雇工可以免除责任，那是细到了分毫不差的地步。狮子、熊、豹子等等大型猛兽，只要出现一头前来偷袭家畜，就可视为不可抵御的天灾，这些野兽把家畜咬了，雇工可以免责；要是出现的是狼，则必须同时出现两只则可免责，只有一只狼出现在现场，雇工有责任替主人保护好放牧的畜群，如果家畜被咬死，雇工就得赔偿。再有，雇主将雇工连同他的牛一起雇来耕作，如果牛死了，那么这是雇工的责任，因为雇工和牛是同时被雇请的，牛的管理者此时依旧是雇工。要是雇主先从雇工手上借了牛，然后再雇请该人来帮工，牛在耕作时死了，则由雇主承担责任，因为这回雇主与雇工和牛分别确立了两种各自独立的契约关系。正由于犹太人的律法条文非常仔细，因此要遵守起来也不容易扯皮，想推卸责任基本上不可能。而这是犹太人在长期的生活经验中总结出来的，他们发现了这种律法的优点，所以至今犹太人在与别人签订合同的时候，总喜欢将合同条款制定得异常明确和细致（我们在本书的相关章节会引用一些类似的实例，比如小洛克菲勒与他的儿子签订的有关零花钱的协议，就可以看作是犹太人合同文本的一种典范）。

不能让钱睡觉，否则应遭唾骂

我喜欢你，
你要借钱，
我不能借，
怕你借了，
以后不再上门。

这是从前的犹太人在自己开的餐馆门前贴的歌谣。犹太人向来以放贷为生，如果他们有了闲余的资金，一定要用它来滚利息，而不会把它们闲置在那里。《圣经》中曾经讲到这样一个故事，说有一个财主有一天将他的财富托付给三个仆人管理。他给第一个仆人 5 份金钱，给第二个仆人 2 份金钱，给第三个仆人 1 份金钱，然后嘱咐他们，要珍惜这个机会，保管好暂时属于自己的财富。

一年以后，财主把这三个仆人召到一起，检视他们是如何去做的。结果，第一位仆人用那笔钱财做了各种投资，第二个仆人则买来原料，加工生产和出售商品，唯有第三个仆人老老实实把财产埋藏在一棵大树底下，唯恐运用失当而带来损失。自然，前两位仆人都因金钱的流动而增值，后面这位仆人财产虽然没少一分，但也没增加一分。财主根据这一情况，对前面两位仆人给予了奖励，而对后面这位仆人进行了责骂。

犹太人一般不肯轻易向别人借钱，因为他们觉得借了钱，以后尽管会如数奉还，但影响了别人利用这笔钱生利，这也是变相欠了别人的债。他们也不肯把钱借给自己的朋友，因为这意味着让朋友欠自己一份看不见的人情。按照犹太人"钱要生钱"的传统习惯，平白借钱给别人而不能增值的话，那会使"嗜钱如命"的犹太人吃不好，睡不好，有"暴殄天物"的感觉。下面这个故事充分描绘了犹太人的这个特点。

雅科夫借给亚瑟 500 块钱，马上要到期了。雅科夫已经提醒了亚瑟，让他务必在明天天亮的时候把钱归还。可是，亚瑟此时还是身无分文，根本无法还这笔钱。晚上，他在家里想起这件事，不免烦躁不安。他的妻子见他这副样子，觉得好笑，问他：

"你明天能把钱还给雅科夫吗？"

"我哪有什么钱还他？我连一个子儿也没有呢！"

"那你着什么急？着急的应该是雅科夫才对。他知道借出去的钱明天还不了了，他今晚会睡不着觉的。"

金钱的阴谋

曾经看过一篇文章，题目就叫《金钱的阴谋》，说的是英国十八世纪著名的哲学家，曾任英国首席大法官，后因受贿罪名被因并遭巨额罚款的培根，在他临死的时候，写下流传千古的名著《人生随笔》。在这本著作中，原先有一篇《论金钱》，专门讨论当时在英国发生的三起轰动一时的案子。这三起案子分别是：

乞丐杀子案。

有一个名叫约翰的乞丐，乞讨了整整四十年，一便士一便士地积攒了三千元金币。

由于得来不易，所以他对这些金币看得如同自己的性命一般。有一天，他发现自己的儿子头上戴了一顶华贵的帽子，十分奇怪它是从哪儿来的，便问儿子。儿子老老实实告诉他，从父亲那三千枚金币中取了一枚，拿到当铺去换了这顶帽子。乞丐一听大怒，结果一拐杖将儿子给打死了。

姐弟绝交案。

相依为命的姐弟俩，姐姐叫伦莎，弟弟叫戴维，他们俩自小失去父母，一直过着异常困苦的生活。后来，为了养活弟弟，并能使他将来有一个好些的前程，伦莎在13岁那年做了妓女。做妓女挣钱就多了，于是戴维有条件上学读书，而他又天资聪明，最终竟考上了英国最著名的剑桥大学。大学毕业后，戴维有了工作，还找到了一位可心的女子并与之结了婚。当然，戴维不会忘记他的一切都是姐姐给的，于是准备报答姐姐的恩情。就在这个时候，伦莎向弟弟提出，断绝两个人的姐弟关系，而且发誓与弟弟永不见面。当有人想弄清楚这里面的原因时，伦莎说，她只要看见弟弟，就会想起自己那段不堪回首的过去。并且，弟弟越幸福，越有出息，就越会勾起自己对往日的记忆。

兰姆贪污案。

兰姆是英国的海军大臣，知识丰富，才华出众。他精通天文、历法和海洋知识，在英国与西班牙争夺海上霸权的时候，他率领英国海军，屡立战功，被英王伊丽莎白敕封为爵士。他个人的年薪高达16000英镑，是一般伦敦市民的50倍，而且，个人生活又极简朴。别的贵族家里穷奢极欲，列鼎而食，可他每天的开销却不超过两个英镑。可是，就是这样一个人物，在十分宠信他的伊丽莎白女王死后，竟然被查出贪污海军军饷60万英镑，而这些钱一个便士也没有动，全部储存在他住所的地窖里面。最后，他被英王詹姆士处以死刑。

培根研究这三个案子，据说是因为他发现了"金钱的阴谋"，他想通过自己的发现，来警示世人。可惜，他把书中的《论金钱》原稿烧掉准备重写的时候，却因支气管炎发作而死。

金钱的阴谋是什么？我们没有看到培根给出的说法。但是，有人却依据这三个故事的相近内涵以及培根自己的亲身经历归纳说，所谓"金钱的阴谋"就是：如果你在获取金钱的过程中感到紧张或屈辱，在获得金钱之后，就不要指望金钱会让你生活得怡然自得，说不定，它会令你更加感到不安和心酸。

　　都说犹太人是谋取金钱的高手，而且他们获取金钱的技巧（或者可以说是"伎俩"）几乎无人可比，但是，他们却不会陷入金钱的阴谋当中。因为，卖淫、乞讨和贪污这几项"法门"，在犹太人那里是几乎看不到的。他们可能会运用任何手段，包括世人想象不到的手段，但是，他们始终认为，自己换取金钱的手段靠的是真正的智慧，他们从中体验到的不是紧张和不安，而是兴奋、激动和愉悦。

善于学习，勇于思考——学习力

犹太人代代相传的重要经典

每个民族都有其自身的文化传统和精神，这些东西，主要靠民族的经典保存下来，并继承下去。中国文化的传统有"四书五经"，而犹太民族的经典中，最重要的自然首推《圣经·旧约全书》，其次就是《塔木德经》。在犹太人的心目中，《塔木德经》的地位仅次于《圣经·旧约全书》。这本书共有 20 卷，12000 页，长达 250 万字，比中国古代由官方颁布的所有经典的字数加起来还要多。这部巨书里面的内容几乎无所不包，上至天文，下至地理，神话传说、民族历史、宗教训诫、法律道德、日常习俗、行为规则、生活常识、医学知识、植物分类……这部书的形成时间非常之长，据说是犹太民族历经三千年的积累才完成的，所以它成为犹太人世代相传的一部宝典。特别是其中有关犹太律法的部分，据说集中了犹太民族 2000 多位学者的智慧，在反复实践、讨论、研究和争辩的基础上写成，它不像现代的法律书籍，不是用空洞的条文来制定某些规则，而是凭借生活中发生的具体事例来阐释、证明和解说的，所以，既形象又生动，有助于理解。

《塔木德经》是犹太人的知识宝库，又是他们的处事指南，还是他们的启蒙教科书。犹太人一到学习的年龄，就要接触这本被称为"犹太智慧的基因库"的图书，而这部书确实给整个犹太民族带来了非同小可的益处，被称为他们智慧和力量的源泉。几千年以来，犹太人每天早上都要诵读《圣经》和《塔木德经》，而安息日里也不会忘记钻研。据说，他们有的时候在长达几个小时的时间里，学习进度不过十几句，可见其认真的程度。《塔木德经》认为，学习是一种至善的行为，是一切美德的本源。而这部经典的名称本身的意思，就是"钻研"或"学习"。

犹太民族中有一种人负责传递本民族的文化传统，他的名称叫"拉比"，他既是宗教的权威，又是知识的代表，他不仅担负着替上帝向人间传递指示，同时也担负着教育和开导世人的责任。一身而二任的拉比使得宗教信仰在犹太民族中普及化、深入化，同时又将对学习虔诚和努力钻研的习性上升到与宗教行为以及宗教信仰几乎相同的程度。犹太人对于后代的教育是普及化的，不论富有还是贫穷，不论地位高贵还是低贱，都必须学习经典，学习做人，都必须在拉比那儿接受教育。正因为此，这个民族的整体精神素质和文化素养要远远高于其他民族的平均水平。

爱书的犹太人

犹太人的爱书，是世界各民族当中绝无仅有的。中国也是一个崇尚文化的国家，而且，正是中国首先发明了纸张和印刷术，这两项发明对世界文明的贡献极大。从古至今，中国留下的历代典籍可谓汗牛充栋，世间罕见。但是，也正是在中国，发生过焚书坑儒的历史悲剧，对知识分子的迫害也历代多有。而犹太人从他们的民族历史上看，从来就保持了对书籍的尊重，从来就没有过贬低知识，迫害文化人的事件发生。

犹太人有这样一句箴言：

> 把书本当作你的朋友，把书架当作你的庭院，你应该为书本的美丽而骄傲，采其果实，摘其花朵。

古罗马帝国统治时期，曾经发生过这样一个故事：一个犹太男孩，对于学习兴趣并不是很高，他的父亲于是便反复教他读《创世纪》，直到他把这本书读得很熟。后来，罗马人占领了这座城市，这个男孩也被当作俘虏带到另一个很远的城市。这一天，罗马皇帝恺撒大帝前来视察监狱，他要求看一看监狱的藏书，结果，发现里面有一本他读不来的书。恺撒大帝非常好学，博古通今，无所不闻，但眼前这样一本书却难倒了他。他猜想，"这可能是一本犹太人的书"，便要监狱的看守找来一名犹太人，问问他书上写的什么。监狱的典狱官将那个小男孩找来，对他说："如果你不能读这本书，国王会要你的脑袋！"男孩被带到恺撒面前，那本书被交到男孩手上，书的封皮上恰恰写的是《创世纪》。男孩开始读了起来：

"起初，上帝创造天地……"

一直读到"这就是天国的历史"，他合上了书本。恺撒认真听着男孩的朗读，并被书中的内容所触动。他说：

"这显然是上帝的旨意，我要把这孩子送回到他父亲身边。"

于是下令赏赐给男孩大量金银，并派遣两名士兵将他送回老家。

通过这个故事，犹太人教育后代：这个男孩尽管只读了一本书，仁慈的上帝就这么奖赏他，那么，想一想，如果一个人能够读完《圣经》《密西拿》《圣徒传》，那他得到的奖赏该有多大呀。

联合国教科文组织曾经进行过一次调查，结果表明以色列是最好读书的国家。在这个国家，14岁以上的国民平均每月读一本书，全国500万人口就有100万人拥有自己的借书证，每4500人就有一座藏书量达万册以上的图书馆，以色列人均占有图书馆和出版社居世界首位。以色列共有890多种刊物，每个家庭每年至少会订阅3种以上的报刊。

犹太人的早期教育

对于儿童的教育，从什么时候开始最恰当？这是教育界一直争论不休的问题。虽然近代西方教育将孩子入学的年龄定在7岁左右，但却有不少家庭和教育家们认为教育开始得越早越好。20世纪后半叶，西方甚至流行胎教，说是孩子还在母亲肚子里的时候，就应当开始对他的教育了。为此，出版了大量有关胎教的书籍、磁带，开办了如何进行胎教的学校……不过，最近有人撰文说胎教纯粹是一厢情愿，对孩子智力的开发根本不起作用的。反正是仁者见仁，智者见智，尚无定论。不过，根据犹太人的历史，他们对孩子的教育却是从很小的时候就开始的。

古代的先知以赛亚说，婴儿应当从断奶的时候就开始接受教育，而另一位犹太人的伟大先知、哲学家斐诺也主张，孩子在襁褓里就应该让他知道，上帝是宇宙的唯一神和创造者，让孩子从那个时候起就感受"上帝的灵气"。

一般来说，犹太人都认为，孩子在刚开始学习说话时，就应该教他说"西玛"这个词，然后对孩子说："听着，以色列人啊，耶和华时我们的牧者，是唯一的神。"再往后，就要逐渐教给孩子背诵祈祷文、犹太箴言并学唱赞美诗。

人类的教育史都经历过差不多的发展阶段。早期的人类教育，是没有正规的学校和教师，也没有正式而固定的教材的，教育的方式主要是以家庭为单位来进行。犹太人的家庭教育和别的民族有所不同的是，他们对后代的教育方式是分散的，但他们的教育内容却是大致统一的。犹太人早期对后代的教育主要包括两个方面的内容：一是宗教神学，二是个人品德。宗教神学的教育让孩子们崇敬自己民族的起源，敬畏自己民族的上帝以及对民族的优越感；而个人品德的教育则要使孩子从小懂得谦虚、节制、仁慈、诚实的重要性。一名学者这样说："正是这种沉浸着浓厚宗教气氛的家庭教育，使得每个犹太人家庭都是一个牢不可破的堡垒。正是这种把一切统摄在笃信上帝、充当上帝的子女的教育之下，使得犹太人尽管此后散居各地、被掳往异乡，仍能继续生存、发展，保持其传统习惯、宗教信仰。"

犹太人学校教育的产生时间，和中国相差不远。在"巴比伦之囚"时期，犹太民族接触了先进的异族文化，波斯统治时期，他们通过圣殿诵读和传播经典。由于犹太人自己的国家已经不再存在，他们必须学习其他民族的语言，因此，圣殿还成为学习语言和翻译经文的场所。圣殿被统治者摧毁后，犹太人又在各地建立会堂，而会堂成为犹太人学习和礼拜的中心。到公元3世纪，一些会堂开始招收儿童，办班讲学。此时，讲学的内容也依旧是宗教教育和祷词、圣诗、格言、谚语等。公元前1世纪，开始在会堂之外出现一些学校，主要向儿童传授读书和写字的基本技能。公元前75年，耶路撒冷犹太教公会族长颁布法令，规定犹太人社区必须资助公共教育，十六七岁的青年都要接受正式教育。再过一个世纪，犹太教大祭司规定每个犹太社团都必须设立学校，6－10岁的儿童必须入学，在老师的监督下学习，并完善了在各地任命教师的制度。从此，犹太民族的初级教育体制正式形成，而这正是现代义务教育体制的先河。

在中国，第一位创办学校教学方式的教育家是孔子，他在教育学生的时候采取的是"因材施教"的办法，这种办法其实就是针对学生的不同特点给予不同的教育，这些不同包括教育内容、教学方式、教学目的等等。但孔子的教育当时并未得到"官方"的认可和支持，孔子的学生也不是儿童，而主要是那些对学习有着个人兴趣的成年人，其中有些人的年纪甚至比孔子还大。中国那时的学校教育比起犹太人来，几乎没有多少共同之处。

在父亲那里打工的犹太人子女

犹太人的一位领袖撒曼以色三世曾经说："没有比既能做事又能做学问更好的了。没有劳动的学问结不出果实，相反可能导致罪恶。"正因为有这样的教育，所以很多犹太学生很早就开始打工。他们有的在蔬菜店门口招揽生意，有的在印刷厂里干杂活，有些立志当老师的高中生会在夏天的时候参加夏令营，做中小学生的领队。犹太人从小就被灌注这样的思想：如果要实现自己的理想，不学会自己赚钱，不在经济上独立是不行的。如果一直由家人或是朋友提供经济上的援助，一个人要实现真正的独立是不可能的。你能够得到别人的帮助固然是好，但一定要知道，人是绝对不可能靠别人来生活的。有这样一个犹太人，他的名字叫来姆。他在十六岁的时候考上了英国的一所大学，准备到那里去留学。临行之前，他的父亲只给了他 100 英镑的学费，并说，这些钱只算是借给他的，在他学成之后，必须归还。要是在中国的父亲眼里，这样做简直是有辱斯文。父母对于孩子所做的，应当是"无私"的奉献，哪怕做牛做马都应该，岂有借钱给孩子还要求他归还的？！而中国的孩子面对这样的情况，恐怕也会感到不悦和难堪。报纸上曾经有过这样的报道：广东某重点学校有一名来自贫困家庭的女学生，父母一年的收入不过几千元，可她一进校门，就花数千元买了手机、随身听，还说将来要买手提电脑。按照我们的观点，犹太人来姆父亲的做法无疑是荒唐的、绝情的，可按照犹太人的观点，这正体现了家长对孩子独特的关心和爱护。因为，正是这样带有压力性的要求，才能让孩子尽快成长、成熟并独立起来。果然，来姆到了英国后，一边学习，一边熟悉情况，很快就想到了很多赚钱的好点子。在伦敦读书的四年里，他用自己赚的钱交纳了全部学费，在从伦敦大学经济系毕业的时候，他回到父亲身边，将 100 英镑交还给父亲。

放开手让孩子学会独立生存，是犹太人给孩子们最好的礼物！愿中国的家长们也能够这样思考问题。

有人或许会说，像来姆这样的例子也许是偶然的吧。天下哪有这样的父亲，连自己的子女读书还要死抠！多给他讲道理，让他心里明白不就行了吗？难道非要做到那么绝对吗？按照我们的思维习惯，也许是这样的，但按照犹太人的思维就不是这样的了。犹太人深知"实践出真知"的道理。在商业领域，只有亲身经历过的实践和体验，才能够获得宝贵的经验。

长颈鹿的教育法则

美国最早，也是最著名的百万富翁洛克菲勒，一度是世界上知名度最高的人物之一。他之所以有名，当然是因为有钱。他所拥有的财产，用我们中国的话来讲，就是"富可敌国"，而他这么多财产都是自己亲手挣来的，绝对没有一分钱来路不明。洛克菲勒的确是个经商天才，但他这个天才却不是凭空产生的，而是来自幼年时得到的锻炼。洛克菲勒小的时候，父亲时常这样教导他："一个人不能总想着别人的恩赐，世界上没有免费的午餐。一个人要拥有财富，必须靠自己去挣，而你小小年纪，要想有零花钱，也必须凭自己的劳动去获得。"父亲说到做到。洛克菲勒可没有像中国孩子那样，可以得到压岁钱什么的，他想自己买点什么小玩意，想装满自己的贮钱罐，果真就是在平日里帮父母干家务来积攒的。他幼小的时候靠干家务来挣钱，稍大一点又到父亲的农场做帮工，领取自己的一份"工资"。当然，他并不只会被动地听从命运的安排，而是在生活中认真观察、学习，逐渐学会了挣钱的本领。当他在父亲农场挣到了自己所拥有的第一笔"巨款"——50美元之后，他将它贷出去给近旁急需钱用的农民，在借款期满之后，收取一定数量的利息。所以，很快，他的50美元便成了53.75美元。洛克菲勒的商业意识就是在这个时候开始形成的。假如说，父亲当初要洛克菲勒通过干家务来获取零花钱，以培养他的劳动习惯和商业本领是因为家庭财产尚没多到足以任子女们随意挥霍的话，那么，在洛克菲勒终于站在了世界的财富之巅上以后，在他挣到的钱已注定好多辈都无法花完的时候，他仍然把父亲当初对待他的方法保留和继承了下来。在家里，他"成立"了一个象征性的"公司"，让自己的妻子做"总经理"，几个孩子则是名副其实的"打工仔"，孩子们要取得零花钱，就像自己当年一样，要通过干家务活来"挣"取。应当说，这种培养子女的方式对犹太人而言，是溶化在血液里的一种传统。正因为洛克菲勒在成了世界级巨富之后仍没放松对子女商业意识的教育，所以他的子女们也不会像中国历史上的"八旗子弟"那样，越变越懒，越变越无能。整个洛克菲勒家族在美国一直有着不小的影响。

其实，犹太人的这种教育方式，才真正符合生物界的自然规律，而像中国父母那种过度的溺爱，反倒是违背"常理"的。

有一本叫作《动物园观察》的书，讲了长颈鹿母亲是如何给它的孩子上人生第一堂课的。

当长颈鹿母亲生下自己的孩子后，先低下头，看清楚刚出生的小鹿所躺的位置，然后走到它的正上方。等待了大约1分钟后，母长颈鹿伸出它硕大的蹄子，朝小鹿踢去。小鹿顿时被踢得翻了个个儿。刚出生的小鹿此时还十分的虚弱，尤其是那一双细细的腿，就像草梗一样，让人觉得风一吹都会伏倒。可是，只要小鹿还没有站起来，母鹿必定会再加上一脚，直到小鹿能够站起来之前，母鹿所做的事情就是不断反复地踢自己的孩子，任它打滚、翻倒和挣扎。当小鹿终于站起来之后，长颈鹿妈妈这才伸出舌头，替孩子舔去身上的羊水。长颈鹿母亲之所以要这么做，而不是在孩子出生的时候首先表示自己的温柔，这是因为，在辽阔的非洲大草原上，到处都潜伏着弱肉强食的危险。鬣狗、土狼、狮子等肉食动物随时随地都在窥测，等待着捕捉猎物。小长颈鹿倘若不能在生下后的几分钟内站起来，万一天敌出现，那就很可能成为它们口中的美食。

长颈鹿的行为，实际体现了典型的生物竞争法则。如果母亲不是以这样特殊的方式爱孩子，那么，它的孩子就最容易遭受到外界的伤害。

在屋顶求学的希莱尔

说到求学，古代中国人真的流传下来很多的故事或成语，那都是我们的先人为后辈作出的典范，随便举一些例子吧，比如韦编三绝、凿壁偷光、程门映雪、悬梁刺股……而犹太人也有类似的故事，来作为他们激励后人努力学习的典例。犹太人历史上出现过三位最伟大的先知，其中一位叫作希莱尔。希莱尔年轻的时候家里很穷，上不起学，但是他有着对知识的强烈渴望。他的家乡有一所犹太人学校，希莱尔每天去给人家打工，一天只能挣到一个硬币。他把其中一半用来糊口，另一半用来交纳上学的学费。可是，后来他失业了，不用说交学费，就连一日三餐都很成问题。尽管这样，他却依然对学习抱着虔诚的态度。学校的屋顶上有一扇天窗。有一天，希莱尔到学校去偷听老师讲课，他为了能看清教室里的情况，便冒着危险爬上屋顶，从天窗里往教室里看。可能是他太全神贯注了，竟然把整个身子都扑在了天窗上，忘记了自己的身体会将天窗挡住。果然，当教室里学习的学生发现教室的光线暗淡下来时，都纷纷抬起头往天窗上看，就见上面居然躺着一个人。当大家搭起梯子爬上屋顶，将希莱尔抬下来的时候，希莱尔已经因为又冷又饿而冻僵了，他的身上盖满了厚厚一层雪花。老师看见这种情况，很是感动，于是主动免去了他的学费。

希莱尔由于有这么强烈的求学精神，最后成为一位杰出的拉比，他的充满智慧的语言一直在犹太民族当中流传，甚至有人说，后来被认为是基督的言论，有些其实也出自希莱尔的口。

正是从希莱尔开始，犹太人中形成了这样一个不成文的规定：只要在条件许可的情况下，像希莱尔那样家境非常贫穷，却渴望学习的人，应当免除他的学费。

格林斯潘怎样成为"财神爷"

格林斯潘这个人，在国际金融领域里，如今是无人不知，无人不晓。他对于经济运行的预测和把握，对于美国经济发展建议的权威性，早已多次被实践所证明，因此，他能够成为美国总统在经济方面的顾问，他的意见对美国乃至世界的经济走向都会产生重要影响。因此，格林斯潘被人们夸张为"格林斯潘一打喷嚏，全球就得下雨"。克林顿时代，格林斯潘协助美国制定国家经济政策，致使美国出现"零通货膨胀"的奇迹。

格林斯潘1926年出生于曼哈顿的华盛顿海兹区，4岁的时候，他的父母离异，年幼的格林斯潘跟随着母亲生活。

受母亲影响，格林斯潘从小就喜欢音乐，他曾经在纽约时报广场著名的派拉蒙剧院下属的一家夜总会里演奏萨克斯管。虽然从事的是艺术，但格林斯潘性格腼腆而内向，他表面低调不张狂，但内心却有着干一番大事的强烈愿望。也许是犹太人家教的传统，格林斯潘尤其喜好读书，天文地理，三教九流，无所不涉。当年，哪怕是参加乐团演出的时候，他也是手不释卷，孜孜以求。给舞会伴奏，场间休息20分钟，别的乐手在那儿歇息，可格林斯潘却利用这一点时间找个稍微僻静的地方读上一段。乐团到外地巡回演出，别的人观市容，赏风景，格林斯潘必去的地方则是当地图书馆。在阅读中，格林斯潘渐渐地确立了自己的发展方向。他发现自己越来越喜欢读的书是有关经济理论、金融和股票方面的，他的个人兴趣竟然在这个方面。格林斯潘的父亲早先就是一位股票经纪人，虽然格林斯潘尚不懂事的时候就与父亲分离，但父亲的基因在他身上依然产生着作用。渐渐地，格林斯潘的经济知识十分丰富了。他不是科班出身，但他有一股在这方面命令方块头角的强烈欲望。当时，美国的税收制度十分复杂，上缴个人所得税时需要填报税单，但税单上那密密麻麻的表格栏目让外行的人一看就头痛，格林斯潘就主动帮助同事们来填写报税单。此外，他的记账能力也很强，他自己的账目从来都很严谨工整，没有出过差错。这位自己钻研出来的经济学家，从1987年开始担任美联储主席职务，一共陪伴了4位美国总统，而历任总统对他的经济建议几乎是言听计从。也许正是因为这一点，美国经济在他担任美联储主席期间，经历了历史上最长的一次增长期。

自学成才的高科技公司老总

萨尔诺夫小的时候，家里十分清贫，甚至连供养他读书都很困难。于是从读小学起，他就不得不利用放学时间和寒暑假做工挣钱，以帮助父母补贴家用，并为自己积攒学费。可是，天有不测风云，就在他小学快毕业时，父亲却因长期积劳成疾而不幸去世。萨尔诺夫无法继续他的学业，只好辍学做了童工。

年纪尚幼的萨尔诺夫挑起了全家生活的重担，生活异常地艰苦。可是，就是在这样的逆境下，萨尔诺夫却没有放弃努力，他一边干活，一边自学，常年坚持，毫不松懈。

后来，他找到了一份送电报的工作。过去，送电报的工作是非常辛苦的，为了将一份电报及时送达，要跑好几英里的路，而萨尔诺夫一天平均要送20份电报，跑的路不下几十英里。这样，当他每天完成工作回到家里，几乎都到了夜里两三点钟。第二天一早，他又要起来赶到电报大楼去上班。

可是，在这样的条件下，萨尔诺夫始终没有忘记自己的志向。他认为，一个人要做成一番事业，没有相应的知识储备是不行的。于是，他在稍有时间的时候，依然如饥似渴地学习。尤为难能可贵的是，他居然独自摸索，学会了当时很少有人掌握的莫尔斯电码的操作方法。莫尔斯电码在当时属于世界上最先进的发报技术，萨尔诺夫因此被破格提升为一名报务员。

成为报务员，萨尔诺夫并没有就此满足，他又在公司的研究所里学习电气工程学，完成学业之后，他担任了当时世界功率最强的电台——马尼可无线电公司的收发报员。1912年4月，发生了一件震惊世界的大事——世界上最大的豪华巨轮泰坦尼克号游轮在进行处女航的时候，居然撞上冰山沉没。该艘轮船在沉没前发出电报请求救援，萨尔诺夫第一个收到泰坦尼克号的求援信号。

萨尔诺夫勤奋、敏捷、好学、知识丰富、头脑灵活，尽管他没有大学学历，但是，公司却看好他的能力和前景，于是，在他30岁的时候，任命他为无线电公司的总经理。

智商高的人不一定成功，智商不高的人不一定不成功

智商，是由先天性的遗传因素决定的。一般认为，智商高的人应当更聪明，而智商低的人相对要不如前者。但是，这仅仅是一种理论上的认识。事实上，一个人聪明、成功，往往更多地来自后天的教育和学习以及他们的亲身经历。教育，一个是要抓得早。不少犹太籍教育专家认为，在孩子刚出生的时候就开始对他们进行教育，实行"早期开发"，对挖掘孩子身上的潜力很有必要。有一位犹太母亲介绍自己教育孩子的经验说，孩子出生还不到6周，她在给孩子喂奶的时候，就有意识地使用不同颜色的奶瓶，让孩子很早就学会分辨不同的颜色。3岁前的孩子对生活的学习主要是一种"模式学习"，即无意识学习，这种学习的特点就是反复加强印象，而孩子在这个阶段里，大脑的接受能力是非常强的，只要采取了适合的方式，那么早期开发是一定会取得成效的。

但是，事实上每个人的成长、发育阶段都是有区别的，而且每个人今后的智力倾向也是不一致的，对学习方法的适应也有着各自的区别，这里就涉及到"因材施教"的话题。中国的孔夫子之所以能成为伟大的教育家，就是因为在这个方面有独到的做法。而犹太人很早也注意到这个问题，他们说："要按照孩子该走的路来充分地训练他。"拉比认为，一个孩子在学习《圣经》上有独到的领悟，而对于《塔木德经》的领会却懵懂未开，那就要在《圣经》上加大对他的启发，未必要强迫他花费无效的时间钻研《塔木德经》。反之，如果他对《塔木德经》更有兴趣，那就在这方面对他多加训练。犹太民族最杰出的，也是整个人类中最伟大的科学家之一爱因斯坦，在智力性因素上并不是一个得天独厚的人。他4岁才开始说话，小学时，因为学业不佳，老师曾要对他作退学处理。甚至有老师断定他在数学方面绝对不会有出息！但是，他的母亲却一直没有放弃对孩子的希望。母亲通过音乐对他进行熏陶，而叔叔则在数学上加以引导，结果，爱因斯坦终于成长为人类科学史上的一棵参天大树。

智商并不直接等于成功，只有适当的教育，加上勤奋的努力，才有可能创造天才。

"抓周"和股票大王的故事

正像手岛佑郎所分析的，犹太人对子女进行经商和理财的教育，确实从很小就开始了。小孩子满周岁的时候，中国的民俗有一个习惯叫"抓周"，就是任意取一些东西放在尚不更事的孩子身边，让他伸手去抓，看他抓住什么，就说明他将来可能朝哪个方向发展。在曹雪芹所写的《红楼梦》里，就描写了贾宝玉周岁时贾府替他举行的一次抓周活动。在那次抓周活动中，贾宝玉抓到的是一些女孩子喜欢的玩意儿，而不是像他父亲贾政所希望的那样，抓起什么书呀、笔墨呀之类的，所以作为朝廷官员的贾政心里还老大不高兴，认为贾宝玉今后不会有出息，因为不读书，就不能应科举，不能应科举，就不能当官。"万般皆下品，唯有读书高"，是中国人心目中延续了千年的一种舍不去的情结。犹太人在孩子满周岁时也有类似的习惯，但不是让孩子瞎子摸象似的在一堆东西当中乱摸，而是以长辈的名义给孩子送股票，这里面就潜在地表达了犹太人对孩子未来所寄予的希望。在孩子到了读书的年纪之后，犹太人家庭都会教给孩子辨认商店里的标签，同时教给他们关于存储、利息、账户、交易等等一些相关的概念。再大一点，还要让孩子们自己制订两周以上的开支计划，并按照这个计划去认真执行。通常，犹太人的孩子都有过这样一份自己的"账单"：某年某月某日，帮母亲拖地，15美分；某年某月某日，收拾自己的床铺，5美分；某年某月某日，帮父亲清除花园杂草，20美分……在我们看来，这似乎是家庭缺乏温情的表现，但这也说明了中国人对培养孩子商业意识的忽视。而犹太人的行为却是在他们整个民族痛苦而辉煌的经历之后所总结出来的一种行之有效、屡试不爽的法则。

从小培养的法则是不变的，但从小培养的方式可以是多样的。"培养"这个词，一般指的是别人对自己的教育、栽培和养育，但有时候，有的人偏偏没有这种幸运，他不能依靠别人的"培养"，只能自己教育自己，自己提升自己。股票大王约瑟夫的经历证明了这一点。

约瑟夫幼年时家境不幸，不得不流落街头，靠拾捡垃圾为生。他生在19世纪末20世纪初的年代，那个时代，资本主义正处于血腥的发展年代，残酷竞争、贫富差距等等社会问题成为公害。约瑟夫周围有许多沦落到一文不名的人，不能不靠盗窃、抢劫、贩毒、吸毒过日子。在这样的环境中长大，那种"近墨者黑"的影响是很难避免的。可是，毕竟约瑟夫是出身于犹太人家庭的，犹太人的传统在他的血脉里并没有因环境的恶劣而"断流"。没有人帮助他，没有人教导他，他就连给家人"打工"来赚取自己的零花钱都不可得。但是，他却在每天捡垃圾的过程中，将拾得的书本、报纸留下，待晚上带回住地，凭借着微弱的路灯阅读。积年累月，通过这样的途径，他积累和掌握了经济运行及股票市场的相关知识，甚至由此产生了对于股市的浓厚兴趣。他身边的那些小流浪汉们对他的行为自然不可理解，他们不知道，约瑟夫的犹太人血统注定了他不可能久居于这种肮脏和堕落的环境当中。果然，在约瑟夫通过行乞获得了一点点资金之后，他就果敢地进入股票市场，积极"练兵"，结果居然成功了。他的财富开始增加，并由乞丐变成为"股东"。当第一次世界大战爆发的时候，欧洲的许多证券公司都由于经济的不景气而处于岌岌可危的状态，就在这个时候，他做出了自己的重大决定：到证券交易所去工作。他由普通的工作人员做起，在不长的时间里就成为一名股票经纪人。通过三年的实际操作，在积累了一定的经验之后，他又独立出来自己闯荡天下。仅仅一年，他便获得了 168 万美元的收益。20 世纪上半叶，百万富翁这个头衔还是十分眩目的。约瑟夫成长和成功的例子，不会不给我们以教益。

一个人从小受到的教育，往往会影响他的一生，这是被无数历史事实所证明了的。犹太人这个民族异常重视对孩子在经商和理财方面的启蒙教育，使得他们在世界性的商战当中始终能把握先机，独占鳌头，傲视群雄，可谓"冰冻三尺，非一日之寒"。

最受欢迎的教育方式

曾经读到过这样一篇文章——《最受欢迎的教育方式》，可以让人得到某种启示。文章所表述的内容如下。

1996 年 10 月，联合国教科文组织属下的一个工作机构在日本的东京组织了一次精心策划的国际中小学教师和学生的联欢活动。一共有 20 多个国家和地区的 410 名师生参加，其中教师 208 名，学生 202 名。中国从北京、西安和上海选派了 9 名教师和 9 名学生前往参加。

这次联欢活动共设计了 5 个活动项目，其中有一个别出心裁的活动是，让各个国家的学生们来评选最受欢迎的教育方式。活动开始，首先出一个题目，要求所有参加活动的教师们回答，题目的内容是这样的：

有一对孪生兄弟，分别叫大杰克和小杰克。两兄弟正好14岁，在同一所学校里面读书。由于家住得离学校较远，父亲给他们配了一辆轻型轿车作为交通工具。可是，两个杰克有着同样的毛病，就是贪玩，晚上经常玩到很晚都不睡觉，到了第二天早上又起不了床，所以上课经常会迟到。这一天上午，要考试了，尽管老师头天晚上已经再三叮嘱他们千万要准时到校，可他们却因在路上玩耍，还是迟到了半个小时。老师自然要询问哥俩迟到的原因，可是两兄弟在路上已经串通好了，都回答说开车的时候，走到半道上，汽车爆了轮胎，所以才没能准时赶到学校。鉴于两兄弟平时的表现，老师对他们的回答自然不肯相信，但当场并没有做任何表示。等两个人进了教室后，老师来到停车场，对他们的车子进行检查，只见汽车的四只轮胎并没有被拆卸过的痕迹，心里便有了数。题目要求教师们回答：假如你是杰克兄弟的老师，你会如何处理这件事？

教师们在208份答卷中各抒己见，由于国家不同、民族不同，对这件事的处理自然就有很多种方式，最具代表性的方式一共有25种。

中国式的处理方式是：一是当面严肃批评，责令杰克兄弟写出检讨；二是取消他们参加当年各种先进评比的资格；三是通知家长。

美国式的处理方式是：幽他一默，对兄弟俩说：假如今天上午不是考试而是吃冰激凌和热狗，你们的车就不会在路上爆胎了。

日本式的处理方式是：把两兄弟分开，对他们分别进行询问，老实坦白了的给予赞扬和奖励，对坚持说谎者给予严厉处罚。

英国式的处理方式是：小事一件，置之不理。

韩国式的处理方式是：把真相告诉全体学生和杰克们的家长，请家长对孩子严加监督，在全班开展讨论，引以为戒。

新加坡式的处理方式是：让他们自己打自己的嘴巴各10下。

俄罗斯式的处理方式是：给兄弟俩讲一个关于说谎有害的故事，然后再问问他们俩最近有没有说过谎。

埃及式的处理方式是：让他们向真主写信，向真主叙述事情的真相。

巴西式的处理方式是：半年内不许他们在学校里踢足球。

以色列式的处理方式是：提出三个问题，让兄弟俩分别在两个地方同时作答。

三个问题是：A. 你们的汽车爆的是哪个轮胎？B. 你们在哪个维修店补胎？C. 你们付了多少补胎费？

之后，活动主持者将这 25 种方式都送给前来参加活动的 202 名学生们，请他们评出自己最喜欢的处理方式。结果，竟有高达 91% 的学生选择了以色列式的处理方式。

在对活动进行总结的时候，这次活动的主持人表示，无论哪个国家和地区或者是哪种文化背景下成长的学生，他们都有着这个年龄段的孩子共同的特点，他们对事物的看法也有着相应的共同之处。既然绝大部分学生都认可以色列的方式，这说明以色列式的处理方式的确是最好的。对于孩子们来说，它最受欢迎，是因为它符合孩子们的心理特点，这种教育方式带有游戏性质，既让孩子们能够受到教育，又不会使他们感觉到难看和害怕。

看起来，犹太人积累了长达几千年的教育经验，促使孩子们喜欢学习，从中能得到乐趣。这使得他们的后代在学习上能达到最佳的效果。

犹太人生生不息的火种：知识和文化

当然，不管是经商也好，理财也好，仅仅具备商业知识是不够的。犹太人一般拥有良好的教养，这种教养来自良好的学校教育和家庭教育。对于许多犹太人而言，他们的知识层面都比较丰富，这得益于他们在学校所受到的教育，当然也和他们注重终身教育的理念有关。列宁有一句名言："学习，学习，再学习。"犹太人在这方面可谓身体力行，他们好学的传统一直延续了几千年。曾经有过这样一个故事，让人读过之后不能不为之动容。那是发生在公元 70 年，也即距今近 2000 年的事情。凶残的罗马人入侵犹太人的国家，他们屠杀犹太民族，毁灭犹太文化，摧毁犹太人的建筑，犹太人在那时候就遭到灭种的威胁。当罗马军队将犹太人最后的城市耶路撒冷包围起来，犹太人已面临绝境时候，犹太人首先想到应该保留的，不是财宝，不是建筑，不是武器和战士，而是学校！眼看耶路撒冷是守不住了，犹太人拉比约哈南做出了一个大胆的决定：亲自出城去见罗马军队的统帅韦斯巴苟，告诉他一个惊人的消息。面对傲慢的韦斯巴苟，约哈南表现出无比的谦恭和尊重，他甚至说："我对阁下和罗马皇帝怀有同样的敬意！"在皇权面前，任何孔武有力的将军不过是他的一粒棋子，韦斯巴苔深知这一点。他认为约哈南的话是荒谬的，如果被人知道了，会误会自己有僭越之嫌。于是他作出愤怒的样子，要对这位犹太人拉比进行惩罚。然而，拉比却以十分肯定的口气对他说：

"我确定阁下将会成为下一位罗马皇帝！"

拉比是犹太人的智者，他代表普通的犹太人和上帝沟通。看着约哈南无比镇定的样子，韦斯巴苔相信了他的话，觉得他做出这样的预言，一定是有根据的。于是韦斯巴苔问约哈南这样冒死前来罗马军营，除了告诉自己这个预言还有什么其他的请求？约哈南以乞求的口气说：

"我没有别的要求。我仅仅只有一个愿望，那是唯一的愿望，就是请求罗马人能在耶路撒冷城破之后，给犹太人留下一所能容纳十个拉比的学校，而且永远不要破坏它。"

果然，正像约哈南所预言的，不久罗马帝国的皇帝死了，韦斯巴苔当上了新任罗马皇帝。现代人回溯这段历史，会认为它在很大程度上不过是巧合，但韦斯巴苔却肯定认为这是犹太人拉比的先知先觉。于是他信守与约哈南的约定，在罗马人攻破犹太人的圣城耶路撒冷的时候，正式发布命令：给犹太人留下一所学校！这所学校，成为犹太人保留自己的文化、培养后代、滋养和壮大民族之魂的｜火种。

保存和继承本民族文化是一项不可推卸的责任

古代的犹太人由于重视自己的民族文化传统，重视知识的传授，使得民族的精神一直生生不息地传承与光大，而现代的犹太民族也同样把保存和继承本民族文化作为自己一项不可推卸的责任。

20世纪，尤其是20世纪的后半叶，随着世界经济发展提速，社会各个方面都在不断加快交流和融合的速度，特别在美国这样一个本是由多民族组成的国家，社会的融合与同化竟形成一股时代的潮流，首先对这一点表示出忧心忡忡的是犹太人。犹太人在美国各个少数民族中属于人数偏少的一类，大约600万，他们主要是19世纪中期开始从欧洲移民过来的。他们的文化、他们的民族传统和精神、他们的聚合力使得这个人数偏少的少数民族在短短200年的时间占据了美国社会的主流地位。20世纪70年代，美国大学教授10%是犹太人，在那些一流大学，这个比例达到 30%。犹太人口不过占美国社会总人口的 3%，这个比例是相当惊人的。美国的富商中，犹太人占到了 25%，犹太人在国会参、众两院中比例也很高，达到 10%–20%，在各少数民族中首屈一指。由于有强大的经济作后盾，因此他们的院外活动能力很强，这也是美国国会为什么总是通过对以色列有利的决议案的重要原因之一。据权威统计，对美国历史最有影响的 200 名文化名人中，有一半是犹太人，而美国一共有 100 多位学者、专家和文学家获得诺贝尔奖，其中犹太人也占到将近一半。美国的电影业（包括好莱坞）由犹太人创建，最著名的报纸由犹太家族创办，金融业更不用说，犹太族的大亨几乎是一统天下。所以，有人这样形容：美国的犹太人"控制着华尔街，统治着好莱坞，操纵着新闻界"。但是，毕竟美国是一个纯粹西方化的国家，它的主要居民来自欧洲，他们的祖先是游牧民族。所以，美国人从生活方式到思维方式，还是以西方传统为主，这就与古代家园在中东的犹太民族有着很大区别。为了与美国社会尽可能融合，犹太民族在许多方面也对自己的传统和习俗进行了调适，比如把星期六的安息日改到星期天过，从其他民族的文化当中吸收必要的能量等等。但是，由于犹太民族在整个美国社会所占的比例太少，因此，他们担心自己民族的文化最终会被美国的主流文化所同化。到犹太人在美国社会终于取得相当辉煌的成就的时候，他们竟然开始致力于恢复传统文化。他们开设犹太语学校，创建"希伯来师范学院"，设立基金会，推出全美犹太青年教育计划，出资并发起有关犹太人研究的项目，出版犹太人社区报刊等等。犹太人在美国建立了 1000 多个犹太教堂，也始终不间断地延续着自己的宗教活动。这样，犹太人一直以他们醒目的文化习性和标志，维护着他们自己的特征。

犹太母亲对孩子的启蒙教育

犹太人的习俗中有这样规定：当你处于穷愁潦倒之际，不得不变卖余物以维生的时候，你首先应该卖的是金子、宝石、土地和房屋。而你家庭中所拥有的书籍，则不到万不得已不可变卖。

1736 年，犹太人制订了一项与书籍有关的法律：当有人借书的时候，如果书本的拥有者拒不出借，便是违法，应处以很重的罚金——这如果不是唯一的话，也是人类有史以来第一部关于书籍的立法。古代犹太人甚至还说，假如你有一本好书，即使你的敌人要借的话，你也必须借给他，否则你就会成为知性的敌人。犹太人嗜书如命的特点由此得到证明。一直过着颠沛流离生活的犹太人，一切都可放弃，却绝对不肯放弃书籍，不肯放弃知识的源泉，不肯放弃读书的习惯，这在其他各民族当中，几乎是绝无仅有的。中国人也有爱书惜书的传统。比如说，中国历代就有官方的图书馆，也有民间的藏书楼。中国古代著名哲学家老子当年就担任过周朝的守藏吏，也就是相当于国立图书馆的馆长。中国士大夫对于丰富的藏书有着独特的羡称，叫做"书海"或"书城"；中国民间还有所谓"耕读传家久，诗书继世长"的说法，都说明了中国人爱书的特点和犹太人有着比较类同的一面。但是，中国人读书的首要目的是传圣人之教，而非像古希腊人那样是"爱智慧"，而且中国历史上还发生过秦始皇焚书坑儒，"文革"期间大革文化命，烧书和毁坏古代遗迹的事件。假如说，前者带有一种遗憾，后者简直就是一种耻辱了。

犹太人爱书重教，目的当然是生存。因为，对一个时时处于流离状态的民族而言，一切都可能被掠夺，唯有脑海里的知识不会被掠夺；一切都可能丧失，唯有学到的本领不会丧失。有这样一位犹太母亲向自己的孩子提问：

"假如有一天，你的房子被烧毁，财产被抢光，你将会带什么东西逃跑呢？"

孩子尚小，不懂得母亲的用意，他回答："当然是钱和珠宝。"

母亲又问："有一种没有形状、没有颜色、没有气味的东西，你知道是什么吗？"

孩子回答说："空气。"

母亲再问："空气固然重要，但是它无处不有，所以也并不需要你携带。孩子，万一到了那个时候，你需要带走的东西，既不是钱，也不是钻石珠宝，而是知性。因为唯有知性是任何人也抢夺不走的。只要你活着，知性就永远跟随着你，无论走到什么地方都不会丧失。"

这就是犹太母亲对孩子所进行的一次启蒙教育。

学者比国王更伟大

在中世纪里，无论是欧洲还是亚洲，读书还只是少数人的特权，大多数普通人都是文盲，他们没有读书的权利，也没有读书的条件。可是，犹太人却从公元11世纪开始，就在本民族当中基本消灭了文盲。犹太人采取的一项制度是实行什一金，只要是犹太人，不管是谁，也不管你的生活水平如何，哪怕你就是接受施舍的穷人，也必须捐出你的全部所得的十分之一，来供做整个民族的教育之用。中国历史上其实很早就有过什一税的制度，不过这种制度却不是用来办教育的，而是用来满足王族和官府的日常开支的。高学识形成的肯定是高智商，犹太人历来在理财致富的道路上优于其他民族就可以理解了。

犹太人在 20 世纪中叶重新建国以后，他们终于具备了以国家的名义继续发挥本民族优良传统的条件。以色列成立伊始，就颁布了《义务教育法》，1953 年又颁布《国家教育法》，到 1969 年，又颁布《学校审查法》，他们就是要以法律的手段，保证民族的教育费用不中断，保持民族素质始终能够跟上社会，跟上时代的发展和变化。据说，犹太人在教育上的投入是世界上最高的，投入经费一直不低于国民生产总值的 8%，而直到现在，世界上各个国家在教育经费上的平均投入仍为 4%，中国更是只有百分之二点几。据联合国教科文组织所作的调查，国际上对基础教育的投入每年只有 15 亿美元，而要实现联合国提出的到 2015 年在全世界普及小学教育的目标，每年至少需要投入 56 亿美元才行。比起犹太人，世界绝大多数国家都无法在人才上与他们竞争，就不言而喻了。

还有一个例子。像美国、俄国和英国等大国的领袖，一旦卸任，不可能再去政府里担任低一职级的职务。而曾任以色列总统的伊扎克·纳冯在从总统岗位上下来后，却心甘情愿去担任政府的教育部长。教师的地位在以色列民族中的地位是很高的，他们甚至有"学者比国王更伟大"的说法。

《塔木德经》里有这样的话：宁可变卖所有的东西，也要把女儿嫁给学者；为了要娶得学者的女儿，就是丧失所有的一切也无所谓。假如父亲和拉比一起坐牢，做孩子的有这个能力加以营救的话，应当先救老师——也就是拉比。由此可知，尊重知识、尊重人才这一认识在犹太人那儿早已成为不可移易的理念。

在希伯来语中，教师、双亲和山的发音十分接近。犹太人称双亲为"赫里姆"；称山为"哈里姆"；称教师为"奥里姆"。我们可以这样来理解，犹太人就是把教师看作和父母一样的重要，和大山一样伟大。中国古代对于教师其实也和犹太人是一样尊崇的，比如过去在中国普通百姓家里摆放的祭祀牌位，上面就写着"天地君亲师"，把老师和天、地、国君、双亲放在一起来尊奉的。所不同的是，犹太人的这种信念一直没有断绝过，而在我们中国，曾有过相当长的时间，把老师的地位贬到可有可无的程度，其所造成的恶果，让人感叹不尽。

一部旧打字机和一部《义务教育法》

要说以色列的《义务教育法》，它的产生并不像我们刚才讲述的那样容易。以色列建国的时候，国力弱到我们今天都不敢想象。那时，以色列的教育部唯一的资产就是一架旧打字机。可是，以色列第一任教育部长却提出，要在以色列实行义务教育，要"强迫"3~15岁的孩子接受免费教育。当时担任教育部秘书的艾德勒都不敢相信部长的话！可是，教育部长盖尔却坚定地对艾德勒说："是的，免费！"

盖尔的想法是，"我们处在敌人的四面包围之中，我们必须尽快培养高素质的人才，只有这样才能对付数十倍于我们的敌人"。

当时，第一次中东战争还在进行，以色列就连作战经费都是由山姆大叔援助的。但盖尔却和教育部的官员一起，起草这部对以色列来说具有远大意义的《义务教育法》。在盖尔的脑海里，以色列还要建设一座历史博物馆，让孩子们从小就知道，3000年前犹太人的圣殿被罗马人毁掉的悲剧，让他们知道在二战中犹太人被大肆屠杀的事实，知道那些毒气室、骷髅、鲜血和希特勒，还要让他们明白，以色列是犹太人最早居住的地方，犹太人没有别的地方可去。

以色列的第一部《义务教育法》，是在战争中起草，在战争结束的时候，用那架唯一的旧打字机打出来的。

由于有了这部《义务教育法》，以色列的人几乎百分之百地接受过教育，这个国家的高科技人才、教授、医生等的人均数远远高于世界上其他国家。所以，以色列人会骄傲地说："以色列的《义务教育法》，它的产生并不像我们刚才讲述的那样容易。"

"我们国家资源缺乏，但我们有的是阳光、沙漠还有大脑。"

学识渊博的人赚钱更有把握

学识渊博的人赚钱更有把握，这句话可不是凭空说的，中国历史上最为有名的商人范蠡，就是一个具有渊博知识的人。他最早是楚国的大夫，但由于楚平王不重视人才，他便逃到越国去了。他凭着自己的知识和智慧，帮助越王勾践恢复了被吴国占领的国土，并将吴国灭了，吴王因此而被迫自杀。范蠡既有丰富的治理国家的经验，又懂得音乐、舞蹈（他曾对吴国施用美人计，亲自挑选一批越国少女，并加以调教），当然也懂得军事。他对农业、商业、冶炼等方面的知识都很精通，还懂得医药方面的学问。他很善于研究和分析人的心理，用现在的话来说，可算得上心理学专家。正是具有如此丰富的学识，所以他在帮助越王打败吴国后，很清楚地看到了越王勾践只能共苦，不能同富贵的内心世界，于是毅然放弃越王许诺给他的种种优越待遇和荣誉，离开越国去浪迹江湖。他隐名埋姓，改称陶朱公，开始了经商活动。不过短短几年，他就积累了大量的财富，行里的人都知道江湖上有这么个经商高手。范蠡经商并不是为了赚钱，而纯粹是为了找一种带排遣性质的生活方式。范蠡手上的钱太多了，以至引起包括诸侯们的重视。有人劝他：这样容易惹祸。于是他就把赚的钱统统散发给别人，自己一点也不留。他相信只要自己愿意，赚钱就像每天吃饭穿衣一样，是非常简单的事。他把钱分给了别人，自己又从头开始。没过几年，他的财富又聚集到原先一样多。司马迁写《史记》的时候，写了范蠡如何分析和准确把握别人心理的情节，而他的这种能力都是建立在具有丰富的相应知识上面的。

犹太人经商也有同样的特点。他们懂得，在与人谈生意的时候，你知道得越多，当然考虑问题就更全面，思路也就越能够展开，谈判的主动性就更大。"知识和金钱成正比"，这是犹太人的一种信念。

曾经有经常与犹太人打交道的日本人这样看犹太商人：他们很健谈，话题总是很多，而且涉及到各个领域。大到世界政治、环境保护、人类生存，小到假日休闲、日常消遣；长到世界历史、民族发展，短到近日新闻，几乎是无所不知，无所不晓。连这些与经商没有多少直接关系的信息他们都知道，那么与生意有关的知识就更是掌握得很全面了。一个日本商人一次与犹太商人谈钻石生意，谈着谈着，那个犹太商人突然问他：

"你知道大西洋海底有哪些特殊的鱼类吗？"

日本商人平时哪里关心到这个，当然回答不出。后来他回想这件事才明白，那个犹太商人实际上是在检验他的知识面。如果他连这样生僻的知识都了解的话，那么他对钻石方面的情报肯定就掌握得十分细致了。

学识渊博还有一个用处，一般而言，学识渊博的人往往更有教养，更理性，也更有信誉，更能获得别人的尊重。商人虽然浑身充满铜臭味，但从某个角度讲，商业文明却是必须建立在学问和知识的基础上的。

善于向优秀的人学习

学习不光是指对于书本知识的学习，还包括对于你身边的人的学习。从朋友当中，从周围的人群当中能学到很多你无法亲身体验的经历，让你迅速成长起来。中国的孔子很重视这一点，所以他说"三人行，必有我师焉"。孔子一生之所以能够学到那么多的本领，和他勤奋努力有关，也和他善于向自己身边优秀的人学习有关。犹太人对于这一点，和我们竟然有着同样的认识。

创造了一个庞大的饭店帝国的希尔顿在15岁的时候，听说了海伦·凯勒的故事。海伦·凯勒是希尔顿的同时代人，她的个人经历非常不幸，她出生的第二年，就成为一个又瞎又聋又哑的姑娘，从小生活在无光无声的世界里。可是，这样一位姑娘，却凭着自己惊人的毅力，走过异常艰辛的人生道路，完成了从小学到中学的学业，甚至考上了雷多克利夫学院，她的精神感动了当时的美国人，被人们称为世界"第八奇迹"。希尔顿在自己的日记本上抄录下海伦·凯勒的名言："乐观是通向成功的桥梁，没有希望就一事无成。"从此，他按照这句话去努力实践，也成就了一番杰出的事业。

在美国，还有一位叫阿瑟·华卡的犹太少年，他在杂志上读到某大实业家的成功故事，心情非常激动，专门跑到这位实业家所在的纽约市，去拜访他。早上7点，那里还没有开始办公，他就上了门，见到了报上介绍的那位亚斯达先生。亚斯达起初觉得这位少年太冒昧，但弄明白他的来意后，便开始喜欢他的这股子精神，他柔和地和这位少年交谈，竟然一见如故地谈了一个小时。这位少年极想知道：怎样才能赚到百万美元？亚斯达告诉他：你还应该去访问其他实业界的名人，并为他亲自做介绍。华卡通过亚斯达的帮助，居然遍访了纽约一流的商人、总编辑和银行家。华卡的行为不是盲目的、冲动的，他的学习是真诚的，当然也是有效的。仅仅过了六七年，在他24岁的时候，他就拥有了自己的百万资产。

曾经当过美国印第安纳州一个小乡镇上的铁道电信事务所的小雇员的怀特后来成为西部合同电信公司的经理、俄亥俄州铁路局局长。他的儿子开始上学时，他给儿子的忠告就是：在学校要和一流人物结交，有能力的人不管做什么都会成功。怀特的"教子经"当然来自于他自己的人生体验。

教育的重要性在于学会思考

大名鼎鼎的微软公司，是世界上发展最成功的企业。微软创始人比尔·盖茨所开创的事业不仅为世界现代科技和人们工作、生活方式的发展、进步做出了巨大贡献，也使他本人成为当代的世界首富。比尔·盖茨不是犹太人，但他的最亲密的搭档，精力四射、活跃异常、有"猴人"之称的史蒂夫·鲍尔默却是半个犹太人。

史蒂夫·鲍尔默和比尔·盖茨是哈佛大学的同学。比尔·盖茨中途退学去开创自己的事业，史蒂夫·鲍尔默却继续着他的学业。他以优异的成绩获得哈佛大学的经济学和数学学士学位，两年后，又到斯坦福商业学院攻读 MBA。比尔·盖茨的事业刚刚起步，比起美国那些世界著名的大公司来，他那个设在西雅图的电脑公司尚属无名之辈。1980 年，比尔·盖茨给这位当年的同学打来一个电话，话没说完，但意思却表达得很清楚，就是邀请史蒂夫·鲍尔默加盟自己的公司。在考虑了两天之后，史蒂夫·鲍尔默给比尔·盖茨回电话，答应和他一起打天下。

史蒂夫·鲍尔默答应了老同学的请求，比尔·盖茨当然很高兴，可是自己的父亲却不理解。史蒂夫·鲍尔默从哈佛这个世界一流的大学毕业，又正读着热门的斯坦福大学的 MBA，将来无论想进哪家著名公司，都轻而易举，可现在却居然要去给那个年仅 24 岁的毛头小伙子打工，是不是脑子进水了？史蒂夫·鲍尔默当然是想方设法说服了父亲。他自己是这么想的：一个人求学的目的是什么？不是单纯地为了学历，也不单是为将来有个稳定的职业。求学最主要的目的是要能够成就一番事业，"经历、观察，并强迫自己分析不同的问题……"美国的教育固然很重视这些能力的培养，可是真正的锻炼和收获必须来自社会实践，史蒂夫·鲍尔默做出自己的选择正是经过了一番仔细思考的。他加入比尔·盖茨的行列，正是清醒地分析了世界科技和经济发展走势，认为比尔·盖茨的事业一定能够代表未来。当然，他和比尔·盖茨还有一个共同的想法：教育不光是在校园里进行的，更重要的是在人生的事业中进行的。于是，他在读研期间放弃学业，选择了和比尔·盖茨并肩创业的道路。

在微软工作期间，他成为了比尔·盖茨的最佳拍档，先后主管过运营、运营发展、销售与客户服务等业务。1998 年，他被比尔·盖茨任命为微软公司的总经理，2000 年担任公司的 CEO，全权负责公司的管理，他向全世界传播微软公司的理念："通过先进的软件使人们获得力量——随时随地，在任何设备之上。"

史蒂夫·鲍尔默获得的教育是成功的，因为他通过思考做出了自己的选择，又在事业的拓展中锻炼了自己的思考能力。他的观点是："教育的重要性在于学会思考，而不是题目、学科的累加。"

终身学习的传统

现在，随着知识更新速度的加快和信息爆炸时代的到来，美国一些专家提出了终身学习和终身教育的理念。而终身学习对于犹太人来说，似乎很早就是不言而喻的事了。在很早很早以前，有一个基督徒（基督教虽然为犹太人所创立，但由于它在欧洲大陆上的迅速普及，非犹太民族的基督徒已远远超过的犹太人的人数）来到一个街镇。他想雇佣一辆马车，便外出寻找。在一个街区的拐角处，他看见有一排等待外雇的马车停在那儿，但驾车的车夫却一个都不在。他问正在路边玩耍的小孩，车夫都到哪儿去了。小孩手指着街巷深处说，都在车夫俱乐部里呢。按照小孩的指引，他走进街巷里边，找到所谓的车夫俱乐部。原来，在这儿的车夫都是犹太人。在一间狭窄的屋子里，所有的车夫们正聚在一起学习《塔木德经》。虽说那时学的是经书，但随着时代的发展，学习的内容变了，犹太人恪守的习惯却没有变。后来，大家都知道，在纽约布鲁克区的威利阿姆，有犹太人举办的各种各样的知识讲座，许多成年犹太人在忙完一天的工作之后，都会在吃完晚饭后，又赶到那里学习、充电，以色列的各个大学也都替成人开办了各种补习和培训班。

由于文化素质普遍较高，犹太民族和别的民族有一个显著的区别。世界上任何民族，几乎都存在着非常明显的贫富差别。富者家可敌国，贫者无立锥之地。这里面当然存在着剥削、机遇以及命运不同的原因，但由不同知识背景决定的个人能力的差别，不能不说是导致这种现象的重要原因之一。而犹太人那儿却少有这样的差别。一般的犹太人家庭都能够过上小康的生活，世界上知名的大富豪中，出身犹太民族的更是不在少数。我们就以美国在1974年的一份统计来说明这个问题。在当时，美国犹太人家庭的平均年收入为1.334万美元，而其他的白人家庭平均年收入为9953美元，犹太人的家庭收入高过其他白人收入的三分之一。而犹太人收入与所有别的少数民族相比，更是相差巨大。造成这种因素的主要原因，就是犹太人受教育的程度远高于其他民族。大约在同期，600万美国犹太人（占全球犹太人数量的38%）里，受过高中教育的已占84%，受过大学教育的占32%，相比之下，美国总人口中只有35%的高中毕业生和17%的大学毕业生。正是由于受教育程度高，那些需要高学历和高知识的工作岗位，自然多为犹太人所占据。还是这个时候的一项统计：进入美国的金融、商业、教育、医学、法律等高收入行业的各个民族比例，犹太人是最高的。美籍犹太人男子从事这些行业的占到70%，女子也占到40%，比全美平均数高出一半以上。

动作迅疾，把握良机——行动力

只有快，才能抢占制高点

一个优柔寡断的人是很难赚到大钱的，只有动作迅疾，行动敏捷，才有可能在激烈的竞争中获得胜利。这就像在拳击场上一样，不论你有多好的素质，多高的水准，多硬的功夫，但是你的动作不够敏捷的话，就把握不住那稍纵即逝的机会。犹太人在这方面的才能，可以说是训练有素的。

巴鲁克，著名的美国犹太实业家，他在30岁的时候就成为让人羡慕的百万富翁。他知识丰富，聪明过人，曾被美国政府委以多项重任。说起他的发迹，不能不归功于他那迅速行动的能力。那还是在1898年的时候，年轻的巴鲁克尚和父母亲住在一起。当时，正在迅速崛起的美国和老牌帝国主义国家西班牙进行了一场战争。西班牙那一度百战百胜、威名远扬的舰队远征美洲，却在圣地亚哥附近被美国海军一举战败。这天晚上，巴鲁克从广播里面听到了这一消息，知道各地证券市场的美国股票将会大幅度上扬，于是连夜朝自己的办公室赶去。其实，第二天是星期一，按照美国证券交易市场的规矩，星期一是不开盘的，但英国的证券市场却会照常营业。他这么着急地赶回去，就是要通过长途通信着手运作自己的股票资金。可是，时间实在是太晚了，通往纽约的客运火车已经没有班次。巴鲁克毫不犹豫地租下一列专车，终于在黎明之前赶到自己的办公室。当伦敦股市开始交易的时候，他果断地卖出买进，做成了几笔"大生意"。他的财产就此大幅升值，而他也就此打下了名气。

通过巴鲁克的行为，我们可以反省一下我们自己：

第一，你能从一条与经济没有任何直接关系的新闻中获得自己致富的信息吗？

第二，你获得了这条信息，能够立刻做出相应的决策吗？

第三，你做出了决策，能够这样起身行动，而不是按照正常的作息规律行事吗？

第四，你开始行动了，但是在行动受到阻碍的时候，能够有办法克服那些阻碍吗？

实际上，巴鲁克在面对第四个问题时所克服的障碍用的是超常规的思考。因为如果不是果断地租用专列的话，那么他就不可能及时赶回自己的办公地点；如果按照本地正常的交易时间，那他也就不可能在第一时间里完成自己的交易。现在回过头来看巴鲁克的采取的措施，觉得似乎并没有什么特别，但是在当时，正是这些措施他做出了果决而迅速的决策。

以后，有人在谈到巴鲁克的经商经历时都会说，正是由于他总是能够比别人更早一步，所以便总是能够及时抢占制高点。

巴鲁克的技巧得自传承

其实，巴鲁克的智慧并不是天生的，应该说，这是犹太人善于学习和继承的成果的具体体现。按照他自己的说法，他的这种"技巧"来自对早年居住在英国的犹太商人罗斯柴尔德家族的学习。

有一个长年在欧洲从事商业活动的犹太人家族——罗斯柴尔德家族（我们在后面还会提到，这个家族曾因为广泛从事慈善事业而被英国王室授予爵位），之所以能够获得巨大的成功，就是因为他们总是能把握机会，以行动来说话，以行动来对局势做出自己快速的反应。

那还是在19世纪初期的时候，当时，著名的法国皇帝拿破仑在整个欧洲东征西讨，以他过人的胆力和谋略取得了许多场战争的胜利。后来，欧洲国家组成联军，共同对付想称霸整个欧洲的小个子拿破仑的法国军队。起初，由英国将领惠灵顿担任统帅的联军作战并不十分顺利。惠灵顿在比利时发动了一场战役，企图对法军进行围歼，但战斗很不顺手，屡有联军战败的消息传到各个国家的首都，让那些焦急等待着战争结果的商人们眉头紧锁。由于拿破仑的威名，由于法军历来的战绩，加上不断传来的消息总是让人扫兴，大家实际上对于联军获胜的信心并不大。由于这场战争由英国"领衔"作战，战事不利，对英国的国际声望和英国的商业股票影响不小，欧洲证券市场上，英国的股票一直处于疲软状态。罗氏家族中威望甚高的纳坦·罗斯柴尔德很冷静地注视着战事的发展。为了及时把握战局的变化，他甚至亲自渡过英吉利海峡，来到前线，紧随着联军的作战行动。当然，他奔赴前线，不是为了捕捉战机，而是在捕捉自己的商机。

震惊整个欧洲，并由此扭转了时代发展方向的著名的滑铁卢战役打响了。此时，罗斯柴尔德本人就在硝烟弥漫的战场上。滑铁卢战役的经过是那样惊心动魄，它的形势演变又是那样风云莫测。两军对垒，命悬一线。就在联军几乎要顶不住的时候，法军也已经是强弩之末。由于一位法军将领过度拘泥于统帅的指令，听到远处清晰可闻的隆隆炮声竟不敢率兵增援，以至前线法军军力衰竭，最终全军崩溃。联军获胜的消息刚刚得到证实，罗斯柴尔德就马上派人到欧洲各证券交易所，将英国股票大量吃进。几个小时之后，各国政府才来得及正式对外宣布滑铁卢大战的结果。此时，随着英国股票的直线上扬，罗斯柴尔德家族转眼之间增添了大笔的财富。

不是大的吃小的，而是快的吃慢的

"在当今世界上，不再是大的吃掉小的，而是快的吃掉慢的。"这是一位网络系统总裁所总结的话。快，表示速度，表示机变，表示敏捷，它是行动力的典型体现。中国兵法上有一句话，叫"兵贵神速"，只有迅雷不及掩耳，才能先发制人，夺得先机。犹太人在历史上虽然很少与别的民族发生大规模冲突（尤其是在他们被迫流散之后），但自从第二次世界大战以后，犹太人回到巴勒斯坦地区重建以色列国，他们和周边的阿拉伯国家倒是多次发生战争。每次战争，都以以色列的胜利而告终，这其中固然有以色列民族团结、军队素质高等因素，但他们以快制胜的战略战术也的确起到了相当大的作用。比如，发生于1967年的中东六日战争就是如此。那一次，以色列空军从地中海低空飞入埃及，躲过埃及的防空雷达，在转眼之间，将埃及境内十几个机场内的数百架飞机几乎全部炸毁，取得了这场战争的制空权。结果，埃及在区区几个回合之后，便不得不投降。在周围皆被敌对的阿拉伯和伊斯兰国家包围的情况下，以色列国家的处境很不稳定，总是在一种随时可能发生危机的状态中。因此，以色列对付潜在危机的方法，也往往是先发制人。当年伊拉克在萨达姆统治时期，曾极力发展核武器，企图在常规武器无法取得对以色列战争的胜利的情况下，以核武器来对其进行威慑。就在伊拉克的原子弹即将研制成功的前夕，以色列经过精心准备，在某天派出经过伪装的飞机长途奔袭，直达目的地，一举将伊拉克的核设施完全炸毁。此后，萨达姆在很长的时间里无法再建立自己的核力量。

"面对不确定与敌意时，运用速度，出其不意，集中作战力量猛力打击敌人弱点，以求用最少的资源支出，达到最大的冲击效应。"据说，这是美国海军陆战队的战术技巧和战斗规则，商战上的法则与此如出一辙。

亚默尔如何捕捉商机

菲力浦·亚默尔在美国从事肉类加工生意，这个行业一直是犹太人的老领地。亚默尔做生意的时候，不像有些老板，一天到晚忙得脚后跟打后脑勺，他时常会静下心来，读读书，看看报纸。有一天早晨，他和平时一样，坐在自己的办公室里，随意地浏览着当天的报纸，突然，被里面一条不起眼的百字新闻给吸引了。那条新闻上说：墨西哥被怀疑正发生畜类瘟疫！亚默尔的神经立刻被触动了：如果墨西哥发生瘟疫，要不了多久，就会传染到美国与之邻近的加利福尼亚州和德克萨斯州，而加州、德州是美国的主要畜类产区，一旦这两个州发生畜类瘟疫的话，整个美国的肉类供应就会发生危机。报纸上所说究竟是否事实？亚默尔没有立刻肯定，而是派人专门前往墨西哥进行调查。调查人员回来报告说：不错，那里的确正在发生瘟疫。听完汇报，亚默尔立刻采取行动，集中大笔资金购买加州和德州的肉牛和生猪，并将它们运到远离这两个州的东部去饲养。仅仅过了两三个星期，在墨西哥发生的畜类瘟疫穿越国境线，传染到美国境内，这一下，引起了美国政府的恐慌。政府下令，严禁从联邦西部的州调运肉类产品进入东部地区。马上，美国市场肉类奇缺，价格暴涨。这个时候，亚默尔事先的预谋有了功效。他从容不迫地将囤积在东部的那些肉牛和生猪宰杀之后上市，短短三个月时间，净赚900万美元——这一年，是1875年，这个时期的美元与现在的美元比值是一美元相当于十几美元，900万元也就相当于今天的1.3个亿！

亚默尔有个习惯，不仅自己亲自浏览当天的各地报纸，还专门指派几个人替他收集报纸上的各类信息。这些人每天的任务之一是，将美国、英国、日本等国家出版的好几十份主要报纸的内容细加阅读，然后将里面有价值的信息分门别类整理出来，供公司决策参考。这种做法，让亚默尔屡屡获得成功。

把握住机会，才能笑到最后

美国著名的石油大王洛克菲勒，起先并不是实力很强的人。比起当时显赫一时的亚利加尼德公司以及另外一些公司，他在人力、财力和物力上都显得很不足。但是，他善于寻找机会，一旦把握到了机会便立即行动，将机遇的天平转向有利于自己的方面来。那时候，美国铁路开发人在盛产石油的地方架设了铁轨，因为他们知道石油生产出来，必须得运送出去。可是，由于盛产石油的地方都是些荒无人烟的地方，除了石油，铁路没有任何东西可运，所以，铁路运营商必须等待石油公司的业务。见铁路必须仰仗自己才能开展业务，当时几家大型的石油公司都显得挺傲慢的。他们在有需要的时候才与铁路运营商打交道，而在没有业务的时候，则对他们不加理睬。由于他们是唯一的客户，因此他们还经常不守信用，这令铁路公司非常不愉快。洛克菲勒和他的合作伙伴看到这一点，觉得这是个可以利用的时机。他们找到铁路并与之商量，双方签订一个合同，其内容就是，洛克菲勒石油公司固定向铁路上提供石油运输业务，每天的业务量是 60 车皮，而铁路则给予洛克菲勒公司每桶 7 分钱的让利优惠。对于正常的运输价格来说，这个标准是相当低廉的了。于是，洛克菲勒抓紧机会，大力开拓自己的业务。由于运输价格比别的公司低了许多，因此在销售的竞争中就占据了明显的优势。不久，洛克菲勒石油公司以惊人的速度快速发展，很短的时间就跻身于世界最大的石油集团的行列。

从这个例子中可以看出，当年刚出道不久的洛克菲勒，虽然能量尚小，但他却以敏锐的嗅觉，时时窥视着发展的机会和方向，一旦找到了有利时机，便毫不犹豫地扑上去。因为他知道，像这样的机会，只是在短期内才可能出现，如果不果断抓住，那就会稍纵即逝的。而机会一旦把握住了，就有可能笑到最后。

在发现者眼里，机会遍地都是

我们经常会听到一些想致富、想发财的人感叹：我偏偏这么倒霉，总是与财神无缘相遇，幸运女神总是光顾别人那里，对我却从不关照。眼睁睁地看着机会跑到别人那里去，别人纷纷下到河里捞鱼去了，而自己只能站在河边干看。这种怨天尤人的情绪是那些缺乏眼力的人所一直持有的。但是，对那些善于发现者来说，发财的机会简直遍地都是，你可以俯首即拾。不相信，讲一个菲勒的故事给你听。

菲勒从小生长在一个贫民窟里。他小的时候，性格和一般的孩子没什么两样，喜欢打架、逃学、调皮捣蛋、争强好胜，这些，似乎都算不了什么特殊。但是，有一样，他和别的孩子不一样，那就是，他天生有一种挣钱的本能。有一次，他在街上拣到别人丢弃的玩具车，回来后自己想办法修好，然后带到学校里去，给别的孩子玩。但是，他不是出借，而是出租，同学们想玩车可以，每人每次收取 5 角钱。仅仅一个星期，他就挣来了一辆新的玩具车。中学毕业后，菲勒因为家里穷，没钱继续读书，便走上街头，当起了一名小贩。他在街头卖小五金、卖电池、卖柠檬水，卖什么都赚钱，让别的小贩羡慕不已。又一次，菲勒下了工到酒店喝酒，无意中听见几名来自日本的海员正在那里向酒吧服务员讲述一件事，说是从日本来的一艘货船在海上遇到风暴，一船的丝绸全部被海浪浸湿，丝绸上面的颜色互相浸染，弄成了大花脸，已经无法销售，船长正为这件事大伤脑筋。扔到港口嘛，怕遭来罚款，运回日本嘛，又是一船废物，只好打算在回去的途中扔到大海里算了。酒吧服务员和旁的人听了后都啧啧感叹，认为这么好的东西变成废物太可惜，只有菲勒从中看到了财神在向自己招手。他马上找到船长，说自己愿意免费帮助他们处理这批丝绸，不收一分钱处理费。船长大喜，马上让他带车来将丝绸运下船去。菲勒接收了这批重达一吨之多的丝绸，用来制作成迷彩服装、迷彩领带和迷彩帽子，竟然十分畅销。就这样，小贩菲勒一下子进账十几万美元。再后来，他到郊外买了一块土地，出价 10 万美元，把地皮的主人高兴得合不拢嘴，心里以为自己遇到了冤大头呢。没想到仅仅过了一年，这边成了环城高速路的必经之地，那块地的价格一下飙升了 150 倍，有个富翁甚至愿意出 2000 万美元买下它，可菲勒还想待价而沽。又过了三年，等这块地涨到了 2500 万美元的时候，菲勒才将它出手。仅这一次，菲勒赚了整整 250 倍的差价。后来，别人以为他是通过市政府的关系弄到了内部消息，可调查来调查去，竟发现他没有任何朋友在市政府做事，这才不得不佩服他的眼光。到他临死的时候，他还在报纸上发布消息，说是愿意给失去亲人的人带口信去天堂，又说愿意和一位有教养的女士共用一个墓穴，竟然又赚到了 15 万美元。可以说，菲勒并没有什么特别的机遇光顾他，他所遇到的情况，我们每个人都可能遇到，但他成了富翁，而我们却仍在当一个普通的工薪族，这里面的原因就是，我们看不见那些随时可遇的挣钱机会而已。

准确的判断是行动的先导

之所以这样说，是因为我们其实都懂得，行动不能是盲目的，盲目的行动没有任何意义，甚至可能带来灾害。但是，准确的判断依据的是什么呢？是对市场需求的把握，是对消费者心理的把握，同时也是对产品前景的把握。

皮革类衣服长期以来一直受到人们的喜爱，因为穿这种衣服既保暖，又牢固，还好看，而且十分方便。但是，皮革类衣服有一个缺点就是清洗起来比较麻烦，因为皮革不能下水，下水之后容易变质。1981年，一种可直接放入水中清洗的真皮革在美国问世，应当说，这种皮革对于消费者来说无疑是一个福音。可是，那些皮革产品制造商们竟然对这种新产品表现非常之冷漠，竟然没有人主动采用这种新的皮革进行生产。其中的原因当然是，他们已经形成了自己的生产规模和体系，不愿意再花新的投资去自找麻烦。一位亚特兰大制革协会的商人索贝尔汉姆看到了这种皮革的前景，他毅然买下这种皮革的生产专利，准备大量生产。索贝尔汉姆对自己的计划进行了周密部署，他首先在纽约最豪华的一家舞厅举行了一场大规模的记者招待会，邀请数百名记者前来参加，就在这场招待会上，索贝尔汉姆请来了最有名的时装模特，浑身穿戴用这种可下水清洗的皮革制作的服装。模特们在T型台上款款而行，动作优雅，神情高贵。在经过精心设计的服装展示中，模特们会有意将手上戴的皮手套等放进用牛奶、冰激凌和鸡油等物质混合的溶液里面，然后，再将这些被玷污了的皮制品放进一旁的洗衣机里清洗。很快，这些经过洗涤的皮革制品从洗衣机里取出来，再由模特们展示给观众看：经过清洗后的皮手套等均光洁明亮，没有受到任何损坏。有些观众似乎不相信自己的眼睛，还特意走上台来，让模特们重新演示，这才相信服装表演的主办人没有任何作假的行为。很快，这种不怕水的新皮革投放市场，受到顾客们的追捧，索贝尔汉姆赚了大钱，而那些当初不肯采取行动的人们却懊悔不迭。

把每一次都当作是第一次

犹太人做生意虽然有行动敏捷的特点，但又有作风谨慎的习惯。他们对待别人总是与人为善，但接纳别人的时候，却绝对不会轻易敞开自己。这当然和他们历来恶劣的生存处境有关。又尤其是他们从事的是必须万分谨慎的职业——经商，而这个领域从来是充满尔虞我诈的，所以，他们便总是以先小人后君子的态度对待自己的对手。《塔木德经》这样说：

"客人和鱼一样，新鲜时是美味，但超过三天便会发出恶臭。"

这是什么意思呢？我们再结合犹太人生意经中常讲的一句话"每一次都是初交"就可以知道端倪。原来，犹太人大约是吃惯了别人不讲信誉或者先装扮出可亲可信的样子博得你的信任，然后再利用你的信任来施行骗术的诡计，所以他们在经商的时候，不管与你已经合作过多少次，都把下一次当作初次打交道，认真而又刻板，严谨而又细致，不为对方所迷惑，更不会放松应有的警惕。要不然的话，开始他取得了你的好感，一旦你对他产生麻痹，他就要利用你的善意来牟取自己的好处了。这时候，一个好的客人就开始像放坏了的鱼一样，要散发出恶臭来损害你的利益了。

有一个被反复引用过的故事说明了犹太人的这一特点。

有一天，一位日本商人邀请一位犹太画家到东京银座的饭馆吃饭。银座是日本最繁华的地方，寸土寸金，因此，那里各种商品的价格也非常昂贵。这位日本商人邀请画家来这里做客，当然是把他当作自己非常好的朋友来接待的了。宾主坐定之后，犹太画家乘等菜之际，取出画笔，给坐在一边谈笑风生的饭馆女主人画起速写来。不一会儿，速写画好了，画家将自己的作品送给日本商人看，商人看了，觉得果然不错，连声赞叹"太棒了！"

这之后，犹太人回到座位上，转过身面对着日本商人，再次在画板上动起笔来。日本商人看见这种情况，认为画家这次是要给自己画像了，于是摆好姿势，听任画家将他当模特儿。画家一会儿抬起头看看他，一会儿低下头用笔在画板上忙碌着，还不时向他伸出大拇指，日本人以为他这是在用自己的拇指来参照人与画的比例呢。足足过了10分钟，犹太人停下笔的时候，还特意说了声："好了，终于画完了。"日本人迫不及待地过去一看，不禁大失所望，原来，他的画家朋友画的根本不是什么画像，不过是他自己的大拇指而已。

日本人很不高兴，埋怨犹太人在作弄他。而犹太画家则笑着说：

"我听说你做生意很精明，所以才特地来考察你一下。你不问别人在画什么，就以为是在画自己，还摆好了姿势。单从这一点来看，你同犹太商人相比，还差得远呐。"

日本人这才明白他的用心。

正因为犹太人是这样地小心谨慎，所以他们的行动也很少因为遭受别人的欺骗而导致失败的。

见微知著，工于心计——思想力

父亲对儿子的测试

犹太人以其智慧著称于世，他们善于开动脑筋，对那些有思想的人总是满怀敬意，因为他们懂得，思想和智慧是胜过一切东西的法宝。犹太人的古代传说中流传着许多近似中国的阿凡提的故事，那些充满机智和灵活、聪明和颖悟的故事，表达了犹太人崇尚智慧、酷爱思考的传统。

有一个富裕的犹太商人，已经病入膏肓，他把自己的三个儿子叫到跟前，对他们说："我年纪大了，身体也病得这么重，我希望把家业交给你们中的一位来继续经营。但是，我不知道你们中哪个最聪明？"商人决定对儿子们进行测试。

老人给每个儿子10美元，说：

"你们各自用这10美元去买一样东西，这种东西最好能把你们自己住的房间装满。谁能装得最满，就可以继承家业。"

大儿子想：买一棵树回来，那茂密的枝叶可以把房间装满。于是就买回一整棵的树，好不容易把这棵树装进了房间里。

二儿子想：要是买回一车草，那草足可以将房间填满了。于是，他买回一车草，那草一直堆到了房间的顶部。

三儿子却不像他们那样麻烦，他只花了2角5分钱，买回一根蜡烛。等到天黑的时候，他将这根蜡烛点燃，蜡烛的光芒顿时充满了整个房间。父亲看着小儿子，欣慰地点点头，把家业的经营权全部交给了他。

智取钱袋的故事

"机关算尽太聪明，反误了卿卿性命。"《红楼梦》里有这样一句话，是说一个人做事不可聪明过头，聪明过头了反过来倒要损害自己的利益。我以为，所谓聪明过头，其实就是不聪明，是被外在利益遮住了眼睛，遮蔽了心智所致。而中国民间还有一句话，叫"冰雪聪明"，这才是一句真正褒奖的话。一个人能如冰雪一般明白透彻，不致因为利欲熏心而弄得丧失理智，这并不是一件容易做到的事。犹太人的聪明属于后一种。他们在商业场上夺关斩隘，却很少马失前蹄，这里面的奥妙的确值得深思。

有一本书上记载了这样一个故事。

很早的时候，有个犹太商人来到一个市场里做生意，当他得知几天后这里所有的商品大甩卖时，就决定留下来等待。可是，他身上带了不少金币，当时还没有银行，把金币放在旅店里，又很不安全。

左思右想，他有了主意，于是带上铲子，晚上来到一个无人之处，在那里打了个洞，将装有金币的钱袋埋藏起来。可是，等商品甩卖就要开始的时候，他跑到藏钱的地方去取钱，谁知钱袋竟然不见了。他反复回想当时的情景，认为自己记忆的地方没有错，于是就对周围环境观察起来。一观察，他发现，在离藏钱处有一段距离的地方有一间小小的房屋。由于房屋被地形遮蔽，时间又是夜晚，他竟然没有看见。情况清楚了：一定是那天晚上他在挖洞的时候，被屋子里的人看了个正着。但是，分析、推理并不等于证据，他必须要有一个既能找回钱，又不至引起纠纷的办法。对于犹太人而言，这样的办法似乎并不很难。

他走近那座房子，对屋里的主人恭敬地说：

"您住在城市里，是个城里人，您的头脑一定很聪明。我是从外地来的，有件事情想请教您，让您给出出主意，不知道能不能行？"

见对方这么客气，说话又这么恭维自己，屋子的主人心里很高兴，连忙说：

"可以，可以。"

犹太商人开始讲出他预先设计好的计谋：

"我从外地来到这里，是想和这里的人做生意的。我身上带来了两个钱袋，一个里面装了500个金币，另一个装了800个金币。前些天，我把那个小些的钱袋埋藏到一个谁也不知道的洞里去了，现在身上还剩这个大点的钱袋。我不知道是该把这个钱袋交给一个值得信任的人保管呢，还是把它也和先前那个钱袋藏到一起？"

屋子的主人连忙说：

"你一个外地人，头一次到我们这个城市来，当然不能轻易信任任何人。我建议，你还是应该把这个钱袋和先前那个藏在一起为好！"

犹太商人说：

"谢谢您的指教，我明天就按照您说的去做。"

接下来发生的事情可以预料得到：那个贪心的"城里人"马上把偷来的钱悄悄藏回到原来那个洞里，企图等待着另一袋金币的出现。而犹太商人趁他一走，便上前将自己的钱袋取了出来，只留下一个什么也不剩的空空如也的洞在那儿。

如何当一个事前诸葛亮

人生有很多时候是这样的：当一件事情发生的时候，你会说，这件事早就有苗头了，我早就估计它可能出现。这话不能说不对。为什么呢？因为所有的事情都有个前因后果，后面的事发生，总是因为前面曾经发生过某件事，对它产生了影响力，使它不得不发生。所以，所谓"线索"，所谓"蛛丝马迹"，所谓预兆等词都与因果关系有关。但事实上，我们认为，有很多抱有某种自信的人，不过是事后诸葛亮而已。这些诸葛亮们善于分析，善于收集相关的资料，等到事件发生的时候，他们就根据那些资料来做出自己未卜先知的宣言。然而，真正困难的是事件发生前对它进行预料，并敢于对自己的预料做出反应。混沌理论的创始人洛仑兹有过一句这样的名言：

> 亚马逊河边一只蝴蝶扇动翅膀，有可能在美国的德克萨斯州引起一场飓风。

但是，对于我们平常的人来说，无论如何不具备这样丰富和神奇的联想能力。

现在，我们都知道，各种各样的汽车方程赛、拉力赛早已经成为体育报刊的重要新闻，那些大赛选手们受到人们青睐的程度一点不比 NBA 球星和网球手们差。可是，是谁最早开发出性能优良的赛车，让人们领略到赛车的风采的呢？问题的答案已经在这儿了：还是犹太人。

20 世纪的上半叶，大卫·布朗在他父亲开办的一家小齿轮厂里做工。在那短短的三四十年时间里，发生了两次世界大战，生活的艰辛可想而知。布朗从小就经受着父亲严格的教育，即使在自己家开的厂里，小布朗一边学习、读书，一边与工人们一样进行着艰苦的劳动。可是，布朗相信机遇总是会在某个地方等待着他。他一边做工，一边观察社会，他发现，伴随着机械工业的进步，汽车在美国、英国等地已经逐渐普及开来，成为人们日常生活中不可缺少的代步工具。而且，许多人喜爱汽车的程度不亚于早先的人对马的爱好。他坚信，在不久的将来，举行汽车比赛将成为新时期的人群当中一种不可替代的流行娱乐。在他成熟以后，他成立了自己的大卫·布朗公司，公司的主要目标之一，就是设计先进的专供比赛用的跑车。他投入资金，聘请一流的专家和技术人员，采用先进的设备进行开发和生产，在 1948 年比利时国际汽车大赛中，大卫·布朗公司的"马丁"牌赛车一举夺魁，成为举世瞩目的车型。当然，他的公司也由名不见经传而迅速成长为名扬天下的大公司。

发现钱的运行路径

"思想是行动的先导。"我们经常会说这样一句话。但是，过去我们一直把它当作是指引人生的宏观理论，却不懂得它就是行动的具体指南。赚钱，不是一个盲目的行为，更不能把它当作一场赌博。它是需要机智和头脑的，同时也需要想象力和观察力。但它不需要空想和幻想，至于怨天尤人和责怪命运，那就更不应该了。我们来看看大师（我们历来仅仅把具有科学发明和艺术创造的人称之为"大师"，却从未把赚钱的高人称之为"大师"，这似乎有些不公）们是怎样看待这个问题的。

摩根在和别人讨论投资的问题时这样说："玩扑克的时候，你应当认真观察每一位玩家，你会看出一位冤大头。如果你看不出，那这个冤大头就是你。"

人生不是游戏，它是有目的的行为。别以为只有科学家和艺术家才需要观察和思考，赚钱的艺术其实也就是思考的艺术。下面，洛克菲勒的一个故事也能够说明这个问题。

洛克菲勒经常会去一家餐馆用餐。每次饭后，他都会掏出 15 美分的钱币付小费。可是，有一回不知为什么，大约是口袋里没有零钱，他只付了 5 分钱小费。服务员拿着这 5 分钱，心里不悦，用很损的口气说：

"我要是像你这么有钱，绝对不会吝惜那1角钱的。"

洛克菲勒听出了这个人的小肚鸡肠，他笑着说：

"这正是为何你一辈子当服务员的原因。"

缺乏思想的人，总是被生活表面的现象所吸引，他们关注的就是那样一些微不足道的事物，却从不懂得去挖掘生活里面的奥秘。真正善于赚钱的人，他其实也是一个研究大师，他总能发现钱的运行路径，而从不被动地等待上天的怜悯。

寻找机会后面的机会

商场的变化可以用"风云多变"几个字来形容。有时候，机会明明在眼前，可是眨个眼，它又不知躲到哪里去了。有时候，在一个机会的后面还可能潜藏着更大的机会，于是，随机应变，灵活机动对于商业竞争来说，是个不可低估的素质。

大家都熟悉美国西部牛仔的形象：头戴宽边帽，腰扎宽皮带，脚踏高筒皮靴，身穿厚厚的斜纹布衣料制作的服装，一脸络腮胡子，尽显粗犷豪迈的气概。西部牛仔的出现，与美国西部大开发的年代有关。那个时候，盛传西部蕴藏有丰富的金矿，于是在全国掀起了一场淘金热，从各个角落前往西部的人接踵相继，几乎把门槛挤破。有一个人起初也想挤进这淘金的队伍，可是等他来到西部的时候，这里早已挤得无立锥之地了。别人来这里，脑子里只想着金子，但是他想的不光是金子，更是机会。他看见那些淘金的人整天钻沙漠、下矿井，身上的衣服很容易磨破，于是就想，假如有一种坚硬耐磨，不容易损坏的衣服穿在身上，那可以省下多少麻烦？厚而结实的牛仔服装就这样发明了，它不但在西部开发时大露风采，而且竟然领导服装潮流一个多世纪，其魅力至今不衰。这个人名叫列瓦伊·施特劳斯。

第二次世界大战结束以后，美国的城市重新掀起了建设热潮。建筑业的勃兴，使得砖瓦工人的工资看涨，许多失业的人纷纷涌到城市里面找砖瓦活干。可是，想干砖瓦活的人多，真正掌握了技术的却不多。在建筑工地上，要想拿到活，特别是想拿到工资相对更高的活，有熟练的技术显然比没有技术要好得多。从外地来到芝加哥的迈克虽然一贫如洗，但他有着比别人更高一筹的眼光。他没有和别人那样挤到招工的队伍中去，而是在报纸上刊登了一则广告：

让你成为瓦工的办法!

结果，迈克赚到了远比别人多得多的钱。

"经营城市"的始作俑者

前一时期，中国国内流行一种"经营城市"的理念，正是靠着这种理念，许多地方的政府在财政并不需要做出重大支出（甚至一分钱不花）的情况下，通过市场运作，将原本价值较低的地块引入商业轨道，导致其升值，从中获得的效益再反过来进行城市建设和城市开发，逐步形成良性循环，使中国城市的面貌焕然一新，市民们的居住环境大为改善，城市的功能也得到加强。

这种"经营城市"的理念，我们在美国著名的犹太商人希尔顿那儿可以找到原型。

据说，年轻时期的希尔顿有着强烈的发财愿望，他一直在寻找机会。可是，他没有钱，没有可供利用的社会资源，没有任何人施加帮助，可以说，当年的他几乎就是一个无背景、无依托、无钱财的"三无人员"。就是在这样的困境下，犹太人仍能够找到致富的理由。

这一天，他只身一人在城市最繁华的优林斯商业区转悠，一路走，一路观看。要知道，他这样的行为并不像我们平常说的那样，是"小和尚念经，有口无心"，他其实一直在转动着脑筋。走着走着，他突然发现：在如此繁华热闹的地方，居然只有一家普普通通的饭店，连一个高档酒家也没有。那些来这儿买东西和观光的人，有的迫于时间紧张，只得急急忙忙地来去，而商家们居然对这种现象熟视无睹。"这就是机会"——希尔顿意识到。他继续溜达，这时，他开始注意的是，优林斯商业区哪一块地方适宜建一家旅馆。当然，要发现这样的地方并不难，他很快在一个拐角处找到了一个理想之处。他了解到，这块地皮的主人是一个叫老德米克的房地产商，而老德米克对这块地开出的售价是30万美元。希尔顿口袋里只有区区5000美元，离30万美元相差十万八千里。但是，希尔顿却想好了取得这块地的办法。他通过其他生意，将资产积攒到50000美元，又找了个合伙人，凑足10万美元，然后开始了他的设计。

他和老德米克签署了购买土地的协议，协议上签的购地款为整整 30 万美元。

一张完整的、具有法律效力的协议拿在老德米克手上，他等待着希尔顿按期偿付资金，然后将土地转让。

可是，希尔顿却对土地所有者老德米克说出实情。他说："我的确想购买您这块地，您看，这不连合同都签了?！但是实话告诉您，我手上并没有钱。"听希尔顿这样一说，老德米克当然是火冒三丈，他认为希尔顿在欺骗他，在撒谎，他要收回自己所签的协议了。可是，希尔顿却很冷静，同时也是很诚恳地对老德米克说："我并没有想欺骗您的意思，我不过是一下子拿不出这么多钱来罢了。但是我有一个想法，可以保证您的利益不会受到任何伤害。"他的对手老德米克对此将信将疑。希尔顿和盘托出他的设想。他将采取分期付款的方式，先租用，而不是立刻购买这块土地，租期 90 年，每年偿付租金 3 万元。

90 年的分期付款期效，每年 3 万元"租金"，二者相乘就是 270 万美元。虽说时间长了点，但与银行利息相比，那还是高出许许多多。老德米克当然很会算账，这样一算，就觉得这未必不是一个可行的办法，他知道，即使在 90 年之后，这块地也不可能增值 9 倍的。

希尔顿继续表明他的态度：假如在应该付款的时候而没有给付，那么，您有权收回您的土地，包括我在这块地上所建的旅馆。

面对希尔顿如此"慷慨"的表态，老德米克不由大喜过望。一块价值 30 万美元的土地，卖出了 9 倍的价钱，还很有可能连土地带旅馆最后全部都归自己，这可真是天大的一块馅饼。（既然希尔顿只有 10 万元的现款，他又要建旅馆，每年还要偿付 3 万元的租金。到时候他能变出足够的钱按时付现吗？）于是，他完全答应了希尔顿的要求。

希尔顿设想中的旅馆开工了。他用老德米克的那块地到银行贷了 30 万美元的款，又找了一个土地开发商一起投资，他手上的资金总额已经有 57 万了。

但是即便如此，离建设一家豪华的高档旅馆所需资金还相差几乎一半。在工程进行到接近一半的时候，希尔顿所有的投入都已用完，这个时候，他又找到土地的所有者，他的老谈判对手和合作伙伴老德米克。他这次首先开出了将来保证给对方的利益，就是一旦旅馆建成，旅馆的主人就是老德米克先生，只要求对方将旅馆的经营权交给自己，而自己可以每年缴纳 10 万美元的经营利润。但是，现在的问题是对方必须给尚未完工的工程注入新的资金，以保证它可以顺利完工。

希尔顿的这次计划和上一次几乎一模一样，也是给足甜头（当然这个"甜头"必须得到对方的支持，否则的话就只是一张画饼而已），再请君入瓮。甜头很大，很可观，拒绝是不可能的——不光是它的诱惑力不容拒绝，就是现在的现实也不容拒绝，因为这块地已经被抵押给银行换了贷款，一旦贷款还不上的话，那希尔顿给自己的承诺就无法兑现。老德米克权衡利弊，当然只有选择与希尔顿继续合作。就这样，两年以后，那座名闻全球，在世界各个著名城市都开设了连锁饭店的"希尔顿饭店"诞生了。30年以后，希尔顿已经成为拥有5.7亿资产的大富翁，他的成功代表了一种典范。

在希尔顿成功的背后，我们看见判断力的光芒在闪耀。第一，希尔顿对自己能力和预见性的判断是正确的；第二，他对于老德米克人性的弱点的判断是准确的；第三，他对于前来优林斯商业区的人们的需求的判断是正确的。正是判断力加上他的心计，使得这个按常理分析几无可能进行的计划能够完美实施。

替自己设计一个赚大钱的机会

想到一个主意，就可以赚来一大笔钱，这叫作"金点子"。有些主意是要动手的，比如通过设计、生产和营销活动来实现；而有些主意只要动嘴，钱财就滚滚而来。洛克菲勒就曾经有过这样的主意。

那是在19世纪初期的时候，有一对德国人兄弟，叫梅里特，从德国迁居到美国。那个时候，美国还处于大开发阶段，有很多发财的机会。梅里特兄弟运气不错，到美国不久，就发现他们所定居的密沙比地区是一片含铁丰富的矿区。于是，他们用以前积攒下来的钱，悄悄地大量购买土地，以准备作为将来开发铁矿用。可是，世界上没有不透风的墙，密沙比地区蕴藏丰富的铁矿石的讯息竟然传了出去，被以精明著称的洛克菲勒知道了。但这儿的土地已经被梅里特兄弟买下了，你再聪明，总不可能去明抢，于是只好等待时机。机会终于来了，而且被老洛克菲勒捕捉到了。

1837年，美国发生了严重的经济危机，各家银行银根告急，贷款难成为许多企业面临的重大困境。梅里特兄弟既然要开矿，仅凭原先的积蓄买了土地就再无余钱，铁矿要开采还必须投入大笔的资金。就在他们万分焦虑的时候，洛克菲勒出击了。

这天，梅里特兄弟的矿上来了一位牧师，这位牧师声望很高，在当地一直受到人们的尊敬，梅里特兄弟知道这一点，所以很恭敬地接待他。牧师人很好，知识面丰富，讲话也显得很睿智。他们天南海北地聊天，最后谈到了当前矿上的形势。看见两兄弟一脸愁容，牧师主动说：

"哎呀，你们资金紧张，应该坦率告诉我呀，我可以助你们一臂之力。"

听牧师这样说，两兄弟自然大喜过望，连忙问："牧师有什么办法？说给我们听听。"

牧师不紧不慢地回答："我有一位朋友，可是非常有钱。要是我向他借钱，多少都不会有问题。你们大概需要多少钱才够呢？"

"有个四五十万就行了。到时候，不管利息多少，我们一定会照付。"按照梅里特兄弟的想法，别人这个时候出手援助，肯定想得到回报，利息也就一定不会低的。

但是，牧师很轻松地说："这个算不了什么。如果你们一定要付利息，那么就比银行低一些——少个两厘吧。"

梅里特兄弟眼睛都瞪大了，他们以为听错了。可是，牧师再次重复一遍，这才使他们相信。

用现在的眼光看，四五十万美元的确不算多，可是按那个时候的币值计算，四五十万美元至少相当于现在四五千万甚至更多一笔钱，而且利息竟然比银行还低，这使两兄弟感激不尽。随后，是写借据，借据写完，两兄弟高兴得不得了，以为这是上天在帮他们的忙。可是，他们却没有想到，天下哪有掉馅饼的事？来得太轻易的东西，里面总是藏着某种机关。犹太人做生意是时时警惕这样的事，可梅里特兄弟却由于高兴和轻信而疏忽了这个问题。

借来的这笔钱投下去了，两兄弟希望他们的事业能就此顺利发展。谁知道，就在这时候，那个做好事的牧师又来到他们的矿上。牧师带着万分的抱歉对两兄弟说：那笔钱的主人不是别人，而是大名鼎鼎的洛克菲勒先生。他今天早上来了一封万分火急的电报，说自己马上要用那笔钱，必须立刻给他还回去。

听到这个消息，两兄弟傻了眼。所有的钱都已经变成设备和矿井之类的东西了，现在还钱，那不是要命吗？于是洛克菲勒把他们告上了法庭。

洛克菲勒在设计这个圈套的时候，其实是仔细研究过法律的。在法庭上，他的律师侃侃而谈。律师说："我要提请法庭注意的是，那份借据上表述得清清楚楚，梅里特兄弟公司所借的款项属于考尔贷款。按照美国的法律，对这种贷款，放贷人可以随时要求归还。如果借贷人不能按照要求归还，只有一种选择：立即宣布破产，以偿还所借的债务。"

所谓考尔贷款，是一种放贷人可以随时索回的贷款，所以它的利息要比正常的银行利息低。梅里特兄弟由于对美国法律不熟悉，再加上急于得到这笔钱，所以着了洛克菲勒的道。

法庭最后的判决当然是有利于洛克菲勒的。尽管梅里特兄弟可能在心里埋怨洛克菲勒"不道德"，但他的做法于法律上却完全吻合。于是，梅里特兄弟只好正式宣布破产，他们的矿山被作价52万美元（仅比他们从洛克菲勒那儿得到的贷款多10万美元）让售给洛克菲勒。

几年之后，随着美国经济复苏，洛克菲勒把密沙比矿山卖给了美国另外一家大财团，售价1941万美元，净赚了3~4倍。

空手套白狼靠的是灵感

曾经是世界船王的洛维格，年轻的时候一无所有，他的起步完全是赤手空拳。他发现有一艘被别人沉入海底的柴油机动船，并未完全破坏，于是雇人将它打捞上来，然后从父亲那里借了些钱，将船修理好，再出租给别人，这样，一共获利50美元。这在当时不是个小数目。他心里很高兴，由此也朦胧中获得了一些经商的灵感。他想通过到银行借钱来发展自己的事业，可是由于没有担保，银行的钱不那么好借。后来，他弄到一条很旧的油轮，可是，这么旧的油轮在银行看来根本不值钱，也就不能够作为担保物。洛维格想了个办法，他把油轮出租给一家石油公司，然后又去找银行，说可以用油轮的租金偿付银行贷款。终于有一家银行答应了他的要求，同意提供一笔贷款给他。可其实，出租油轮的收入仅仅够支付每月的贷款利息而已。不过，对于洛维格来说，这不是问题，重要的是，有了钱就可以开始办事了。他用贷款来的钱买了一条货轮，将它改造成可以跑远洋的油轮，这样，又有了一笔租金收入。他如法炮制，再用这条船的租金做抵押贷了下一笔款，而这下一笔款依然被用来购置新船。如此往复，他的船队越来越大，所得的收益也越来越多。最后，那些船在还清贷款后都成为他自己的船。从白手起家，到拥有一支巨大的船队，洛维格的成功，成为商界的一个范例。

思想能看见眼睛所看不见的东西

那还是在 19 世纪的时候。圣诞节的头一天，一个叫道尔顿的美国小男孩为了向母亲祝贺圣诞，到商店里买了一双袜子，想把它作为礼物送给自己的母亲。他知道母亲喜欢深蓝的颜色，于是就指一双这种颜色的袜子，让售货员递给自己。付了钱以后，回到家里，母亲看见了却大为生气，责骂小道尔顿太无礼。母亲说："难道你不知道清教徒忌讳这种颜色吗？"

小道尔顿不明白："忌讳这种颜色吗？清教徒不是对红色才有禁忌的吗？"

"是啊，可是你买的这双袜子不正是红色的吗？"母亲说。

小道尔顿找来哥哥做评判，哥哥的看法和弟弟一样，说袜子是深蓝色的。怒气冲冲的母亲于是把隔壁邻居都叫来，让邻居们都说一说，这双袜子到底是什么颜色。邻居们看了袜子都说："不错，是红色的。"这下道尔顿迷惑了。既然只有自己和哥哥两个人认为是深蓝色的，而大家都认为是红色的，看起来，错误发生在自己这边。

但是，再仔细看看袜子，自己感觉的确是深蓝色的呀，这到底是怎么一回事呢？道尔顿为这个问题所苦恼，并苦苦思索其中的缘由。他想到，一定是自己（还包括哥哥）的眼睛存在问题，否则不会将大家都清楚的事情弄错。而眼睛的这种问题一定是对于颜色的辨别有某种障碍，并且这种障碍是先天性的。既然自己两兄弟存在这样的问题，那么别的人那里会不会也有同样的情况发生呢？于是他进行调查，果然发现，在周围的人群当中也有一定比例的人和自己一样，对于部分颜色存在辨别不了的困难。根据调查和研究得出的结果，道尔顿写出了自己的科学论文《论色盲》，这篇论文，开创了人体科学研究的一个新领域，道尔顿的名字从此和"道尔顿症"（即色盲症）一起，留在了人类医学史册上。

思想能看见眼睛所看不见的东西，不仅体现在科学和艺术上，在经济上也同样不例外。还是在美国，蒙大拿州比鲁特山脚下，有一个叫作达比的小镇。在这座小镇的前方，有一座山名叫晶山。之所以叫作晶山，是因为这座山的山脊上，有一条狭长而凸出的岩体，那块岩体很奇怪，它总是晶亮亮地闪耀着微微的光泽。镇上的人进门出门，都能看见那一条狭长的岩体，但却从没有人去想一想为什么那晶亮的岩体和别的岩石有什么不一样。

这一天，镇上有两个年轻人参观了一个矿石展览会，才恍然大悟。展览会上，他们看见有一块绿玉标本上的介绍，说这种石块中提炼的物质可以用于原子能工业，而这块绿玉的光泽恰恰与晶山岩体所发出的光泽非常相像。于是，他们找到专家进行检验，果然证明了他们俩的猜想。于是，他们赶紧在晶山上标注了自己的所有权，自此以后，晶山被开发成世界上最大的铍的矿产地之一。

冷门和冷饮

在炎热的夏季，最受人们欢迎的饮料就是冷饮。现在，我们早已习惯了有这样一种饮品陪伴我们度过漫长的夏季，并没有去考究它的来历。或许，我们当中许多人会误认为，冷饮这种好东西，它就是天赐的，与生俱来的呢。其实，事实并非这样。发明冷饮的人不是别人，也是一位犹太商人，他的名字叫图德。

图德出生于1783年，那个时候，北美大陆开发的时间还不长。不过，图德的家族很早就来到这里，在波士顿安下了家。他的家境比较殷实，三个哥哥都毕业于哈佛大学，但图德身上犹太人的基因特别显著，因为他不想和哥哥们那样按部就班地读完了书再去谋职，他很小就渴望学做生意。在他13岁的时候，他做出了一个大胆的决定：放弃学业，去做生意。15岁的时候，他参加了表兄举办的一次舞会，在舞会上，他们玩得高兴，不由异想天开起来，说是要从弗雷什庞德将冰运到南部各港口去挣钱。舞会结束后，他没有忘记那个设想。他给表兄写了一封信，信中仔细描述了他的想法，他说："毫无疑问，把冰带到热带的想法会使你感到震惊和惊讶。""但是，当你考虑到下列情况时，我想你就不会再怀疑此事的可行性，并接受我即将向你提出的建议。"

其实，已经有人开始做这类生意了。一位美国船长曾经将一船冰从挪威运到伦敦，他赚了很大一笔钱。当然，为了这种前所未有的生意，他和挪威海关就是否交税的问题交涉了很长时间。

在得到一位堂兄的财政支持后，他投资10000美元，弄了条船，把130吨冰运往马丁尼克岛。波士顿一家报纸专门报道了图德的行动，还怀着疑虑地加了评论，说"我们希望这不会是一宗不可靠的投机买卖"。马丁尼克岛的居民看见图德运来的一船冰，十分惊奇，有一位经营了一家公园的老板说，这一带这么热，冰块运来不会有什么作用，因为它很快就会融化的。图德却坚持要这位老板尝试一下，说是可以帮他把冰加工成冰激凌。冰激凌在这个岛上问世后，让岛上的居民大开眼界，他们纷纷前来购买，尝尝新鲜，结果，那个老板一个晚上竟然赚了300美元。但仅仅是这样，并不能将130吨的冰全部处理掉，因此6周以后，图德的冰融化了，他这回亏损了4000美元。可是，图德却坚持认为自己的选择没有错，这种冷门生意最终会火起来的。到1807年欧洲大陆发生的战争结束后，他又开始了自己雄心勃勃的计划。这一次，他直接把冰运到美国的南部各州，他认为，要是打开了美国市场，那么冰块的生意将前途无量。冰块经常会遭遇融化的情形，他就按照美国人喜欢喝的热饮的配方制造冷饮，价格和热饮一样。冷饮一出现在市场上，销售竟然出奇地好，大受人们的青睐。到19世纪中期，人们开始把图德叫作"冰王"，他每年运送15万吨左右的冰，而且这些冰的运送地点已经包括了除北美之外的亚洲，其中有中国、菲律宾，更远的甚至运到了西印度群岛和澳大利亚。图德自己成为一代名商，而他发明的冷饮更是造福于亿万顾客。

"哈默的蠢事"

据说，哈默最大的和最成功的一次冒险经历发生在利比亚。

第二次世界大战之初，利比亚被轴心国之一的意大利所占领。墨索里尼认为这一片广袤的沙漠地带很可能蕴藏有石油，而战争时期，石油是非常重要的战略物资，于是他花费了1000万美元之巨的款项，在这里寻找石油，最后一无所获。二战之后，又有一些石油公司来这里钻探，寻找石油。埃索石油公司和壳牌石油公司也花费了大量的金钱企图来这里开采石油。埃索公司投入了数百万美元，壳牌公司花费了5000万美元，却一时都无收获。而利比亚的国家法律规定，石油公司如果没能开采到石油，不能将所租借的土地闲置，必须归还给利比亚。这时，有的石油公司开始丧失信心，相继放弃在利比亚争取到的开采石油的权利。但是，还是有不少公司看好利比亚这个地方。

利比亚政府准备把一些石油公司放弃的土地重新出租，这吸引了9个国家共40多家公司前来投标，哈默正是此时姗姗来迟的。但既然来了，哈默就要把事情做得漂亮。在和其他世界著名的大公司竞争时，哈默采取了一个战术，就是对主人表达出充分的感情和敬意。首先，他们的投标书用阿拉伯国家传统的羊皮卷的形式来设计，又用象征利比亚国旗的红、蓝、黑三种颜色的缎带将"羊皮卷"扎起来。这种创意当然给了利比亚国王很好的印象。而在投标书的正文里，哈默特意加上这么一条：一旦开采到石油，他愿意从尚未扣税的毛利中拿出 5% 供利比亚发展农业。此外，哈默还允诺在国王和王后的诞生地库夫拉附近的沙漠绿洲里寻找水源，一旦寻找到水源，他还愿意和利比亚政府联合兴建一座制氨厂。

由于有这样一些条件，利比亚国王当然选择了哈默作为两大片土地的租借人。

这两片土地都是别的公司耗费巨资后一无所获又放弃的。而哈默却在这里重新投入资金进行勘探开发，其中光打井就又花了 300 万美元。哈默公司的股东们对哈默的行为表示不满，把他的计划称作"哈默的蠢事"，而哈默却不为所动。很快，哈默的技术人员在这片被别人放弃的土地上打出了一口高质量的油井，后来，又采用当时最先进的钻探技术，开采出利比亚最大的一口油井，这一下，哈默的蠢事让所有的人都大跌眼镜。就这样，哈默一下子就跻身于世界八大石油公司之一，他还相继吞并了好几家略小的石油公司。

让天下英雄尽入彀中

洛克菲勒曾经这样总结自己：

我的班底由两种人组成：一种是有才干的朋友，一种是有才干的敌人，敌人是过去的，而今天已经是朋友了。他们绝非乌合之众、庸碌之辈，他们全能独当一面。我无须面面俱到，我要做的只是统管全局，确定战略，他们每个人都是天才。我想，这就是美孚公司获得成功的原因。

洛克菲勒所言不虚。朋友自不用说，让我们来看看洛克菲勒是如何将敌人拉入自己的营垒，以成就自己那宏大的事业，建成一座前所未有的石油帝国的吧。

在北美大陆发现了大量石油，许多人蜂拥而至，来争夺这块肥肉的时候，老谋深算的洛克菲勒想到一个办法：成立一家名为"南方开发公司"的企业，由自己控股，企图达到控制整个石油业的目的。洛克菲勒的计谋遭到众多中小型石油公司的极力反对，因为，南方开发公司一旦成立，不仅使那些规模较大的石油企业形成带垄断性质的联合体，而且洛克菲勒早已经与铁路达成协议，以低于别人一倍的价格包揽他的石油运输业务，这样的话，那些不能加入南方开发公司的企业不是只能干等着垮台吗？这个时候，一个年轻的石油开发商阿吉波特站了出来，他向那些中小石油企业主发出倡议：大家也联合起来，限制向洛克菲勒的公司提供原油，同时印制了30000份传单，广为散发，甚至将传单送到了州法院和联邦议员手上，指责洛克菲勒搞垄断，压制竞争的行径。这一下，引起舆论大哗，洛克菲勒的南方开发公司还没来得及成立，就宣告流产。这次失败，是洛克菲勒从商以来的第一次大的失败。但他没有记恨阿吉波特，他调查了阿吉波特的背景，发现阿吉波特确实是个不可多得的人才。这个年仅24岁的青年，以区区800美元起家，在很短的时间里就使自己的炼油业务达到每月2.5万桶。他这次带头反对洛克菲勒的计划，在步骤上、行动上都很严密有效，尤其重要的是他具有演讲天才，能够说服众人跟着他的目标走，这个人，不简单。洛克菲勒暂时放弃成立南方开发公司的计划，开始接近这个阿吉波特。经过努力，他将阿吉波特成功地拉入了自己的阵营，阿吉波特由敌人变成了自己的帮手。阿吉波特以自己的名义成立了一家新的公司，这家新公司的名称叫艾克美，谁也想不到的是，公司真正的股权却在洛克菲勒手上。阿吉波特以中小企业同盟首领的身份开始收购人家的股票，逐步使得这个同盟瓦解。洛克菲勒最终登上石油霸主的地位，阿吉波特立下了汗马功劳。

在洛克菲勒打算成立南方公司的期间，还有一个人也是洛克菲勒的劲敌，这个人是一位律师，名叫多德。当初，反对南方开发公司成立的队伍中，他也是十分积极的一个，在同盟召开的会议上，他多次指责洛克菲勒的美孚公司是"蟒蛇"，后来又代表众多的石油公司对美孚公司提起诉讼。事后，洛克菲勒同样向他伸出了橄榄枝。同样是这个多德，在洛克菲勒帝国膨胀到果真与美国反垄断法相抵触的时候，于1882年炮制出一个托拉斯协定，让洛克菲勒将美孚公司改组为托拉斯，这样，美孚便以一种被掩盖的形式实现了对石油市场的事实上的垄断。因为，这个托拉斯共拥有60多家石油公司，而其中40多家公司的所有权完全属于美孚，另外20多家的权益也主要掌握在洛克菲勒手上。托拉斯的成立，成功地防止了外界对它的调查和揭露，因为它完全在美国的法律框架之内。正是从这个时候起，美国的资本主义开始进入托拉斯垄断的时代。

在那次石油霸权之战中，洛克菲勒还发现了一个人才，就是纽约州议员赫伯恩。

正是赫伯恩发动了一场对美孚公司的大规模调查，在调查过程中，赫伯恩所展示出来的精明细致和财务水平让洛克菲勒佩服不已。洛克菲勒将赫伯恩招揽为自己的财务主管。

洛克菲勒的做法，让我们想起中国古代一位帝王的话：天下英雄尽入我彀中。这句话是唐太宗李世民说的。李世民夺得天下后，听从大臣建议，开科考试，那些饱读诗书的知识分子纷纷进京赶考。李世民在城楼上看见这一幕景象，心中很得意地说出上面那句话。而事实上，唐王朝之所以能够有贞观之治，并创造出空前的繁荣，与朝廷重视人才、聚集人才的意图有着密切的关系。看起来，无论中外，治理国家和管理企业在本质上有着共同之处。

不光是洛克菲勒，摩根也与之有着同样的特点。摩根曾任用了一个叫斯宾塞的年轻人，这个斯宾塞，从乔治亚大学工程专业毕业后，被摩根聘入自己的公司。摩根发现了他的才能，便大胆起用他，破格让他担任总裁室的特别助理，不久就提升为副总裁。摩根属下的一条重要铁路正因经营不善而面临破产，斯宾塞临危受命，将这条铁路起死回生，由此成为摩根的左臂右膀，摩根甚至认为他在一些方面比自己更强。摩根还将一位叫柯士达的人通过挖墙脚的方式弄到自己的公司里，在摩根发出"铁路摩根化"的誓言的时候，柯士达替他呕心沥血，终于实现了摩根的这一雄心勃勃的目标。

创新用人的观念，不拘一格用人才，这是洛克菲勒和摩根成就大事业的重要原因之一。

螃蟹定律和双赢原则

海边上的渔民对于海中动物的习性非常了解，他们在捕捞海产品的时候，每每会针对捕捞对象采取相应的措施，比如捕捞螃蟹的时候就是这样。在抓螃蟹的时候，渔民们会携带一种头小肚子大的竹篓，这种竹篓有一个盖子。在抓到第一只螃蟹的时候，渔民会用盖子将竹篓盖起来，以防止螃蟹从口子上逃走，可是，等捕到第二只螃蟹的时候，反而却任盖子开着，不再将口子盖起来。外来者看见这种情况，觉得很奇怪，这个时候，渔民就会告诉他，螃蟹像所有的动物一样，在被抓住以后，具有逃生的本能。但是，由于螃蟹缺乏高等动物的智慧，缺乏组织性，只会按照本能行事，每只螃蟹都只顾自己拼死逃命，于是，大家看见竹篓头上的口子，便争先恐后往那儿爬。可是，由于口子太小，一次只能容一只螃蟹爬过，不论哪只螃蟹爬到口子前，别的螃蟹都会用自己的一双大钳子抓住它，将它往后拖，好腾出空位让自己过去。而换过另一只螃蟹爬向口子时，又有别的螃蟹将它拖住，所以，尽管竹篓的口子一直敞开，却始终没有任何螃蟹能够顺利从那里爬出来。

这种"螃蟹定律"在人们的竞争当中其实也可以看到，所谓"窝里斗"、相互压价搞低价倾销等，其最终效果都如同螃蟹一样，最后没有赢家，两败俱伤。现代经商理念讲究的是双赢，而不是像以前一样，非要你吃了我我吃了你。如果要做一个成功的商人，必须要学会与人为善，共生共存，互利互助。人类是高智商的动物，当然不能像螃蟹那样只顾自己，那样做的结果只能是玉石俱焚，共同毁灭。

在犹太人的商业文化中，就有所谓"瞎子点灯"的智慧，证明为他人着想就是为自己着想的道理。

在漆黑的道路上，有一个瞎子提着灯笼在那儿慢慢地向前走。有人看见了，感到十分奇怪，就问他："你是个瞎子，什么也看不见，打着灯笼和不打灯笼对于你来说不都是一样吗？"可瞎子回答他："我自己虽然看不见灯光，但打着灯笼，黑暗中别人就能看见我呀。"那个人才恍然大悟，不由佩服瞎子的想法。

瞎子的这盏灯笼，体现的正是双赢的原则。

信守契约，履行合同——公信力

与上帝的契约之缘

假如你与犹太人打过交道，就一定会对他们高度重视合同或约定的精神表示赞叹。应当说，犹太人的这种精神由来已久。犹太人信奉上帝，把自己称为"上帝的选民"，他们认为，人之所以存在，是因为与上帝签订了存在的契约。他们把《圣经·旧约》当作"神与以色列人的签约"，所以，犹太人又被称之为"契约之民"。有两个故事，可以说明犹太人对于契约或约定的重视。一个是古代的，一个是现代的。

古代的故事说，在很早的时候，有一户犹太人，家里有一位出落得十分漂亮的姑娘，尚待字闺中。有一天，她和家人一起出行，由于走的路多，一时感到口渴。姑娘为了找水，一个人离开家人，走到一口水井旁边。井水清澈得可以照见人影，姑娘心里十分高兴，便想舀些水上来喝。但是，她的手臂不够长，井旁倒是有一个吊桶，但凭她的力气，独自打一桶水上来又做不到。她左思右想，看看四处无人，便决定攀着井绳下到井里去喝水。没想到，水是喝了，可由于井壁太滑，姑娘却无法爬出井上来。想起父母此刻正不知着急成什么样子，想起自己一直就这样下去的话该怎么办？百般无计，她又害怕，又焦急，竟然哭了起来。说来也巧，就在这时，偏偏有一位年轻的小伙子经过这里，听见从那水井里传出悲切的哭声，便赶紧走过去看个究竟。就是这样一个巧合，姑娘得救了。小伙子欣赏姑娘的美貌如花，而姑娘也倾慕小伙子的勇于助人，两个人互相都表达了爱慕之情。不久，小伙子要出远门，约了姑娘到外面辞行，当时的情景自然是依依不舍。既然两个人都已经表示了爱情的愿望，于是就在这一刻，两人立下山盟海誓，小伙子非姑娘不娶，而姑娘非小伙子不嫁，并约定等小伙子一回家乡，就立刻结婚。古人的习俗，订婚约必须要有证婚人，而当时在场的只是他们两个，没有第三者在旁。就在这个时候，恰好有一只黄鼠狼从两人身边跑过，姑娘就说：那只黄鼠狼看见了我们两个的事情，它就算是我们的证婚人吧！小伙子离开家乡以后，起初还把与姑娘的约定挂在心上，可是时间一长，渐渐就忘记了家乡的恋人。结果他和外地的一位姑娘结了婚。小伙子忘记了约定，可姑娘却没有忘记，她天天在家里等待，等待着心上的爱人回来。她不知道，她的心上人不但不会回来，而且在异地他乡过上了幸福的生活。小伙子和他的外地妻子先后生了两个儿子，但这两个儿子却先后遭遇到不幸。先是第一个儿子在草地上玩，玩累了以后就躺在那儿睡觉，没想到在睡觉的过程中竟然被一只不知从哪儿跑来的黄鼠狼给咬断了脖子。孩子死了，小伙子和他的妻子自然非常伤心，可是他还没有想起这里面的原因。过些时候，他和妻子又生了一个儿子，这回他再也不让儿子一个人到草地上去玩了，也决不将儿子单独一个人留在草地上睡觉。可是，正像那句老话说的：是福不是祸，是祸躲不过。儿子稍大一点后，有一次来到井边，见井水清澈见底，非常好奇，便伸出头去看自己倒映在水里的影子。就这样，他被一股神秘的力量一下子推进井里，活活淹死。

两场相继而来的悲剧，终于让小伙子明白了神灵的意思。他想起了和家乡姑娘的约定，不由十分地懊悔和惭愧。于是便向妻子讲明原因，两个人办理了离婚手续，小伙了一个人匆匆赶回家乡，去见当年的情人。在姑娘的家里，当年的恋人还在一个人苦苦地等着他。他对姑娘表示了深深的忏悔，然后两人重续旧缘，喜结连理。

这个故事，很有些应果报应的意思。从它的内容上看，非常接近许多中国古代同一类的故事。在中国古代的话本小说和民间传说里面，这样的故事非常之多，几乎每朝每代都有，如果我们不加说明的话，读者一定以为上面那个故事是发生在中国封建时代的千千万万个故事之一。

不过，尽管这个犹太人的故事和许多中国古代类似故事如出一辙，但那仅仅是从内容上来讲的。从文化学的意义上来看，每个民族的故事都寄寓了这个民族的生活理念和道德意识。倘若我们按照这个角度来分析，就可看出犹太人的故事与我们国家类似的故事之间的根本差异。中国古代的故事一般寄寓的往往是道德的内涵，而这种道德事关做人的良心、个人的品德和操守等等，它主要体现的是政治学和社会学的内涵。而犹太人的故事是与做人的政治道德和社会道德无关的，它主要集中体现了犹太人的契约思想，体现了一种经济学意义上的道德。人要信守和上帝的约定，人同时还要信守人与人之间的约定。假如做不到这一点，就是背叛，就是爽约，就是对犹太教义的不尊重，那么也必然会受到上帝的惩罚！中国人是极少有这样的契约思想的。

在中国人的心目中，诚实守信，与经济目的无关，与具体事务无关，换句话说，与做事无关，只与做人有关。做人与做事本来应该是紧密相连的，但由于中国人过于注重人以及人的日常行为的道德性，反而把做人与做事割裂开了。所以，在中国人的口头禅里，一般不讲"做事不讲信用"，而常常只是讲"做人不讲信用"。而在犹太人那里，他们看重的反而是"做事必须讲信用"。正因为此，便引出了下面的第二个故事。

合同就是性命

美孚石油公司是全世界最大的石油公司之一。它的雇员很多，因此，除了生产方面的设备之类的以外，也会采购一些与生产无关，却与生活或其他方面有关的商品。有一次，这家公司的老板需要订购一批餐具，具体说是三万把餐刀和叉子，公司找到了犹太商人乔费尔。乔费尔对这笔合同非常重视，很快就与生产厂家取得了联系，把产品的各项要求都告诉了厂家，他尤其希望厂家能够按时交货。厂家接到这笔合同，自然也很高兴，对乔费尔提出的要求满口应承下来。可是，谁知道事情竟不能遂人愿。厂家接了合同后，由于在管理等原因上脱节，竟不能按时将餐具生产出来。乔费尔急得像热锅上的蚂蚁，打电话也好，上门去催也好，眼看着交货的日期近了，按时将货物运到指定的交货地点芝加哥的希望越来越渺茫，临时更换生产厂家时间更不允许。没有办法，正像中国人所形容的那样，乔费尔被"套牢"了。套牢也没有办法，他只得自己认栽了。于是请求生产厂家尽可能不要将日期拖得太晚。好在厂家紧急关头尽力赶货，终于在最后交货期限的前几个小时将货物赶了出来。货物是出来了，可是要在几个小时里面将这些货物从生产地运送到交货地，按照常规无论怎样都来不及了。装在乔费尔心中第一位的不是打电话与美孚公司讨价还价，也不是想着怎样将责任推到生产厂家头上，而是想，怎样才能尽可能快地将东西按照既定时间运抵芝加哥。终于，他想出了一个在别人看来是"傻"是"笨"的办法，就是将这批货物用飞机托运到芝加哥去。

用飞机托运这批餐具，比起正常的运输费要高出 60000 美元，也就是说，平均每副刀叉须多增加运输成本 2 美元，而这比他从中挣取的利润还要高出许多。有人说："你这样做是不是疯了？"可乔费尔的想法是：宁可我多出这 60000 美元，也要遵守当初与美孚公司所签下的协议！果然，用飞机托运就是便捷。当这批刀叉运送到美孚公司指定的交货点时，最后一天的期限刚好到来。

讲到这里，又想起中国人常说的一句古话，叫"一言既出，驷马难追"。这样的话，常常出现在中国古典小说和现代武侠电视剧里。如果用乔费尔的行为来衡量，他的所作所为肯定是符合这一标准的。所谓"驷马难追"，意思就是不讲任何条件，哪怕天塌下来也要实行自己的诺言。不过，我们和犹太人的区别不是守诺的形式和内容，而是守诺的精神实质。我们的守诺，还是以所谓"做人"为基点。假如做不到"言必信，行必果"的话，那就是"连做人都做不起"。乔费尔倒似乎没有说什么关于"做人"的话，他只是认为，既然与对方有了约定在先，那么就是不可违背。因为，犹太人的话这样说：合同就是性命！

经济账和道德账

下面再讲两个故事，一个是犹太人的，一个是中国人的。美国石油大王哈默年轻的时候，正逢动荡不宁的时代。在逃难的时候，他很长时间没有吃东西，又饥又饿。这时，有人将一份食物送到他面前，可是他竟然将这份"美意"给拒绝了。他的理由是：作为一个有工作能力的人，他不能白吃别人的东西，因为，在你得到之前，必须要有所付出才行。吃食物可以，但要在他替别人干完活之后。就这样，他坚持完成了应做的活计，才开始吃东西。

而中国先秦时代的典籍里记载了这样一个故事。有一回，天下饥荒，有一个人和哈默一样，也是很久没有食物下肚，饿得都快走不动路了。这时，有一个人准备要施舍他，但却摆出一副可怜他的架势。那人说道：喂，来吃呀！口气傲慢不恭，一副高高在上的样子。这个饥饿的人见状，扭头就走，不接受他的施舍。当然，那个人最后活活饿死了。

从表面上看，这两个故事非常相像，都是当事人在饥饿难耐的时候，拒绝别人赐予的食物，但仔细分析，他们拒绝的背后，却有着各自不同的思维逻辑。哈默的拒绝是因为他认为一个人所付与所取是一种不可分割的契约关系。帮别人劳动是付出，别人提供的食物是报酬，自己只有在先付出之后才有资格获得那份食物。而那个古代中国人拒绝的心理背景是，他认为人是有尊严的，人在接受施舍的时候不能丧失自己的尊严，否则就失去了人格。一个人饿死事小，但失去了人格则事大。两人一个算的是经济账，一个算的则是道德账。

犹太人也会为人所乘

犹太人如此坚守合同，在一般脑子过于活络的人看来，似乎很有些迂的味道。假如不知道变通，我们中国人就会骂上一句："死脑筋！"不过，犹太人在经商中其实是非常善于变通，善于灵活应变的，只是，一旦签下了契约或合同，他们就一板一眼，严谨遵守。从刚才讲过的故事上，我们完全可以看到这一点。

犹太人太过执着地信守合同，当然也有为人所乘的时候。有一次，一个犹太商人请了一名雇工帮自己干活，他和这名雇工谈好的条件是，工钱不付现金，而是以实物代替。至于实物，是另外一家商店里的货物，雇工到应该发工资的时候，可以到那家商店里选取自己需要的与工资等价的商品，因为商店里的货物正好是雇工家里所需要的。而关于以实物代替这名雇工的工资的事情，他同时也与商店的老板谈好了。但是，由于这次合同的签订是与雇工和老板分别签下的，这两个人之间至少有一个人并不具备犹太人的道德，于是，在发工资的日子里，那名雇工怒气冲冲地跑来找犹太商人，说，他已经到商店去过，可商店老板并不像他所说的那样，同意自己到里面去选取东西，硬是要先付现金，才肯将东西给他。犹太商人听信雇工的话，便取出现金付了工钱。可是，等这边雇工才走不久，那边商店老板又找上了门。老板说，那名雇工在未付账的情况下已经将货物取走了，要求犹太商人按事先的约定来付账。到底谁在进行欺骗，想黑掉他的钱？在没有第三人见证的情况下，事实已无法查清。可犹太商人与两人签下的合同都必须执行。于是他只好再付一笔钱给商店老板。犹太人吃了亏，欺骗者得了计，他回到家里，肯定在暗暗嘲笑犹太商人的迂腐和僵硬。

世间万物皆可改变，唯有契约是一成不变的

万物皆流，这是古希腊哲学家的观点。在古希腊人的心目中，世界上没有一成不变的东西，所谓"人不能两次踏进同一条河流"，说的就是这个道理。那条河流就在那儿流淌，已经流淌了成千上万年。它远古时期的名字叫什么，现在还叫什么；它原来的样子是什么样的，我们现在看它还是什么样的。以我们人类的经历看，河流在

表面上并没有发生根本的变化，甚至根本没有变化。可是，这只是我们俗人的眼光。哲学家们、先知们却不这样看待事物，因为他们知道，任何事物，在其存在的每一分每一秒里，都在或生长，或衰老，或死亡。河水一刻不停地在朝前流淌着，它的水波在前进，它的水量在变化，它水底的鱼儿在游动，它水面的光线也在移动着……你刚才踏进这条河的时候，它的水波温柔地环抱着你，可等你下一次再踏进去的时候，环绕你的水波就不是刚才的了，而是另外的水流、另外的命运。中国古人也有和古希腊哲人相同的意识，中国的圣人孔夫子一次站在河边上，就曾经这样感叹："逝者如斯夫，不舍昼夜。"他是说时间就像河流那样永无止息地向前流去，没有一刻停留。

"万物皆流，万物皆变"的观点是人类经过长期生活实践所积累和总结出来的认识，不仅古希腊和古代中国人，其他地方的人也同样了解这个道理的，古代犹太人当然不例外。但是，在犹太人看来，万物可以改变，这世界上却有一件事情不可改变，那就是契约。人与上帝订立的契约，那是人立身的根本，无论如何不可变更，由此延伸下来，人与人之间的契约也是万万不可变更的，如果变了，那就违背了犹太人的生存宗旨。正因为此，上面那个犹太人因而吃了亏，而下面这个犹太人却是有便宜不占。我们来看看原因。

有一次，一个犹太商人与一位日本人签立了一份购买10000箱蘑菇罐头的合同，合同里规定，货物要按每箱20罐的规模来包装，每个罐头的重量为100克。可是，日本人虽然精明，也有忙中出错的时候。他把罐头做出来了，又千里迢迢运送到美国。可是，那个犹太商人看到货物后，发现每个罐头的重量多出50克，竟是150克，等于比原定的合同多出一半。犹太商人二话没说，跟对方取得联系后说，你送来的货多了出来，不符合我们当初的约定，我拒绝接收你发来的货物。日本商人这才发现自己的大意，他急切之中算了一笔账：10000箱蘑菇罐头，区区20吨货物，既然已经花钱运到了美国，要是再把它运回来，拆了包装重新装箱后又运回去，那可是豆腐花出肉价钱，不仅赚不到钱，还要贴上费用。在这个方面，你不能跟犹太人较真，只好将计就计算了。日本人这么一想，便提出：那么就这么办吧。包装不符合要求是我这里的失误，多出的部分就算我奉送的，不收你的钱了。可是，犹太商人偏偏不买这个账，他说，多的部分我也不想要，问题是你没有按照合同给我发货，你违背了咱们之间签订的合同。按照商场上的规矩，您赔偿吧！日本人一听傻了眼：哪有这样不知好牙的人呢？可是，谁要自家办事欠认真，造成错误呢！只好打落门牙往肚里咽。最后，日本商人不得不按照"国际惯例"，赔付犹太人 100000 美元违约款。至于那 10000 箱的蘑菇罐头，自己想办法进行处理。

这个事件，在犹太人那里是很典型的，它成为其他国家的人研究犹太商人商业精神的一个案例。后来，确实有不少人对这个案例进行分析。有的说，犹太商人之所以拒绝收那批货，是因为他事先做过市场调查，认为只有每罐 100 克重量的罐头符合消费者的习惯，更易于销售。也有的说，有些市场管制比较严格的国家，是要严格审查你的进口货物与报关单是否吻合的，假如有不同的方面，那么就会被认为是在有意逃避关税，就会被罚款甚至会被追究法律责任。如果贪图日本人"赠送"的那每箱 50 克的便宜而遭受处罚，岂不是因小失大？！还有人说，犹太人就是这么精灵，一旦抓住了你的把柄，就会纠住不放，非得让你受点损失不可。在这个案例里，犹太商人虽然并没有设圈套给日本人钻，可日本人自己给自己套上了一根绳子。犹太人利用日本人的失误，平白得到 100000 美元的赔款，还免去销售罐头的过程和忙碌，何乐而不为？

但是，应当说，这些分析要是放在其他商人身上，恐怕都有些道道，而在犹太人那里，这样做只是他们的一个习惯，一个必须坚持、不可更易的原则。

对美国国务卿也不予通融

在以色列的首都耶路撒冷有一个酒吧，名字叫作"芬克斯"酒吧。这家酒吧以其优雅的环境和周到的服务受到人们欢迎。由于耶路撒冷长期以来一直是世界上的新闻热点地区，许多国家的记者居住于此，都喜欢前来这里逗留。但这家酒吧一跃成为世界著名的酒吧，却是因为它对美国国务卿基辛格的一次拒绝。

20 世纪 70 年代，喜欢搞"穿梭外交"的美国国务卿基辛格前往中东地区对巴以和阿拉伯国家进行斡旋，希望能改善这一地区的紧张关系。他听说了"芬克斯"酒吧的名字，也想去那儿休息休息。由于自己和对方同是犹太人，基辛格便亲自打电话给酒吧老板，进行预约。基辛格拿出自己出行时的"惯例"，对酒吧老板罗斯先生说：

"我有 10 个随从会一同前往，到时候，请谢绝其他顾客。"

罗斯对基辛格的到来表示欢迎，但是他说："您能光临本店，实感荣幸。但是我决不能因此而拒其他人于门外。他们大都是这儿的老顾客，也就是支撑本店生意的人。"

基辛格听罗斯这样说，当然心中不悦，于是放下电话。

第二天，基辛格大约是反省了自己，于是又去电话，说这次自己预订一张桌子，而且不影响别的客人前来。但是罗斯回答说：

"非常谢谢您的诚意，可是我仍不能接受您的预约。因为明天是星期六，本店休息。"

作为犹太人，基辛格当然知道星期六对于犹太人的重要意义，可是，他已完成了在中东的外交使命，后天就要离开中东了。他希望罗斯老板能破例一次。但是，罗斯的回答依然很坚决：

"不行。作为犹太人的后裔，您应当知道，星期六是个神圣的日子。"

基辛格只好放弃自己的要求。

"芬克斯"老板为了向来的规矩而拒绝基辛格的预约的消息被报纸披露，此事一时成为要闻而被大肆报道。罗斯的做法的确可以称得上新闻，因为极少有别的国家或民族会为了遵守规矩而不惜得罪大人物的，不少地方的人如有类似的机会，哪怕践踏普通人的利益极力去讨好大人物都来不及呢。

信用的胜利

著名的犹太富翁摩根最早的事业并没有做得太大。他经营着一家咖啡馆，虽然生活过得去，也不过是一个小老板而已。后来，他决定开拓新的事业，由于起初的资金有限，不可能进行大的投资，于是就和一些人合伙开办了一家小型保险公司。开办保险公司，是收益既大，风险也大的事情。如果保险业务不出现大的意外，不遇到大的理赔项目，那么，股东们就可以坐在那里赚钱，而且效益巨大；如果所保险种遇到大的天灾人祸，必须偿付大笔资金的话，那股东破产都有可能。

摩根加入的保险公司是专门保火灾险的。在中国民间，火神的名字叫祝融，谁家要是发生了火灾，就说是发生了祝融之灾。不过，祝融降临谁家，全凭上天的旨意，人们是很难预料的。摩根加入这家取名叫"伊特纳火灾"的保险公司不久，在纽约市就发生了一场很大的火灾。火灾发生地区正好是"伊特纳"保险公司的业务范围之内，由于烧毁的面积比较大，损失相当惨重，公司必须付出的赔偿数额大到几乎难以承受的程度。

在此情形下，不少股东承受不了打击，纷纷表示想退出这家公司。当然，在目前这种形势下要退出公司并不是那么容易的，"有福同享，有难同当"，这虽然是中国人常说的话，但对于外国人来说，这也是做人和做事的一种准则。退出公司的方式是出售公司的股票，而公司遇到这样的意外，你纵使想将股票脱手，恐怕也没有这么傻的人，偏偏这个时候来购买。可是要是不能退出公司，这些人要将自己一生辛劳赚来的钱用来做对投保者损失的赔付，又的确不那么心甘情愿。公司面临内外交困的局面，真是有些骑虎难下的感觉。这个时候，摩根挺身而出了。首先，他意识到，"伊特纳火灾"保险公司既然与投保人签定了合约，那么这个合约是一定不能违背的。违背合约，不仅法律不允许，上帝也不允许。其次，火灾的发生，赔付的兑现，当然使公司遭受巨大损失，但同时也是对经营者眼光的一种考验。既然合约不可能违背，那么要考虑的不是赔不赔的问题，而是能不能借助这次事件，将坏事变成好事的问题。"伊特纳"公司如果在这样困难的情况下信守与投保者的契约，那就一定会给公司带来最佳的信誉。于是他决定，拿出自己的钱，将那些退股者的股票买下——这意味着赔付的款项将由他这个大股东担负大部分。钱不够，他便毅然将自己以前买的一家旅馆作价卖出，凑够了理赔款。摩根的代理人带着这些款子到纽约受灾地点一家一家进行赔付，钱用光了，却带回了好东西——大笔的保单。摩根的做法赢得了投保人的信任，他们不但继续在这家公司投保，而且还介绍了许多新的客户前来参加。摩根大幅度地提高了公司的保险手续费，依然没有挡住人们投保的热情。事后一算账，摩根先生的账户上净进账达15万美元。信誉就是金钱，契约就是生命。犹太人摩根用自己的行动再一次将这个道理做了完美的证明。

吃亏是福

这里讲的吃亏是福与我们中国人所讲的含义可不一样。中国人的传统观念里，说"吃亏是福"的意思是在平时和别人相处的时候，不妨让着一点，以避免引起不必要的争议而伤了和气，而在犹太人那里，他们却是将眼光放得更远，以此取信于民的意思。

有一个犹太人写道，在他 12 岁的时候，他和父亲经历了一次影响他一生的事情。那时，他还并不懂得经商的意义，一天下午，他在父亲经营的家具店里打扫地面。这时，店里来了一位上了年纪的老妇人。他对父亲说，这回就让他来接待这位妇人吧。父亲说："好吧，就看你的了！"那位老妇人走进店来，少年问她是否需要什么帮助？妇人回答说："我以前在你们这家店里买了一张沙发，可现在它的一条腿掉了。我想知道，你们什么时候能帮我修好？"

"夫人，您什么时候买的？"

"有 10 年左右了吧。"

他跟父亲说，这位顾客想让他们免费为她修理 10 年前买的旧沙发。父亲的答复是："你告诉她，我们下午就到她的家里去。"

下午，父亲带着他来到老妇人的家里，给她的沙发换上了一条腿。回来的路上，这个犹太少年心里不太高兴，所以一声不吭。父亲问他为什么不高兴，他说：

"你当然心里明白。我想去上大学，可总是这样大老远地给人家免费修沙发，到头来能挣几个钱？"

父亲告诫他："不能那样想。你得尊重你的顾客。学着做一些修理的活对你没有什么坏处。另外，你忽视了一个细节。当修理沙发的时候，你注意到了沙发底部的标签吗？那张标签是西尔斯家具店的，说明她那张沙发是从西尔斯家具店买的。"

"你的意思是，我们为她修理沙发，一分钱不收，而她根本就不是我们的顾客？"

父亲却郑重地说："不，现在她是我们的顾客了。"

两天之后，那位老妇人再次光临他们的家具店，而这一次，她一下子买走了价值几千美元的新家具。

这次经历，给他留下了深刻的印象。成年以后，他做起了销售工作，给各种不同的公司做代理，不论到哪家公司，他的业绩都是做得最好的。因为，他每次都是抱着对顾客的真诚尊重去工作的。他认为，那天下午父亲对他的教诲成为他人生的座右铭。

即使受骗，也不要报复

有一次，洛克菲勒的儿子与一家叫 ROM 的公司做一笔生意时，由于相信对方的诚意而被要弄了。他为与该公司签订一份合同，进行了长时间的准备，付出了很多的心血和努力。他的心里很沮丧，甚至对对方产生了一种报复心理。这个时候，他的父亲老洛克菲勒以一个成熟的企业家的心态对儿子发出了劝告。他说："最终却是这样的结果，的确让人感到难过。也许你会因此记恨对方很长一段时间，但是我希望你自己却不要因此而变得颓废，丧失你以前乐观和上进的精神。"

洛克菲勒用较长的一段笔墨提醒儿子今后如何应对这种不讲信誉的公司，学会识破对方的骗局，然后说：

你相信吗？对方这种品行不好的人一定不能在商界长久的立足。因为企业界说大就大，说小也小。一个品行不高的人，今天骗这个人，明天又骗那个人，骗来骗去，就会使自己的企业陷入绝境。不诚实的行为，必然会产生不良好的后果。所以，你不必一直计较别人的人格，而时时注意自己人格的完美，才是最重要的。

……

不诚实地履行和客户所签订的合同，确实有可能在短时期内使你获得更多的利润，挣到更多的钱，但是，当你将眼光放得长远一些的时候，你就会猛然发现，那实在是得不偿失。当你这样做，其实就是在为自己铺就一条走向失败的道路。如果你真想干出一番成就，就要尽量避免这种情况的出现。不管如何，都不能给客户留下不诚实的印象。

这一次你被别人骗了，是不是你也想找一个客户来泄恨？如果你真有这种想法，我也不怪你，因为这是人之常情。换作我年轻的时候，也许也会有这种想法。从自尊心的角度来讲，你把自己所遭受到的欺骗，转嫁到别的无辜的人的头上，确实可以使你获得一点心理上的平衡。但是，你想过没有？一旦你真的这样去做，那你的损失可就大了。本来，你完全可以把那些被欺骗的合同视为一开始就不存在。而现在，你却对一些新的、本来可以带来效益的合同进行打击报复，那你的损失不是更大吗？

老洛克菲勒认为，儿子这次遭受的刻骨铭心的经验，对以后的人生道路，会有很大的帮助。以后他再和客户打交道时，会更加小心，慎之又慎，而这，正是这次代价换来的巨大收获。

品德是信誉的担保

银行大王莱菲斯特年轻的时候度过了一段异常艰难的日子。那个时候，找工作都很难，莱菲斯特因此生计维艰。但是，尽管在艰难的条件下，他并没有自暴自弃，也没有丧失自己的正直和良善之心。

有一次，他来到一家大银行求职，可是，一见面就被董事长给拒绝了，原因就是现在并不急需用人。

莱菲斯特此时已是第 52 次求职失利，心情当然很沮丧。他满心沉重地走出银行，没想地上有一枚大头针将他的脚给刺破了。他想：偏偏这个时候，谁都和我作对！但他又想到：再也不能让这枚大头针去扎别人的脚，于是就将它拾起，放到该放的地方去了。

他的这个不经意的行为被董事长看见了，第二天，银行给他寄来一张录用通知书。莱菲斯特后来回想，是自己的品德给董事长留下的深刻的印象。的确如此。那家银行的董事长认为，莱菲斯特在求职被拒绝的沮丧时刻，仍然能这样谨慎细致地替他人考虑，这种人是值得信赖的，而这也是一个人取得成功所必须具备的条件。

还有一位叫迪特的犹太人，从事毛料生意。一次，他有一个客户欠下了 15 美元的货款，大约是那位客户事业上遭受困顿，同时又被催偿，竟然十分愤怒地跑到迪特的办公室里大发雷霆，说他不但不付这笔钱，而且一辈子再也不会花一分钱购买迪特公司的东西。迪特先生没有对这位客户的无礼表示丝毫的反感，反而对他说："谢谢你帮了我们一个大忙。"如果我们的信托部门打扰了你的话，他们也就可能打扰其他的顾客，那真是太不幸了。他向这位顾客保证不会再次发生类似的事件，而且对他说，如果你不再向我们购买毛料，那我可以向你推荐其他的毛料公司来代替。

见迪特竟然有这样的胸襟，那位顾客甚为感动，他后来成为迪特公司长久的客户，也与迪特本人建立了友谊，一直到去世为止，因为迪特的人品征服了他。

迪特的行为在犹太人当中不是个别的，而是一种较为普遍的方式。美国底特律市有位叫伦纳德的犹太老板，总结了一条法则，叫作"顾客真理效应"，这条效应的基本原则就是：

对于企业经营者来说，顾客的建议、要求和挑剔总是对的，是绝对真理。

有一次，一位妇女提着一只火鸡找到市场经理，说她买的那只火鸡干瘪无味，品质不好，要求退换。经过检验，店方知道这是她烹调技术不到家所造成的，而火鸡本身的质量并没有问题。但店方还是按照她的要求给予了调换。从此以后，这位妇女便一直来伦纳德的店里购买食品，一年当中的采购量达到 5000 美元。

遗产中的伏笔

犹太人重视合约，所以他们总是不肯违背它。但是，他们却善于利用合约来达到自己的目的。据说，古代有一个犹太人，他有一个聪明的儿子。为了将儿子培养成才，他将儿子送到犹太人的圣城耶路撒冷去学习知识。他手下有一个奴隶在家中帮助干活并且照顾他。随着犹太人年纪增大，身体也越来越不行了。好在那个奴隶一直勤勤恳恳地照料着这个家，也对主人的日常起居和身体的调养尽到了很好的责任。对奴隶的忠心，他心里很感激，但对于儿子，他同样十分思念。可是，儿子还没学成回来，他的身体已经渐渐不行了。他知道等不到儿子回来，就写下了一份遗嘱，说是将自己所有的财产都留给这个奴隶，至于儿子嘛，他可以选择保留自己的任何一件东西，但仅仅只能是一件！

奴隶看到这份遗嘱，自然很高兴，所以在主人临终前的日子里，更是竭尽全力地照应主人，直到主人去世并下葬。办完主人的丧事，奴隶便赶到耶路撒冷去向主人的儿子报告消息，同时将主人的遗嘱带了去。儿子听说父亲去世的噩耗，自然十分悲痛，但是看过父亲留下的遗嘱，又感到不可思议。父亲怎么能这样呢？难道自己的儿子还比不上家里的奴隶吗？儿子求学在外，虽然不能在跟前尽孝，但这也是按照父亲的意愿去做的呀。再说，即使儿子不能尽孝，是家里的奴隶对父亲百般关照才使得父亲在自己外出求学时生活有着落，患病和临终时都减少了许多痛苦，应当对他进行报答，但适可而止就行了，为何要把几乎所有的财产都留给他，却给自己的儿子只留下一样呢？儿子怎么样也想不通，于是在见到自己的老师拉比的时候，不由地向他倒出了苦水。

拉比说，把你父亲的遗嘱给我看看。犹太人儿子将父亲的遗嘱掏出来，双手捧给老师。拉比仔细地研究了遗嘱以后，对自己的学生说："你可得非常庆幸自己有这样一个充满聪明和智慧的父亲。"儿子大惑不解地问："我对自己的父亲早已经非常了解，为什么在他死了以后反倒要庆幸？"拉比指着遗嘱上面的话对他说："我们犹太教不是规定奴隶的一切都属于主人吗？你父亲指明了给你一样财产，而且可以任你挑选。那么，你要是有足够的智慧的话，你会挑选哪一样呢？如果别人遇到这样的情况要你做参谋，你会帮他出怎样的主意呢？"

俗话说，当局者迷，旁观者清。由于犹太人的儿子刚处于丧父的痛苦之中，而遗产问题又是他自己面临的问题，所以对父亲在遗产中留下的伏笔没有留心到。经拉比这样一点醒，他瞬时恍然大悟。于是按照父亲在冥冥之中的指点，挑选了父亲遗产中的一件"东西"：那个奴隶。

从这则故事中我们可以看出，犹太人对于契约的观点一点也没有变化，可他们却善于利用特定的情境，通过契约来为自己的目的服务。双方之间的合约属于契约，单方面的遗嘱也属于一种契约，因为遗嘱总是在立遗嘱人死后才生效，所以这可以看作是死人对活人的契约。既然是死人对活人的契约，那么死人是没办法看到这种契约最后到底能不能被完全不走样的执行。那么，这种契约的实行一方面要借助法律和道德的力量，另一方面，最好也要让执行人尽可能地愿意接受才好。分析上面那个犹太人所立的遗嘱，我们可以发现他在遗嘱里面所设的"局"。

第一，因为家里的奴隶对他实在忠心耿耿，特别是他正在病中的时候，更加不能离开这位奴隶对他所进行的照顾，因此，立下这么一个遗嘱，当然是为了让奴隶第一个知情，也是为了让他心存感戴，而在最后的时刻不放松自己的责任——我们以小人之心设想一下：假如犹太人的遗嘱不这样立的话，那个奴隶见到主人已经不行了，为了自己的利益放弃对主人的责任而自奔前程去了，犹太人临终的日子岂不是非常凄惨的吗？而更有甚者的是，要是这个奴隶在最后的时刻起了黑心，乘主人病危或病亡，卷起主人的家产逃亡外地，那主人的儿子不要说继承遗产，连学都可能上不下去了。而犹太人在遗嘱里说把所有的遗产（除了儿子挑选的一样以外）都留给奴隶，这份遗产来得正当，他就没有必要，当然也就绝对不会去铤而走险了。

第二，从上面的情况我们已经可以看出，犹太人真正的用心还是想将遗产全部都留给儿子，但在遗产里面却一定不能写明白。因为儿子不在身边，如果在遗产里将这层意思写得一目了然的话，那么奴隶就会看出主人的真正意图，反而会对主人的

"阴险"更加反感，这份遗嘱的效果就会适得其反。因此，他只能将自己真正的意图写成"潜台词"。

第三，他知道，奴隶是没有多少文化的，只要把遗嘱的表层意思告诉他，他必然就会按照表层的意思去理解。而自己的儿子是读书人，读书人当然更容易理解文件里面设计的潜台词了。而且，即使儿子读不明白，还有儿子的老师，那无所不知、无所不懂的拉比呢，拉比一定会看出一切的。

就这样，这个犹太人在一切都完全合理合法的情况下，在让所有相关的人都会得到心理满足，因此能够保证自己的目的完全得到贯彻的情况下制定出这样一份颇具心机的文件。

要是从做人的境界上看，这个犹太人其实也并不怎么样，但是，尽管他隐藏着自己的私心，但他作为一个"契约之民"，是一定不会毁坏自己这方面的名声的。

当然，也可能我们上面的分析不完全正确，这个犹太人也许真的对百般忠于自己的奴隶心存报答之意，不过就是他爱自己的儿子更甚于爱别人罢了。犹太人的儿子也许就是这样来理解自己的父亲的，所以他尽管成功地继承了父亲的全部遗产，最后还是给了那个奴隶一份最好的礼物：他按照拉比给他的教导，将这个奴隶释放，还他以自由人的身份。

创造条件履行法律

有一位从德国回来的中国留学人员曾经写了一篇文章描绘德国人对法律和公共纪律的遵守达到了如何自觉的程度。他在文章中介绍说，德国人在打公共电话的时候，都会很自觉地排队，但那都是在电话亭有人的时候。如果有些电话亭没有人在用电话，他们的反应会怎么样呢？有一个中国人为了测试德国人是否确实在任何情况下都会毫不犹豫地遵守公共纪律，于是在一个有着两部公用电话的地方搞了这么一个试验：他在其中一台电话的旁边贴了一张纸条，上面写着：

专供女士使用

然后躲在一旁观察。结果，他发现，来打电话的德国男人只要一见到这张纸条，马上自觉地站到另一台电话机旁去，哪怕那台机子上已经有人在排队用电话，而这台机子则空在那里。于是，他不得不叹服德国人遵守纪律的品行。

德国人如此自觉遵守法纪，当然让人钦佩，但是犹太人比起他们来，恐怕又更胜一筹。这里又涉及到一个犹太人与厕所的故事。

以色列刚刚建国的时候，住房相当紧张，几位从德国移民过来的犹太人不得不居住在一节报废的旧火车厢里。按照德国的法律，火车里的厕所只有在行驶当中才能使用，火车停下时，车上的厕所是不允许使用的。虽然这几个犹太人是把火车厢当作住房来用的，可是他们在上厕所时又按照思维定式，按照在德国多年积累下来的习惯，把这个"住所"当作火车厢了。既然这节火车厢已经报废，所以不可能移动，更不可能行驶，这几个德裔犹太人便商定，在一个人需要用厕所的时候，其他人便下来推动车厢在轨道上移动。一天晚上，一个本地犹太人看见几个德裔犹太人身穿睡衣，在寒风中瑟瑟发抖，一边来回地推着一节火车车厢的时候，好奇地问：

"你们究竟在做什么？"

那几个德裔犹太人回答："我们中的一位正在用厕所呢。"

这个故事，让人发笑，觉得这些犹太人真的是不可思议，甚至是不可理喻。那虽然是一节火车厢，可是现在它已经不再在铁轨上行驶，已经被改造成临时住房了，那么铁路上的有关规矩自然可以不再遵守，车厢里的厕所理应把它当作住宅厕所看待，为何还要对那已经不再适用的法律照章遵守呢？不过，倘若我们设身处地替犹太人想一想，就会知道，犹太人对法律和规章的自觉遵守，除了他们与上帝曾经达成过契约外，其实更主要的就是，千百年来，他们这个民族一直过着流离失所的生活，他们居住在别人的土地上，必须"仰仗"于别人的宽容和"恩赐"才得以继续在那儿生存下去，倘若稍有差池，被人揪住辫子，说不定就会遭来驱逐的噩运。因此，他们首先必须做到的就是，要尽可能地、百分之百地遵循当地的法规法纪，这样才不容易给别人找碴的机会。

回过头来再说那几个德裔犹太人推火车厢的事。从另一个角度看，这件事里其实也透着犹太人的聪明，那就是，"你有政策，我有对策"，你规定火车上的厕所必须在移动的时候才能使用，那么在它不可能移动的情况下，我哪怕用人力也要使它动起来。这里，又可以套用中国的一句曾经流行一时的语言："没有条件，创造条件也要上。"应当说，犹太人正是创造条件的高手。

"不可告人"的目的也必须在信守契约（或尊重法律）的前提下达到

法律，也是一种契约，而且，对于任何一个国家的公民来说，是最为重要的契约。这种契约不是个人与个人之间签订的，而是作为全体公民的代言人及管理者，和所有的公民签订的。所以，任何一个国家的公民都必须遵守本国的法律。如果你不是这个国家的公民，但是一旦来到这个国家，或者与这个国家发生不可分离的关系，当然也就必须遵守这个国家的法律。在西方思想启蒙时期，著名的思想家卢梭写下了他那奠定西方近现代国家学说的基础的《社会契约论》，其中心的意思就是人，生来就有着追求个人利益最大化的本能。在社会上，各种人构成复杂多样的社会关系，但最基本的关系就是利益关系。由于人从动物身上继承下来的自私本性，他们生来就想着无限扩大自己的利益。但是，每个人都追求自己的利益，人与人之间必然要发生矛盾、争执和冲突。这时，就需要有一个调解者、中和者、仲裁者，这个仲裁者就是国家。国家利用自己的权威，代表社会上每个人的利益，与社会全体成员签订一个人人都必须遵守的契约，这个契约就是法律。

当然，由于各个国家的民族利益不同，民族精神不同，民族传统也不同，因此它们之间的法律也存在着各不同的特点。每个国家的法律其实都是在继承自己民族习惯和风俗的基础上制订出来的。尊重别国的法律，也就是自动地履行与该国民众的契约。

不过，有些法律在外人看来也有显得莫名其妙的。这一方面是随着社会和时代的变化，法律却没有跟着做相应的更新和调整，另一方面则是，法律的具体制定者当初的考虑就有着某些难以说清的私心。比如，亚洲某个并非伊斯兰教的国家，至今规定男人可以娶两个以上的妻子。而现在已经是 21 世纪了，妇女解放，男女平等的口号也已经喊了多年，这样一条法律却一直没有改变，以至现在在这个国家形成这样一种现象，即该国的知识女性一般都不愿意结婚。因为和一位多妻的丈夫结婚，男女平权的理想根本不可能实现，而知识女性所追求的浪漫而忠贞的感情生活也根本是虚无缥缈的。

也有些法律确实是根据特定的历史情况来制定的。比如第二次世界大战期间，日本有这样一条法律：日本驻外使领馆签发经过日本前往第三国的签证，是以家庭为单位开出的，而日本人当时对家庭平均人数定出的具体标准是每个家庭6人。此时，希特勒正在欧洲一些国家加紧迫害犹太人。由于日本与德国是盟国，那些急于逃出即将沦于德国的小国的犹太人便想到了经日本转道求生的办法。虽然日本照常发出转道签证，但采取这种办法的犹太人很多，签证的办理并不是那么容易，假如要每个人都取得一份签证，根本是不可能的。于是，在日本的一个营救组织的成员犹太人拉比卡利什想到了一个办法，就是利用日本的法律规定，让犹太人组成6人一组的团体，各自以家庭名义取得签证，转道离境。

这个办法当然很好，既符合日本的法律，又能使更多的犹太人免遭纳粹迫害。于是卡利什拉比便拍发了一份电报，意图把这个办法传递给那些等待在立陶宛的同胞。但是，这种表面上尊重日本法律实际上是利用法律条文的办法决不能公然明示，于是，他拍出的电报这样写道："shishOmiskadshimb,talisehad."日本人当时对所有在本国的外国人的电报都加以追踪，他们截获了这份电报，却弄不懂这句话的意思代表什么。于是，他们的函电检查官立刻把日本犹太人委员会的莱奥·阿南找来讯问，要他解释这份电报是什么意思，里面为什么要出现"6个人"这样的字眼?！莱奥·阿南看了电报全文，他说，这不过是犹太人与远在立陶宛的朋友讨论有关犹太人宗教礼仪方面的问题，因为那句话在这儿的意思是：6个人可以披同一块头巾进行祈祷。见莱奥·阿南的解释非常有道理，日本人只好放弃了对这封电报的追问。

上面那句话的确出自犹太人的经典《塔木德经》，而且是这部经典当中的一句著名格言。但是，卡利什拉比却巧用经典，将一句不能公开讲的话隐晦地传递了出去。犹太人在绝对尊重日本法律的前提下，实现了自己的意图，许多犹太人就这样逃离了危险。这个民族的人充分尊重各种法律与契约，哪怕是"不可告人"的目的，也是在绝对信守契约的前提下达到的。

按照法律纳税是践行对国家的契约

有一个人到海外旅行，那个地方盛产钻石，不但品种丰富，而且价格非常便宜。这个人一时动了心，买下大批的钻石带回国。可是，回来的时候，他不愿意交税，因为国内对钻石征收的税率很高，如果按照规定交税的话，那得付一大笔钱。于是，他就抱着侥幸的心理，想偷偷将钻石带过海关。可是，没想到海关的检查却很严格，结果他所携带的这些钻石被发现，险些遭到扣留。有个犹太人听到这个消息，大感惊奇，不禁为这个人感叹：钻石的关税最多不超过 7%，这个人交了税之后，回到国内，再将钻石提价卖出去，依然要比当地便宜，这样既不违背法律，又不会遭到损失，这么简单的计算怎么就算不来呢?！犹太人经商能力很强，他们给驻在国交纳的税金也很高，他们不愿意偷税漏税，这是民族的契约观念决定的，当然也与他们寓居各地，必须时时处处都小心翼翼地遵守当地法律，决不给别人留下话柄的客观处境有关。所以犹太人在经营每一笔生意的时候，他们的账是先把税金包括在里面的。

当然，说犹太人很遵守各个国家的税收制度，并不是说他们甘心把自己辛苦挣的钱随意奉送。他们总是在细心研究相关的法律制度，尽量在合理的范围内减少不必要的付出，也就是说，他们可能会采用"合理避税"的手段免交那些能够省下的税金，但他们的原则是不能踩线，不能突破人与上帝（包括与国家）的约定。手套经销商泰勒的行为可以算得上是犹太人当中最为大胆的避税行为，几乎就可以视作有意逃税了。但是，由于他在表现方式上并不与法律明显冲突，因此即使法律也奈何不了他。

20 世纪有过一段时期，法国生产的手套大举进入美国市场，对美国手套厂家造成很大危害。那个时候，还没有所谓《反倾销法》出现，美国为了阻挡法国货对本国市场的冲击，将法国手套的关税提到很高。泰勒为了少付关税，想出了一个令人叫绝的点子。他在法国订购了 10000 套质地优良的皮手套，然后先将所有的左手手套集中装箱发往美国。这 10000 只手套运到美国海关之后，泰勒却有意不去提货。按照海关的规定，货物到了港口之后的若干时间，若还没有人前来提货的话，则视为无主的货物，海关有权将其拍卖。当有关人员打开箱子一看，发现所有的手套都是左手的，这样的货物肯定卖不出去，于是只好以很低的价格竞拍。当然，前来参加竞拍者寥寥无几，没有人会花钱将这批无法出售的手套买回去，买主自然非泰勒莫属。以后，泰勒用同样的方法把那 10000 只右手手套运进海关，结果海关税减少了一半。以后，当海关醒悟过来后，却无法依据现有的法规对其进行处罚。

契约高于逻辑

我们在前面讲了犹太人因信守契约而为人所乘的故事，也讲了他们利用合同来实现自己的目的的故事。总的说来，由于他们对于契约的信奉简直达到了崇拜的程度，所以一方面他们不可能做不履行契约的事，而另一方面，对于契约的谙熟与精通，他们并不像别人所想象的，会被契约束缚手脚，反而倒是常常利用自己的聪明智慧和娴熟老到，让契约成为自己的帮手。下面这个例子再一次说明这个问题。

犹太人加利在一个犹太教区为那儿的贫困人口做服务工作。那个时候，世界经济还远没有发展到今天这种程度，因此有一些犹太人的生活还处于穷困当中。冬天到了，这个教区的居民却还没有足够的煤来过冬，因为他们没有足够的钱买煤。当然，加利本人也没有这么多钱来帮助人们解决困难，但他却想到了一个办法，一个绝对可靠而又有效的办法。

他找到一个经销煤炭的商人，和他洽谈买煤的事情。不过他首先表示，希望那个煤炭商人能够看在上帝的份上，捐助一批煤炭给这儿的穷困的居民。那个商人说：“我可不会白送东西给你们。不过，我可以半价卖给你50个车皮的煤炭。”

加利写信说，让煤炭商先运25个车皮的煤炭来。煤炭运来后，这个犹太教区的人却没有付钱，并说煤不用再运了。

煤炭商见此情况非常的气愤，他发出了一份措辞强硬的催款书，说如果加利们再不付款，他将起诉。

很快，这个商人收到一封回信，信上这样说：“您的催款书我们无法理解。您答应卖给我们50车皮煤减掉一半，25车皮正好等于您减去的价钱。这25车皮的煤我们要了，而那25车皮的煤我们不要了……”

煤炭商人自然气愤不已。犹太人这样理解他们之间订立的契约，简直就是“歪批《三国》”嘛！从逻辑的角度讲这种理解是不能成立的，因为煤炭的一半价格并不等于一半煤炭的价格——二者仅仅在价格上没有区别，但是在事件本质上却有着根本区别。但由于这件事牵涉到“慈善”这样一个敏感问题，煤炭商人只好不了了之。

契约甚至高于逻辑，这就是“契约之民”的特点。

犹太人的守约和诚信对现代商业精神的贡献

“无商不奸”，这是中国人的一贯认识。这句话并非没有来由。首先，商人的确多数是唯利是图的，因为，经商的第一要务就是挣钱。在中国这个历来以农为本的社会里，商人的地位一直很低下，从两千多年前，社会阶层的划分就是按照"士农工商"的秩序来定的。所以，愿意从事经商这个职业的人，也许是迫于生计，但可以肯定的是，大多出于天生对于金钱的爱好与追逐。而在古代那个缺乏法治精神的时代，市场交易的随意性很大，很多行为并没有法律的明确限制，不像犹太人的《塔木德经》，就连对秤盘、容器的清洗都做出了具体规定，所以，商人们为了多赚钱，当然就很容易采取各种欺诈手段。而反过来，这也大大损害了商人们的声誉。中国古代也有讲诚信的要求，在儒家经典著作里，就有许多关于"言必信，行必果"的说法。但中国这个宗法国家，这个信奉"上智与下愚不移"的国家，对于"礼"的设定，是从王族、贵族和士这些阶层的角度来考虑的，而草民根本不在"礼治"的范畴之内，所以，像孔子们所论述的观点，其实都并不是对于全民的要求，而仅仅是对于统治阶级的要求，所以，中国古代流传的诚信故事，都是具有政治含义或人格含义，而并不只涉经济层面的。既然社会并没有对商人们提出明确的诚信要求，同时又把他们的"奸猾"看作是天然的，不可避免的，因此商人们也就没有必要去对自己的行为进行规范，只要不触犯刑律，他们乐得胆大妄为，巧取豪夺。但是，在犹太人那里却完全不一样。《塔木德经》对于经商行为的规范，一直影响到后来，影响到现代。现代商业的诚信理念，可以说就是脱胎于犹太人的商业信条。只不过，过去是以《经典》的方式流传，而现在则以法律的方式固定罢了。

崇尚智慧，善动脑筋——创新力

对华尔街的清洗

大家都知道，华尔街是美国乃至全世界最著名的金融领地，这里云集了众多世界级的金融大亨。从 19 世纪起，这些人在这里上下其手，翻云覆雨，搅得世界经济不得安宁。然而，到 20 世纪尾声的时候，有一个年轻人凭着他杰出的创造力，打破了传统富翁们对巨额财富的垄断，在短短的几年时间里，由一个普通的辍学博士生一跃而登上《福布斯》富豪榜，成为美国最富有的 400 名富人之一，而且位次排在50 位之前。

这个人名叫谢尔盖·布林。

谢尔盖·布林出生在苏联一个犹太人家庭，5 岁的时候随父母移民美国。来到美国后，布林的父亲担当了马里兰大学的数学教授，母亲则成为国家宇航局的一名专家。布林的聪明是过人的，还在读小学的时候，他就设计出一份有关计算机打印输出的新方案，让老师大感惊奇。后来，他的学业一直非常顺利，他进入著名的斯坦福大学读书，后又越过硕士这个阶梯直接免试攻读该校的计算机专业博士学位。但是，让人没有想到的是，就在这个时候，他竟然做出了和比尔·盖茨同样的抉择：中途退学，去从事创业。

教授父亲和专家母亲的经济收入在美国当然属于中产阶级，不过谢尔盖·布林创业并不借助于父母亲的力量。谢尔盖·布林在一个已经不再使用的车库里，和他的同窗好友拉里·佩齐两人合作创办了一家高科技公司。公司的第一笔创业资金 10万美元，这是 1998 年。

还是在上大学的时候，素有"神童"之称的谢尔盖·布林就发明了一种超文本格式的互联网搜索系统，现在，他们选择的创业之路正从这里起步。Google 搜索引擎刚开始服务，每天的使用次数就超过 10000 多。1999 年，有两位风险投资家看好谢尔盖·布林的发明，向 Google 注入资金 2500 万美元，使得 Google 的发展进入一个新的阶段。很快，Google 的日搜索量跃升到 3 亿次。Google 开始上市了。在上市方式上，谢尔盖·布林采取了一种崭新的方式，进行 IPO 定价 (IPO 定价就是上市股首次发行时公开募股)，他的这一举动被媒体称为是"对华尔街的清洗"。不过数年时间，谢尔盖·布林和他的同伴拉里·佩齐双双跻身亿万富豪行列。

一场翻天覆地的变革

奥运会是一个鼓励创新、实现创新的场所。每隔四年，在地球某座城市里举办的这种规模盛大的运动会，都聚集着世界上最著名的运动员。他们在这里亮相、献技、比赛、竞争，不断创造和刷新世界纪录，不断突破人类的极限。这是一个令人兴奋和激动的舞台。但是，历来，这座舞台同时又是一架消耗金钱的机器。千千万万个运动员从各个国家来到这里，他们的吃住行，他们的安全保卫，他们所需要的运动场所以及奖励给他们的荣誉奖牌等等，都需要大笔的钱才能解决。因此，从第一届奥运会开始，大凡举办奥运会的国家，都必须从国家财政支出一笔特别的开支，用于这项能体现国家实力、威望和荣耀的项目。问题是，随着运动水平不断提高，随着人们眼界不断拓展，也随着一届接着一届相互攀比，举办奥运会的支出越来越大，不少国家都体会到难以承受之痛。

当一些国家领导人和奥运会的主管官员们坐在开幕式或闭幕式的观礼台上，欣赏着那些精美绝伦的舞蹈节目的时候，他们的心里却在悄悄嘀咕：这种人类的体育盛会，它会因巨大的财政负担而难以为继而寿终正寝吗？

一位聪明的犹太人解决了这个问题，他就是居住在美国的尤伯罗斯。

20 世纪 80 年代美国洛杉矶奥运会，身为商人的尤伯罗斯主动请缨，说是不要政府投资，自己将奥运会的全部经费包下来。当然，他提出的要求就是准许他采取市场经营的手段，来进行筹款等一系列的运作。洛杉矶市政府当然求之不得，完全满足了他的要求。

那么尤伯罗斯是怎样运作的呢？以前，举办奥运会的收入一是广告，二是门票。门票收入实际上很有限，因为票价不可能卖得太高，毕竟人们的收入有限，而以前的广告也是按照历来惯例收费，所得不足以弥补越来越高的支出。这回尤伯罗斯规定，他只接受 30 家企业前来奥运会场地做广告，数量大大地作了限制。但是，广告收费却大幅度提高，即每家来做广告的企业，至少收费 400 万美元。因为他知道，企业不论大小，一律能来做广告的话，收费必然不可能抬得太高，而限制少量的企业前来，就只有世界级的大企业才做得起。并且这些顶级企业花 400 万美元，只是区区小数。30 家企业，每家收费 400 万美元，仅这一项加起来就有 1.2 亿美元，用来举办奥运会已经就相差不远了。同时，他又出售奥运会电视转播权，并将以前不收费的广播电台转播改为也要收费转播，这两项加起来甚至超过企业广告收入，达到 2.8 亿美元。他发现许多美国人都愿意参加奥运会的火炬接力跑，因此破天荒地提出出售接力跑的名额，每跑一英里，须缴纳 3000 美元。这一来，参加者反而趋之若鹜。另外，他还将运动场上的最佳看台变相"出售"，即只要愿意向奥运会提供赞助（价码 25000 美元），每天可获得两个最佳的座位。还有，他还要求想到奥运会上做生意，比如推销商品售卖食物等等，须先提供 50 万美元的赞助经费。由于采取了市场运作的方式，那些买到电视转播权的电视台当然要尽力运用这个机会大大展示自己的功能，这样，又明显提高了这届奥运会的宣传效果，导致观众如潮，体育场天天爆满，门票场场畅销。组委会设计了吉祥物、纪念品，第一次高价出售以获取收益。最后，计算出收支结果为：本届奥运会一共创造盈利 2.5 亿美元。这个数字，令所有关心这场运动会的人吃惊不已，且大为钦叹。

挑动、挑逗、挑选，坐收渔利

尤伯罗斯的做法，开创了奥运会举办的一种全新模式，以后，各个国家竞相模仿，使得这项几乎要陷入困境的运动会又"柳暗花明"，跃上了新的台阶。要总结尤伯罗斯的做法，可以得出很多的经验，归纳出很多条目来。仅从他吸引广告客户的手法上，我们便能看到犹太人善于利用人的心理，善于制造冲突，并在冲突中形成机会的本领。

尤伯罗斯在选择广告商的时候，确定了 30 个准入限额，同时，他还规定，这 30 个限额不能产生于同一个行业，也就是说，每个行业只能有一家企业入围。既是"一家"，那就是"唯一"，而这在企业一方（更在广告受众一方）会形成这样的心理：只有最好的企业才能成为这个"唯一"，也才能代表这个行业的形象。于是，就必然会抬高竞标者的心理期望值。我们曾看到国内很多企业过去在做广告的时候，都喜欢竞相用"最佳""最棒""最完美"之类的形容词，就是想要在舆论上占据一个制高点，将所有的竞争对手比下去。尽管国外（目前也包括国内）一些地方《广告法》规定不能允许企业采取这种并无根据的排他法扬己抑人，但是，在潜意识中，他们还时不时愿意使出这一招来。而尤伯罗斯的方案，正好把所有参与竞争的企业的胃口吊了起来。

我们先看看世界上最大的两家胶卷生产企业是如何为尤伯罗斯的计划而开展竞争的。尤伯罗斯同时和美国的柯达公司和日本富士公司联络本届奥运会的广告事宜。柯达公司自认为是世界感光胶片生产的老大，所以对尤伯罗斯要价400万美元感觉过分，因此拒绝出这么多钱。他们按照以前的惯例，只肯出价100万美元，同时赞助一批柯达胶卷。这个答复尤伯罗斯当然不会同意，于是轮到富士公司出马了。富士公司敏锐地感觉到这次情形和以前不一样，不能用以前的眼光来看待奥运会的广告竞争了。而且，他们还把这次机会看成是由此进军美国市场的一次极好机会。于是便在同意底价的基础上，与尤伯罗斯讨价还价。最后，以700万美元获得了洛杉矶奥运会的独家赞助权。果然，富士公司的判断是正确的，后来的事实也证明他们的巨额投入是值得的。当奥运会结束后，富士公司顺利进入美国，夺取了原本为柯达垄断的一部分美国本土市场。柯达公司痛定思痛，将公司广告部经理给予撤职处分。

同样是世界上最大的两家饮料生产企业：可口可乐和百事可乐，总部都在美国。它们之间的竞争就属于"窝里斗"了。上一届莫斯科奥运会上，百事可乐战胜可口可乐而夺得头筹，占尽风光，因此很有些自鸣得意起来。他们也认为尤伯罗斯狮子大开口，对这么高的价码表示疑问和犹豫。可就在他们犹豫不决的时候，可口可乐却下定了卷土重来的决心，要一举将百事可乐的风头盖下去。他们为了不给百事可乐以还手的机会，一下子就将赞助费提到1300万美元，这比尤伯罗斯的底牌高出3倍还有多。尤伯罗斯暗地里笑得合不拢嘴，但表面上却不露声色，用他的三寸不烂之舌，让可口可乐感到他们并没有吃亏，而是占了便宜。

对于电视转播权，尤伯罗斯采用的同样也是这种办法，刻意营造出一种"卖方市场"，让买家来竞相争夺的氛围。美国两家最大的广播公司ABC（美国广播公司）和NBC（全国广播公司）都被尤伯罗斯派去的人挑动起来。不仅如此，他还亲自前往两家公司分别鼓吹宣传，引起它们之间一场全力以赴的竞争，结果，又把一笔巨款收入囊中。

当然，有钱好办事。收了这么多钱，洛杉矶奥运会的举办从场地设计、赛程安排、运动员的吃住行直到让人眼花缭乱的闭幕式，都空前地让人感到满意，感到振奋。尽管这次奥运会某些国家出于政治目的进行抵制，但它的完美和圆满却让人久久难忘。

小鸟是怎样抢占獾的蜂蜜的

獾在树林里找到一个大蜂窝，它把这个蜂窝捅下来，赶走蜜蜂，美美地饱餐了一顿。一只小鸟飞过来，啄食剩下的蜜，獾在一旁懒洋洋地看着，并不阻拦。可是，这只小鸟吃饱了蜜后，又把未吃完的装进罐子里，准备带走。獾不高兴了，它拦住小鸟说，这罐蜜应该是它的，因为是它从树上把蜂窝给捅下来的。小鸟想了想，说：

"那好吧，现在时间不早了，争论也没有用。不如我们先把这罐蜜埋起来，等明天早上，谁来得早，就归谁吃，怎么样？"

獾答应道："这还差不多，总得有个规矩嘛。"

犹太人就像这只小鸟一样，在没有办法的时候它能想出办法，在没有规矩的时候它也能创造规矩，将被动的情势转化为主动。

洛克菲勒一度和泰特华德油管公司成为竞争对手。泰特华德油管公司为了垄断从石油产地通往安大略湖畔的威扬油库的石油管道运输业务，敦促巴荣县议会通过了一项议案，规定除了已经铺设好的管道，再不允许有新的油管经过这个地段。而洛克菲勒当时正制定了一个宏大的计划，就是想把他的公司的石油业务扩展到整个美国的各个角落。为了实现这一计划，必须有一段管道与泰特华德公司的管道重叠。可是，巴荣县议会的议案摆在那里，如何突破这个关卡是个很大的难题。但是，再大的难题也难不住聪明的脑子。在一个月黑风高的晚上，洛克菲勒亲自带着一帮人悄悄来到巴荣县境内，他们用铁锹挖出一条沟，在沟里埋入输油管道后，又悄悄离开。洛克菲勒的美孚石油公司"违反"议案的行为很快被发现，于是在泰特华德油管公司的怂恿下，巴荣县政府准备起诉美孚公司。然而，洛克菲勒也同样向新闻媒体大做文章：县议会的议案明确规定除已经铺设的管道外，不准再铺设新的管道，可是我们美孚石油公司的管道已经在县境内进行了铺设，我们将要做的，不过是把这条管道完成而已。请记者们前去参观，看看是不是如此。结果，由于议案本身的不严谨（它并没有说明"已经铺设"是从哪一天算起），起诉明摆着不能取胜，巴荣县议会只好眼睁睁看着他们的议案变成一张废纸。

如果说，洛克菲勒这个例子还不算创新，只是玩弄花样的话，那么下面这个例子就真正属于从无路的地方开出一条新路了。

1871 年，普法战争以法国的失败而告终。战争耗费了大量的军费，也大大影响了经济运行，可是，战争失败，还需要赔偿普鲁士 50 亿法郎的巨款。这时候，法国政府最需要的就是钱。赔款的事还不是当务之急，眼下最急迫的是，政府要继续运行，不至于因经费开支的紧缺而垮台，就得赶紧筹集至少 2.5 亿法郎，以应付紧急之需。这可是一笔巨大的款项，唯一的筹集方式只能通过发行国债。但当时法国和英国两家最大的银行都担心法国经济是否能够好转，而不敢接下这笔国债的发行业务，尽管发行国债是非常有利可图的一件事。这件事被处于美国华尔街的金融巨头摩根知道了，凭着犹太人的直觉和敏感，他极想把握住这个机会。但是，连法国和英国两家最大的银行都不敢接手这项业务，摩根自己的实力也不足以应付这么大的融资活动。机遇是和风险并存的，关键是要有一个既能减轻风险又能把握机会的办法。摩根后来提出的办法是，把华尔街所有的大银行联合起来，形成一个规模宏大，资财雄厚的国债承购组织，风险共担，利益共享，这样，法国国债发行的问题就可迎刃而解。这样一个金融组织，后来被称作"辛迪加"。在以前，所有的金融活动从没有过像摩根所想象的采取联合行动的，一般都是互不通气，各自为营，相互猜忌，尔虞我诈，互相拆台。但是，面对巨大的机会和利益，那种海盗式的金融行为是非常有害的，大家都认识到这一点，于是很多银行家都赞同摩根的建议。华尔街的行动为法国政府渡过难关发挥了至关重要的作用，同时也为自己带来了丰硕的收获。自此，华尔街成长为美国乃至世界经济的神经中枢，而摩根及其家族也一跃而为美国最大的财团之一。

冒险家、飞机设计师、电影人兼亿万富翁休斯

创新是一个民族进步的关键。这样一个理念，我们是经过长期的教训取得的。

封闭保守，故步自封，只能永远停留在一个原点上踏步，而不可能朝前迈进。无论在科技上还是文化上，这样的事例不胜枚举。作为个体的犹太人，在科技和文化上的创新举世皆知，而从民族整体来看，他们表现在经济上、经营上的创新力无可比拟。

休斯飞机制造公司，在全世界几乎家喻户晓，它是美国多种新型飞机的设计者和制造者，尤其值得骄傲的是，1966年6月，美国的无人驾驶太空船首次登月，太空船船身上所标明的制造厂家就是休斯公司。

霍华德·休斯1905年出生于美国的休斯敦，父亲是个石油投机商。他18岁的时候，父亲去世，而母亲早在两年前就先于父亲病逝了。休斯继承了父母的遗产，可是他的兴趣不在石油上面，他从小就对电影非常着迷，同时，飞机对他更是有着不可抗拒的诱惑力。当然，在电影方面，他开始并没有取得任何成功，他对飞机的了解也只停留在能够随意地驾驶着它在蓝天上翱翔而已。但是，让电影和飞机结合的念头，在他有一次独自驾驶着单人操纵的飞机飞上蓝天的时候，如闪电般倏然诞生了。那个时候，还没有人拍摄过用真正的飞机来当道具表现空中战斗的影片，因为没有人大胆到想过这样的事。这个带有冒险性质的念头让他兴奋不已。接下来就是拍一个什么样的故事？刚刚结束的第一次世界大战曾有过一个占据报纸头条、轰动一时的消息，说的是英国空军中校达宁率领几架英国皇家空军的战斗机，从英国海军舰艇上起飞，前往轰炸德国某个重要空军基地的事迹。那次轰炸，英国皇家空军以一架飞机的代价，取得炸沉德军两艘舰艇并击落两只飞艇的战绩。残酷的战争，骄人的战绩，刺激的场面……电影还未开拍，霍华德·休斯就为它取好了片名，叫作《地狱天使》。

《地狱天使》的拍摄的确是空前的。为了拍这部片子，霍华德·休斯一共租用了好几十架战斗机，其中包括法国空军的斯巴达战机、英国空军的SE5战机、德国的佛克战斗机以及英国的索匹兹骆驼号轰炸机，另外还雇佣了100多名飞行员、200多名临时演员，而聘用的摄影师差不多占到了好莱坞总数的一半。这部电影也许在艺术上还存在着它的缺陷，但它首开了用真实的飞机大规模拍摄真实战争场面尤其是空战场面的记录，把战争电影的摄制引向了一个新的阶段。

不过，霍华德·休斯真正运用他的爱好在商业上取得成功，还是落脚在航空事业上。充满冒险精神，同时又对飞机有着近乎疯狂的爱好的他，聘用了两名杰出的飞机设计师来替他完成设计新型飞机的构想，而新型飞机设计成功后，由于造型特别，竟然没有飞行员敢于进行试飞，于是霍华德·休斯亲自登机试飞。终于，这架飞机以时速566公里的水平打破了当时的世界纪录。后来，他还进行过连续不间断地绕地球飞行的冒险飞行，结果打破了以前必须驾机飞行一周才能环绕地球一圈的又一项世界记录。再以后，他还自己设计了一种世界上最大的"巨无霸"水上飞机，到1965年的时候，他的休斯飞机公司发射了一颗85磅重的商业通信卫星，从而第一次在欧美大陆之间建立起电视电话网络。他去世的时候，休斯飞机公司一共拥有价值52亿美元市值的股票。

种下一棵摇钱树

创新，可以从多重角度去理解。我们一般所认为的创新，指的是在科技、艺术等领域里的新发明、新创造……但是，在经营领域，创新就不是指的发明过去所没有的实物或艺术品，而应当包括过去所没有产生过，或没有人做过的行为或理念。美国著名的芭比娃娃的营销策略，可以说得上是最具创造力、最高明的策略之一。

这种名叫"芭比"的洋娃娃，金色头发，粉嫩的脸蛋，嘟起的小嘴，长长的睫毛，还有一双会说话的大眼睛。"芭比娃娃"漂亮、可爱，所有的女孩子都喜欢她。下面讲一个美国家庭购买"芭比娃娃"的经历，可以说，这是一般美国家庭的一个缩影。

在几乎所有商店的儿童玩具柜台，都摆放着美丽的"芭比娃娃"。这么漂亮的"芭比娃娃"售价仅为10美元95美分，这对多数美国家庭而言，都不算什么大数目，因此，当幼小的女儿缠着父亲说要抱一只"芭比娃娃"回家的时候，她的心愿很容易得到满足。

"芭比娃娃"成为女儿心爱的伴侣，当父亲的却由于忙于工作和事业，早已经把那个洋娃娃忘在了脑后。直到有一天晚上，疲惫的父亲在外面忙了一天回到家中的时候，会撒娇的女儿跑到父亲身边，嚷着说：

"可怜的小芭比需要换新衣服了。"

父亲瞪大眼睛，弄了半天才明白，原来，玩具销售商在"芭比娃娃"的包装盒里早就留下了纸条，提醒她的小主人：小"芭比"应该像她的主人一样，有一些属于自己的，可以经常更换的衣服。

做父亲的此时会这样想：女孩子嘛，将来总是要做母亲的，现在培养她的母爱，并锻炼她照顾孩子的本领, 这是一个不错的主意嘛! 于是理所当然同意了女儿的请求。父亲按照《商品供应单》上提供的信息, 找到上次那家商店, 买回了价值45美元 (超过 "芭比娃娃" 自身价格的近四倍) 的 "波碧系列装"。

过了一个星期, 女儿面对父亲, 又提出了新的要求。原来, 她又得到了玩具销售商的提示, 说小 "芭比" 现在长大了, 像她这样美貌优秀的女孩, 应该有个适合她身份的职业, 小主人应该让她当上 "空中小姐"。于是当父亲的只好再掏腰包, 替女儿的 "女儿" 买了空姐制服。这还不算完, 商家的提示里还说, 美丽的 "芭比" 应当具有多重身份, 她的身份越多越优秀, 那么她在同伴中的地位当然也就越高。"芭比娃娃" 的同伴是谁呢? 当然是邻居家的女孩、同学以及其他小伙伴们手里的小 "芭比" 了。父亲不同意再花钱了, 可是女儿不干, 她像 "芭比娃娃" 一样撅起了小嘴唇, 满脸的不高兴, 眼眶里还噙了泪花。看见女儿可怜的样子, 做父亲的只好妥协。这样, "芭比娃娃" 的服装柜里又增加了护士、舞蹈演员……的行头, 而父亲的钱包里则又少了35美元。

又过了一段时间, 女儿又提出 (她是根据供货商寄来的商品供应单想到的), 她的可爱的 "芭比" 爱上了英俊的小伙子 "凯恩", 她不想眼看着 "芭比" 失去 "凯恩", 那样的话, 小 "芭比" 会因为失恋而痛苦的。看见女儿那副着急、关切、激动的样子, 就像她自己面临着这种人生路上最重要的抉择一样。父亲自然不忍看着女儿流泪, 他又掏出和 "芭比娃娃" 同样的钱, 去把 "芭比" 的恋人 "凯恩" 请进了家门。

后面的事情可想而知。"凯恩" 进了家门, 真的就和女婿进了家门一样, 样样东西都不可缺少, 什么剃须刀、西服、领带甚至浴袍, 一样也不能少。而且, 还要替这一对金童玉女举办婚礼, 烛光晚会、生日蛋糕、洁白的婚纱还有结婚戒指都要备全。要知道, "芭比" 的婚礼就和女儿的婚礼一样重要。

既然结了婚, 当然要生孩子。白雪公主 "芭比" 和她的白马王子 "凯恩" 不久就 "生" 下了他们爱情的结晶品 "米琪娃娃", 一个新的轮回又开始了。作为父亲, 当初只花了10美元多一点点, 可既然开了头, 竟然就一直没有个完, 他的后续开支超出开始的10倍、20倍, 而这钱还必须掏得心甘情愿。美国有无数这样的小女孩, 又有无数这样的父亲, 于是可爱的 "芭比娃娃" 就成了厂家和经销商的摇钱树。

星级宾馆是怎样出现的

现在，我们外出旅游，居住条件真是太好了。高档宾馆，四星、五星乃至超豪华的都有，只要有钱，舍得掏钞票，比在家里还更舒服。以至现在休假，不少豪门贵富、白领阶层都愿意离开家的温馨而住到宾馆里去享受一下别样的情趣。可是，我们并不会去了解，是谁发明了这种现代化的旅馆业？！

犹太巨富威尔逊是现代旅馆的开创者。

以前，人们外出，只要能有一个地方住下，就觉得可以了，毕竟不是在家里嘛，多少年代都是这样，大家形成了惯性思维，并不认为这有改变的必要和可能。就像中国一句老话说的："在家千日好，出外一时难。"难在哪里呢？还不就是生活起居，各个方面都不像在家里那样方便。但是，威尔逊却不这么想。他观察了许多外出旅行的人，了解他们的想法，知道他们其实很盼望外出的时候能和在家里享受一样方便的生活，只是，这种想法没有人帮他们实现而已。威尔逊开始筹建自己的旅馆，他给自己设定的目标就是：这座旅馆一定要让客人真正感受到宾至如归的招待，要让他们产生乐不思蜀的感觉。于是，他在客房里安装了空调，装了电视机，为喜欢玩耍的孩子们设计了游泳池，甚至为贵妇人的宠物狗增加了专门的狗舍……所有的房间都设计得光线明亮，色调柔和，家具和盥洗用具一应俱全，来到这里，果真就像回到家一样。他把自己的这家旅馆命名为"假日客栈"，他明白，能够有条件外出度假的客人，绝对不会吝惜几个住宿的钱，他们的第一目的是享受，如果在外面玩得痛快，但住得不舒服的话，那旅途的乐趣就会大打折扣。"假日旅馆"的出现，实际上为人们外出旅行增加了更多的快乐，所以，这种高档次的旅馆一出现，很快就成为世界旅馆业的一股长盛不衰的潮流。现在，我们看看美国拉斯维加斯那些投资数亿、数十亿美元的旅馆，就可以知道，即使是五星级宾馆，现在也已经满足不了那些喜欢奢华、喜欢享受的人们的需要了。

让冠军替自己做广告

记得 2004 年，中国一支足球队曾经因踢球时脚上穿的鞋子而引起过轩然大波。

原来，球队跟某个厂家签定了合同，就是由他们提供统一的着装，而在踢某场球赛的时候，球员竟然穿上了另一个厂家的鞋子上场，这令原先的客商很不高兴，险些为此闹得不可开交。其实，这是一种变相的广告方式，而这种广告方式最早也是由犹太人发明的。大家知道，阿迪达斯是世界著名的运动鞋品牌，这个品牌就是犹太人阿迪·达斯勒兄弟俩创立的。

80多年前，阿迪·达斯勒兄弟在母亲的洗衣房里开始发展自己的制鞋产业。由于注重质量，并不断在款式上创新，因此他们的事业起步良好，不几年，就扩展成一家中型企业。两兄弟本身对运动项目很感兴趣，对运动员在运动时的需求也进行了大量的调查研究。他们发现，在田径和球类项目中，以前的运动鞋存在一个缺陷，就是一到场地不大好，或者天气下雨的时候，运动鞋往往会打滑，影响队员们水平的发挥。于是他们想到了在鞋底上加上防滑钉的主意。这当然是个好主意，可是，由于这种产品刚刚出现，很多人并不了解它，而且对它的性能也抱怀疑的态度。阿迪·达斯勒兄弟又想了一个极好的主意，他们打听到一位叫欧文斯的运动员是下一届奥运会短跑比赛的热门夺标者，他极有可能获得冠军，于是就主动出击，找到欧文斯，愿意免费将加了防滑钉的跑鞋送给他穿。欧文斯接受了他们的美意，在比赛当中穿着阿迪达斯跑鞋发挥得极其出色，竟一举夺得4个项目的金牌。就这样，阿迪达斯品牌一下子就成为众人瞩目的世界品牌，迅速打开了国际市场。直到1954年，阿迪·达斯勒兄弟还是用这一着棋，继续开拓他们的事业。那一年，世界杯足球赛在瑞典举行，联邦德国队与匈牙利队对垒，争夺本届球赛的世界冠军。由于匈牙利当时仍属于社会主义国家，他们穿的仍然是老型号的球鞋，而联邦德国队则换上了全新的阿迪达斯钉子鞋，正好比赛前夕，当地下了一场雨，匈牙利队的队员脚下不住地打滑，如入泥潭，而联邦德国队则健步如飞，越战越勇。最后的结局可想而知，联邦德国队第一次登上了世界杯冠军的领奖台，而匈牙利队则饮恨而归。

战略创新——明亏暗赚、先亏后赚的手法

这种手法相当于兵法中的"以退为进"。"示之以弱"，有时反而能悄然得利。

现在，我们已十分熟悉商家惯用的一种手法，叫作"买一送一"。不过，一般的"买一送一"搞的都是小儿科，比如，买一台冰箱，送一个保鲜盒，或买一台电

脑，送一个MP3……这种花样见得多了，顾客们便不以为然，认为区区小利，岂可轻易动心？只要买到了称心的货物，未必会稀罕你那点东西。不过，犹太人卡特在采用"买一送一"的方式时，运用的却是大手笔。

由卡特担任总裁的美国奥兹莫比尔汽车厂，积压了一批"南方"牌轿车。由于货压的时间长，投入的资金无法收回，而积压的汽车占用了仓库，那边仓储费用却在不断增加。而奥兹莫比尔汽车厂还有另外一种品牌的汽车"托罗纳多"轿车，销量相对好一些。一般来说，两种不同牌子的车辆，可以看成是两种互不相关的产品，各走各的市场，各有各的行情。但作为总裁的卡特觉得，既然这两种汽车都是自己厂里的产品，在销售时不妨将它们联系起来考虑。"南方"牌轿车牌子不响，顾客不太看好，那么就干脆不要他们掏钱，白送！不过，白送有一个前提，就是要预先购买一辆"托罗纳多"牌轿车。说白了，也就是"买一送一"。卡特的"买一送一"与以往顾客们见到过的同样方式此时却有天壤之别，那就是这种"买一送一"是真的，货真价实，不玩噱头的。买一辆车的钱，可以得到两辆车，尽管另外一辆车的品牌不是很响，车型属于低档类的，但毕竟也是一辆车嘛。因此，奥兹莫比尔汽车厂的广告吸引了大量前来购车的人。很快，这家汽车厂的积压汽车处理一空。卡特采用这种大胆的"买一送一"手法，使得厂里每销一辆车亏损达5000美元，知情人都说奥兹莫比尔汽车厂亏大了，可是总裁卡特先生却心里有数。因为，所有的"南方"牌轿车处理尽净，仓储费用的负担一下子减轻，而"托罗纳多"牌子的轿车销量也大大增加，货币周转取得了快速的进展。更让人开心的是，随着大批的"南方"轿车开上公路，大家对这款车竟然产生了新的认识，"南方"轿车以后脱离"托罗纳多"独立行销，市场一时也看好。奥兹莫比尔汽车厂就此起死回生，说明卡特采用的这种明亏暗赚、先亏后赚的方法具有超级眼光。如果说，一般人采取的商业手段属于战术创新的话，那么我认为，卡特的这种方式则属于战略创新。

服装史上的一大奇迹

牛仔衣、牛仔裤，是风行了将近两个世纪的潮流，世界上几乎还没有一种服装能流行这么长的时间。当然，牛仔衣服的流行，也是在不断的创新中做到的。我们在后面会讲到，牛仔服装的发明人是犹太青年列瓦伊·施特劳施。当年他去美国旧金山淘金，没有赶上早班车，于是就另辟蹊径，将随身带去的一大卷又结实又厚而且十分耐磨的斜纹布做成淘金人的工装，竟然一下子流行起来。后来，他为了使牛仔裤更加适用，又在它的几个容易磨损的部位加上铜纽扣，这样就更耐穿了。斜纹布做的牛仔裤虽然耐穿，但却太硬，穿在身上感觉不是那么舒服，而且最早的式样并不紧身，松松垮垮的，显得肥胖而不得体。施特劳斯注意到这个问题，又着手加以解决。他采用了一种叫"尼姆靛蓝斜纹棉布哔叽"的衣料对牛仔裤进行改造，使之更受欢迎。到后来，情况大家都知道，牛仔裤不但从工装变成了时装，从男装发展出女装，而且其样式在不断翻新，市场拓展到全世界几乎每一个国家。如今，下至平民百姓，上至白领人士、总经理和董事长，甚至国家元首，再加上科学家、艺术家，社会上所有阶层的人都接受了这种服装，都能穿着它展示自己的性格，可谓创造了服装史上的一大奇迹。据说，列瓦伊·施特劳施的服装公司效益最好时的年营业额可以高达 5000 万美元。

给地上的石块起个好名字就能卖钱

一个周末，斯蒂文先生沿着一个清净优雅的湖边散步。看起来他在休闲，他的步子是缓慢随意的，他的神情是轻松的，还不时捡起一块鹅卵石朝湖里扔去，看着石块在水面上跳跃着再沉入水底，他有一种童心又再度萌发的感觉。然而，他心里的商业意识并没有完全沉睡，而是在潜意识中活动着。正像中国一句古话说的：到处留心皆学问。对于那些有准备的头脑来说，到处留心皆商机。走着走着，他发现一块很漂亮的石块，于是捡在手里反复摩挲，爱不释手。突然，一个灵感的火花在他的脑海里闪现：如果把这样的石块包装起来，放到商场里去，说不定能有人喜欢。一个好的主意，不妨一试。回到家里，他反复琢磨，给石头起了个名字叫"宠石"，正好迎合人们喜欢宠物的心理。然后，他请工匠制作了一个精巧的木盒，盒子里垫上稻草，弄得像个宠物居住的小窝似的，再把"宠石"放进去，并仔细构思，写了一本小册子。小册子说：宠石是世界上最理想的玩伴，它不吵不闹，不要喂食，不必替它清理粪便，最为听话等等。圣诞节的前夕，他的新产品"宠石"正式上市，每件售价 5 美元，竟然大受欢迎，一时称为最畅销的玩物之一。短短的四个月时间，斯蒂文凭着一个巧妙的设想，竟然净赚了 140 多万美元。看起来，创新不一定要是实物性质的，哪怕一个概念，它也能创造出一笔财富来。

概念挣钱的实例

所谓概念赚钱，不是耸人听闻，只要你能想到，你也一定会给自己创造出发财的机会。美国有两兄弟，哥哥叫吉姆，弟弟叫约翰，这两个人就是这样取得成功的。

20 世纪 70 年代，世界上许多国家都早已进入了消费社会，美国更是以繁荣的市场让人们满足了各自的感官和精神享受。在文化方面，美国的电影事业称雄全球，好莱坞巨片给人的刺激与兴奋超过任何形式而形成巨大的消费市场。尽管美国的电视网非常发达，但愿意上电影院看电影的人仍不在少数。

从这个传统的领域还能有所开拓吗？吉姆和约翰的做法给予了肯定的回答。1974年，这两兄弟想出了一个新奇的办法，他们在佛罗里达州的一个购物中心租下一块场地，投资了 10 万美元，建了一个所谓的"餐厅影院"。这家崭新的影院里，没有老式影院里固定的成排的座椅，而是放着许多宽绰的桌椅，里面的布置雅致大方，显出高贵的气氛，就像高级酒吧里一样。人们在里面看电影，不一定要固定在某一个位置上正襟危坐，可以或靠或倚，或任意调换位置，而身穿燕尾服的服务生则端着三明治、啤酒和果点送给需要的顾客。在这样的影院里看电影，简直就和在家里与亲朋好友聚会一样轻松自如，所以，它的出现赢得了许多人，尤其是年轻人的喜好，大家呼朋唤友，相继而来，结果一家影院还容纳不了那么多追捧者，于是，第二家类似的影院隔了不久又开张了。后来，两兄弟在美国一共开了 20 多家餐厅影院，简直有一发不可收之势。

不要以为到这样的影院看电影门票会很贵，吉姆和约翰的餐厅影院门票每张仅售 2 美元，比一般的影院价格还低一倍。那么，他们靠什么来挣钱？答案就在于，餐厅影院的利润都来自食物和饮料的消费。由于餐厅影院的桌椅是可以挪动的，所以到不放电影的时候，场地还可以用来供人们举办各种商品展示会之类，其利用率比一般影院高得多了。

瞄准目标，咬定青山——营销力

你能在寒冬季节卖饮料吗

这个问题，一般人恐怕不敢回答，因为他没有这个自信心。

炎热的夏天，大街上暴晒着火辣辣的太阳，被阳光晃得耀眼的玻璃窗刺痛人的眼睛，而闷热的空气简直让人头晕目眩，连房屋外面刮的风都是热腾腾的。大汗淋漓、挥汗如雨、汗水如注……这样一些词，正是形容那热不可耐的季节带给我们的难以忍受的一面。然而，却有人对这样的天气感到高兴，那是谁呢？就是这个季节里满街跑着的卖冰棍的小贩。中国的大诗人白居易在他留下的著名诗篇《卖炭翁》中写冬天在唐代的长安街上卖木炭的老人，一边被寒风刮得浑身冰凉，抖抖缩缩，一边则心里记挂着木炭，希望能早一点卖出去，并且卖个好价钱，所以盼着天气更加地寒冷一些。而我们可以想象，这个季节卖冰棍的小贩，也是在街上一边流着汗叫卖，一边希望天气更热一点，这样，他的冰棍才能卖得更多、更快。

饮料也是适合于夏季喝的。夏天，人们身上出了很多汗，需要大量地补充水分，而饮料既解渴，味道又十分好喝，如果再冰镇一下，那可真是赛过琼浆了。而冬天呢？依照我们的经验，冬天，那些卖冰棍的小贩都暂时改行做别的去了，而饮料，除了正规的商店里，街面上一般也不再有。

可是，犹太少年哈利却一反常规，做成功了许多成年人都没法做成的事——冬天卖饮料。哈利那个时候才十五六岁，在北美一家马戏团里做童工。他的职责就是在戏园子里卖食品，尽可能地替马戏团多挣一点收入。饮料的利润比那些零食要高一些。可是，在寒冷的冬天，一般人却不会无缘无故地买饮料喝，因为一来冬季不容易口渴，二来这个时候喝饮料，多少也会感觉到凉。小哈利当然懂得这个道理，但这却难不倒他。他想了一个办法，便对那些准备看马戏的人说：

"谁买一张马戏团的演出票，就免费送一包香脆可口的花生米。"

听到能得到免费的花生米，人们当然不会错过这个机会。可是，他们没想到的是，哈利有意将花生米里的咸盐放得稍多了一些，这样，这些人一边看马戏一边吃花生，很快就觉得口渴起来。这时，哈利自然是端出饮料，来满足人们的需要。通过这种方式，他一天卖出的饮料竟相当于以前一个月的销售量。

把刮胡刀推销给女士

1901 年，一位叫吉列的先生发明了刮胡刀，对于世界上的男人来说，这可是一个福音。过去，男人们总是为了自己的胡子而大伤脑筋，以前用来刮胡子的刀使用起来很不方便，而且容易伤及皮肤，现在，有了吉列先生的安全刀片，男人们刮胡子变得方便而舒适，因此大受欢迎。过了 70 多年，进入 20 世纪 70 年代，时代风尚已经大为改观，女士们的时装开始朝轻、薄、透方向发展，过去不能袒露的地方现在纷纷亮相在大庭广众面前。但是，"露"的时候，既展示了女性的诱人一面，同时也将部分女性的不足暴露出来。为了保持自己的美好形象，一些女性私下也在使用原本是男性使用的刮胡刀，以剃除腿毛和腋毛。吉列公司经过调查，发现使用刮胡刀的女性在美国竟然相当之多，总共 8000 多万 30 岁以上的女性，其中有 2300 万加入了这个行列，她们一年在这方面的花费高达 7500 万美元，甚至超过在眉笔和眼影上的钱。不过，由于以前的刮胡刀主要是针对男性的，而女性使用，不过是一种无奈的选择罢了。吉列公司决心继续在这个行业领潮流之先，他们组织技术人员进行研究，设计出专供女士使用的刮毛器。这种刮毛器结构上与男士的刮胡刀没有什么两样，只是使用的是双层刀片，刀架则选用色彩鲜艳的塑料，上面加上花饰，并将握柄的造型加以改造，使之更适合女性的手型。吉列公司这种新产品一问世，其在市场引起的反应不亚于刮胡刀。在推出刮毛器的同时，吉列公司配以强势的广告宣传，展示它"双刃刮毛""不伤玉腿"的优越性能，而且价格菲薄，仅售 50 美分。就这样，在刮胡刀基础上改造而成的女性刮毛器让吉列公司再一次成为市场的宠儿。

如何向总统推销商品

记得看过一份资料，说美国有一个布鲁斯金学会，是专门培养世界一流推销员的。2001年，这个学会给参加培训的学员出了一道题：你如何将一把斧子销售给总统？在这个城市化、信息化的时代，一般人早已经不使用斧子了。许多人恐怕从来就没有见过斧子的模样。这的确是一个难题。虽然一把斧子值不了几个钱，可是要把它卖出去恐怕比卖一台价值几千上万元的电脑更加难。果真，不少学了一肚子经济学理论的人最后没能完成这道题，但是，却有一位学员出人意料地做出了这道题。他的方法是，给现任的美国总统小布什写了一封信，信里说："也许你别的什么东西都不缺，但是，当你回到你在德克萨斯州的庄园的时候，你一定需要一把斧子去修整庄园里那些已经很久没有修整过的树木。因为我去过你的农场，发现里面的树木有些已经死掉，木质变得松软。那些锋利、轻巧的现代工具，按照您现在的体质看，显得太轻，而我这儿正好有一把老式的斧头，很适合砍伐枯树。假如您有兴趣的话，请按照信上的地址，给予回复。"总统读了这封信，会心一笑，很快寄来15美元，买下他的斧子。

你读过这个故事后一定觉得很精彩，一定会为那位学员的点子而叫绝。但是，我要说，类似的点子原本来自犹太人的脑海。

有一位犹太出版商，一次印了一批书，可谁知道这批书的市场并不看好，一直积压在库房里。如何将它们销售出去？出版商一直在动着脑筋。打广告？现在各类图书的广告太多太多，没有特别内容的书引不起大众的兴趣。上门推销？这也是一个别人常用的办法，这种上门的方式不但麻烦，而且已经引起一些居民的反感。终于，出版商想到了一个办法：借助总统的影响力，来迅速扩大这本书的影响。于是他先寄了一本书给总统，然后反复去找总统，要总统为他新出的这本书提意见。总统日理万机，哪里有时间与精力和这个小小的出版商纠缠？就随口说了一句："这本书不错。"可是，总统漫不经心的一句话，被出版商抓住拼命做文章，他通过各种方式大肆鼓吹："总统说'这本书不错！'请看总统喜爱的书！"很快，这批积压的书被销售一空。不久，出版商又遇到同样的困境，他故伎重演，又将书寄给总统。总统见上次被他骗了，这一回就说："这是一本糟透了的书！"可是犹太人出版商依然有办法利用总统，他在广告中说："总统说'这本书糟透了！'请看总统讨厌的书！"到了第三次，他又将书寄给总统。总统这一下更加小心谨慎了，为了防止被他利用，这次，总统任何话都不说，只是将书扔在一边。可是，无孔不入的犹太出版商依然找到了做文章的由头。他在广告里说："这本书令总统难下结论，请您读后评价。"这样的广告竟然具有莫大的诱惑力，出版商手里全部的书都被抢购一空。

现代广告战：高频、高能、高爆、高效

现代商业活动离不开营销，而营销工作则离不开广告。广告是一个企业、一种产品乃至一种风尚的引路人或风向标。过去有一句话说："好酒不怕巷子深。"那是因为在小农经济的时代，人们对信息的获得都是凭口口相传来实现的。人们常年、恒定地居住在一个地方，对于一个地方的特点、风情、事物特征以及产品功能、质量等等都是在经年累月的接触、使用过程中逐步了解并建立起信任的。而现在，人与人或人与物之间再也无法建立一种长期而确切的稳定关系。按照《第三次浪潮》作者的观点，现在的人们总是在移动中追寻自己的目标（他以美国人为例，在20世纪70年代，美国人一生平均更换工作岗位就达4-5次），就像某些哲学家说的那样，我们总是"在路上"。在这样一个人们居无定所，思想、精力和注意力经常受到诱惑、经常转移的情境下，商业活动的方式与传统的时代有了根本的区别。面对层出不穷的新产品、新工艺、新时尚、新概念，消费者的心态在趋向紊乱。那种依靠时间的沉淀来考验一件事物、一件产品甚至一个人的人品的经验早已成为明日黄花。"吸引眼球""注意力经济"这样的口号把一种全新的销售理念传播到每一个经营者的大脑中。"好酒不怕巷子深"当然也有自己的广告因素在里面，那就是凭着积年的信誉，凭着人们的口碑，凭着那股悠然醇厚的陈年香味来吸引顾客。然而，这是一种被动式的广告，如水之渗地，它需要等待，需要时间，它只符合农业经济那缓慢的节奏，而与现代的生活方式相去甚远。而现代社会不可能允许对一件事物进行这么漫长的等待，当眼花缭乱的新产品如潮水般涌向市场的时候，作为一个销售者，你第一个要做到的就是，你必须让你的商品在消费者脑海里产生印象，并引起积极的刺激反应和消费冲动。抢占市场，一个"抢"字，把血淋淋的竞争关系深深刻画出来。依笔者的理解，所谓"抢占市场"，首要的并不是占据某一块地盘，更为重要的是占据消费者的头脑。

消费者对你的产品的印象必须是"第一"的，如果没来得及在消费者那儿形成"第一印象"，你就必须采取更强横的手段，以高频、高能、高爆、高效的行动，把消费者的注意力从其他方向"强行"夺取过来。所以，这个时代的广告方式不应再是谦虚的、羞涩的、含蓄的和温良恭俭让的，当然也不可能是渗透性质的，它应是暴风雨式的，秋风扫落叶式的甚至是海啸式的，它带有强制性和"暴力性"。

从"渗透性"到"暴力性"，市场的变化当然有一个过渡的过程，谁领导了这个过程？谁充分利用他们的机智和聪明领先时代一步？当然是犹太人。

犹太人的"暴力"是不带火药味的，是没有子弹的倾泻和火光的迸溅的，但犹太人的广告方式和营销方式绝对胜过雄兵百万。

犹太人的绝招——死人也能够赚钱

利用一些人喜欢新鲜、猎奇的心理进行推销，是犹太人常用的手段。有一个犹太少年，在一个老板的水果店里打工。有一次，水果店进了一批香蕉，由于开始卖得不是很顺手，香蕉的表皮上已经出现了许多黑色的斑点，这预示着香蕉已经不能再放了。于是，老板指示这个少年，将香蕉尽快想办法卖出去，哪怕只能收回一半的钱也行。这个少年接受了老板的指示，把香蕉搬到店门口，并开口吆喝："香蕉打折喽，只卖一半的价钱喽。"可是，效果并不很好。少年动了动脑筋，另想了一个办法。他开始这样吆喝："阿根廷香蕉，低价卖喽，每磅10美分！"每磅香蕉10美分，价格比原先还提高了一倍，连老板也怀疑他这一招是否能行。没想到，就是这样一个计策，水果店里剩下的香蕉竟然很快被人买光了。

也许，我们可能会怀疑这是不是这个犹太少年采取欺骗的手段？其实不是。美国本身处于温带地区，极少生产香蕉，而阿根廷大量的国土处于热带，这些香蕉原本就产于阿根廷。只是，以前顾客买香蕉，只要是香蕉就行，并不注意它是哪里产的。而这回这个犹太少年特意把产地标出来，还抬高了价格，这就让顾客产生一种心理，认为这可能是一种与以往不同的香蕉。顾客一般都有"尝新""尝鲜"的潜在意识，见到这种"新品种"的香蕉，当然想试一试。这个犹太少年其实是无意中运用了心理学的原理。

还有一个例子应当说更加绝。有一个犹太富翁，一生赚了无数的钱财，在他行将就木的时候，他还要发挥"余热"，把自己最后一次"推销"出去。临死前不久，他让秘书起草了一则消息刊登在报刊上，消息上说，他马上要去天堂了，愿意在升天的时候替别人做一件好事，就是给那些逝去了亲人的家庭捎带口信，帮他们问候已经居住在天堂的亲人，每人收费100美元。这个消息看似荒唐，却打动了不少人。他们愿意用这种十分新奇的方式表达一下自己对亲人的哀思，于是在很短的时间里，这位富翁竟然收到了高达10万美元的口信费。

高位定价法和威望营销策略

一般的市场竞争，采用最多的方式就是降低售价，特别是在买方市场形成之后，卖主增多，市场营销空间减少，这样就只好压缩利润空间。所谓"薄利多销"，所谓"物美价廉"，就是这种法则。但是，这种竞争方式也只能使用到一定限度，如果无限度地使用，将给市场带来混乱，给生产和销售方带来灾难。这些年，中国商品靠着低价优势向欧美市场大举进军，一度取得了很好的成效。欧洲和美洲大陆的玩具市场、服装市场等等被中国产品占领了不少。可是，中国这些产品大都采取的是低价策略，虽然占领了一些市场，但利润率却不是很高。另外一个就是，随着同一种产品竞相进入有限的市场，结果形成相互比拼，反而造成自相残杀。犹太人在这方面有他们独特的技巧，其中之一就是，在某些时候，对某些商品采取高位定价的策略，让市场在一个非常有利，而又不会招致消费者反对的层面上拓展。高位定价法则的运用一般有几种情况：

一是在经过长期的市场拼搏，市场竞争，无论在质量、功能还是售后服务等方面都取得了消费者的充分信任，在市场上形成了公认的声誉，成为具有强大无形资产的产品，也就是名牌产品。

二是某些特定场合、特定时期以及满足特定需要的产品，完全可以以高出其价值的方式来销售，这样的商品采取高位定价的法则，也不会引起消费者的反对。

三是稀缺产品。这样的产品遵循的是"物以稀为贵"的规律，它的价格不是根据生产成本或者使用价值来确定的，而是根据"奇货可居"的威望原则来确定的。

四是有些产品可以采取心理价位的策略。心理价位一般针对的不是实用型顾客或实用型产品，它主要是通过与一般商品的价格差距，来显示购买者或消费者的自尊心、荣誉感和身份意识。如"劳力士"手表、超豪华轿车等等。

高位定价法和威望营销策略一般能给商家带来巨大的超额利润，往往只有那些大手笔的商家才有胆略采用这种方法。

水可以卖出油的价钱，油也可能只卖水的价钱

水能够卖出油的价钱，这当然非常不容易，这并非心狠手辣就可以办得到。因为要顾客主动掏腰包，还不能让他们觉得自己被宰，就必须要有顾客能够接受的理由。有人说"善战者不武"，就是说，善于取得胜利的人（不论是作战也好，经商也好），靠的未必是剑拔弩张、杀气腾腾，有时，和风细雨、尊重顾客反而能取得更好的效果。

麦当劳在美国亚利桑那州的大峡谷沙漠中开了一家分店，其销售的汉堡包、土豆条和热咖啡，价格远远高于其他网吧地方，而且店里公开标明：本店价格最贵。人们之所以还是愿意接受这里的价格，来消费的人并不埋怨店老板"黑心"，是因为，这家店出了一个"安民告示"。告示上说，由于本地经常性缺水，所需用水是从60英里外的地方运来的，其费用要比别的地方高出25倍，原材料的运输也比外地高得多。另外，这个地方远离交通便利的地方，前来打工的人相对缺乏，因此，在雇工方面需要支付比别的地方更高的薪酬；而且，前来这里的沙漠旅游的人有着季节性的变化，为了在淡季也能维持运转，本店还不得不承担季节性的营业亏损。尽管如此，我们还是愿意真诚为您服务，相信您在接受我们服务的同时，会理解这一点。这家麦当劳分店所言当然都是事实，但他们之所以把店开在这里，并非是做慈善事业，当然还是为了赚钱，而且可以赚到比外面的店更多的钱。只是，由于老板以"理"待人，凡是到这里消费的，都心甘情愿地承受这里的超高价格。

如果不善于经营，反过来油也可能卖出水的价钱。中东地区盛产石油，那里的石油价格就一度低到不可思议的程度。起初，中东的石油生产国为了多产油，多卖钱，不加节制竞相开采，结果导致油价暴跌，这些国家损失惨重。后来，他们吸取教训，采取了紧急措施。为了把价格保持在一个合理的区段上，所有中东地区的产油国联合成立的一个叫"欧佩克"的石油组织，由这个组织根据各个国家的具体情况，对所属成员分配采油量，这才使油价稳定下来。

心理价位与商战心理

一般而言，从人们长期形成的消费习惯看，大多数人都喜欢"货比三家"，尽量买价格低的物品。这是因为，多数人口袋里的金钱是辛苦得来，同时也是很有限的。所以，同样数额的钱能够购得更多数目的商品，当然何乐而不为。但是，中国人还有两句话，叫作"一分钱一分货"，"钱不会走错路"，意思就是，价格低的商品固然能满足消费者图便宜的心理，但同时，这样的商品，其价值就不可能有超过价格的性能。我们前面说了，商品的价值，其含义是多重性的。马克思在他的《资本论》里谈商品价值，仅仅是从商品生产和使用这两方面来论述的，并没有对商品一旦形成，社会观念、人们心理、时尚要求以及历史演变对它可能产生的附加影响进行分析。而事实上，从人类消费实践看，一件商品形成之后，除了它在生产过程中必须付出的相关费用外，它的价格形成还会受到许多社会因素的影响，尤其是那些可以满足顾客特殊心理需求的商品。就拿名牌服装来说吧。本来，名牌服装由于其品牌形成、设计费用以及生产成本就高于一般服装，它的价格定得相对高一些，人们不难接受，但除此之外，它还可能附加了一些人们对它的尊崇、仰慕，或着装时很容易产生的自慰、自负或自信、自重等等心理，所以，即使在定价时把这些因素考虑进去而大幅度增加它的价格，仍然不会遭到人们的拒绝。反之，如果对它的定价采取和普通服装同样的方式，即只是考虑生产成本等因素，那么，它的价格不可能比普通服装高出几十甚至上百倍，而对它的接纳效果也未必会更好。有一位叫鲁尔的犹太商人就从自己的亲身体验中尝到个中滋味。

鲁尔的服装店开在纽约第四十二大街上，起初门面不大，生意也不怎么兴隆。他想改变经营策略，于是投入60000美金，聘请一位知名的高级服装设计师，精心设计了一批世界最新流行款式的牛仔服装。由于这批服装是首次上市，而且颇符合潮流，他胸有成竹地等待着来自顾客的好消息。基于打开市场的考虑，他给首批服装定价时采取的是低赢利策略。每套服装的平均成本为56美元，他确定的销售价格为80美元。他本以为这种薄利多销的方式会引起顾客青睐，谁知事与愿违，光顾者竟然远达不到预期目标，而购买者更是寥寥。鲁尔大惑不解，以为每套80美元的价格高了，顾客承受不了，于是便采取降价的方式，心想，就算来个赔本赚吆喝吧，先把市场打开再说。可是，这批服装一降再降，降到成本价以下了，竟然还是门庭冷落。鲁尔认栽了，他有些垂头丧气，决定来个大甩卖，能收回多少成本算多少，只当花钱买了个教训吧。可是，谁知道事情以一种意外的方式来了个大逆转。他手下的员工在写降价广告的时候，由于一时疏忽，在"本店销售世界最新款式牛仔服装，每件40元"的"元"字前面多加了一个"0"，变成了"每件400元"。就是这多加的一个"0"，给他的服装店带来了熙熙攘攘的人潮。很快，他的首批1000套服装销售一空，除去成本，竟然净赚30多万美元，远远超过他自己的预期。后来，鲁尔在总结这次服装销售经历的时候，得出了一个结论，就是，有些消费者购买商品，不光买的是用途，也不光买的是品质，同时，他们买的是身价和名分。在他们心目中，名设计师和高价位是同一个概念。既然你提供的是有名望、有声誉的产品，你的价格一定得与众不同。不然，你的名望就要打折扣。高价位，意味着一般消费者不敢问津，而那些能够穿着这类品牌服装的人，必定有着比别人更高的身份。所以，现在一些国内的产品广告语言也学会了这一招：它突出的是商品的附加声誉，而并不刻意在乎它的价格。因为，对于那些有着威望消费的群体来说，钱对他们已经不是压力，他们更在意自己的外在形象和内在感觉。有的时候，高价位也能在一定程度上帮助形成该商品的"稀缺感觉"。

把女人当作第一商品

犹太人总结了这样一个营销经验：世界上的男人都在拼命挣钱；世界上的女人都在拼命花钱。男人挣钱不容易，所以要想从他们口袋里掏出钱来不会是轻而易举的；而女人花的是男人的钱，男人也甘愿为她们花钱。犹太人的口号是：瞄准女人，把女人当作第一商品。

商战中的所谓"高位定价法"，在很大的程度上是针对女人来的。女人都具有很强烈的自恋情结，她们爱美，爱打扮，爱装饰，爱一切能改造自己形象的方式方法。发型、五官、身材、皮肤、衣装、饰物……大凡自身从头到脚，没有不为她们所关注的地方。她们关注自己，当然是为了树立自信，而树立自信的目的，在很大程度上仍是为了取悦男人。所谓"窈窕淑女，君子好逑"，按照柏拉图的说法，这个世界上本来就生存着两个"半球"：男半球和女半球。两个半球互相吸引，互为所用，原本就是宇宙的基本法则。犹太商人中有很多都从事珠宝、首饰的经营，珠宝首饰的利润是所有商品中最高的，它们金光闪闪的质地、昂贵的价格、五彩缤纷的外形，让所有的女人为之痴迷。只要受之无愧，女人没有不为它们动心的。可以说，珠宝行业造就了许多的犹太富翁。举个例子可以证明：世界上最大的钻石生产国是南非，而最大的钻石加工市场却在以色列。以色列一家钻石加工企业，经过40多年的经营，从一家国内公司发展成跨国公司，年营业额高达40亿美元。世界最有名的高级百货公司"梅西"公司的老板施特劳斯以前是一家小商店的童工，就是在那个时候，他发现了经营中的一个秘密：经常有男士陪着女士前来购物，但购物的最后决定权都在女性手上。当施特劳斯有了自己的商店以后，他就把经营对象放在了女性身上。他经营女性时装、手袋、化妆品，几年时间，获利颇丰，为进一步发展奠定了基础。随后，他在纽约繁华的大街上开办了一家大型百货公司，公司的主要经营项目为钻石、珠宝、戒指、项链、耳环、胸针、高档豪华女装和礼服、高级日用女式皮包。每天，"梅西"百货公司吸引了无数的贵妇靓女，不少人在这里一掷千金。短短三十年的时间，施特劳斯把一家小小的店铺办成了世界一流的大公司。

还有一个叫基廷的犹太商人，他的店开在繁华的纽约54大街上。他的销售策略同样是针对女性。与施特劳斯不同的是，他所卖的不是那些顶级超豪华的商品，而是一般的家庭妇女或上班族女郎。他把店里的营业时间分成白班和晚班。在白班的时候，他在店里陈设的商品主要是家庭主妇们感兴趣的普通衣料、实用衣着、厨房用具、手工艺品和简单家具等等。到了晚上下班的时候，又把店里的商品陈设全部更新，换成袜子、内衣、香水、迷你裙和时尚用品。白天，主妇们匆匆而来匆匆而去，选购家庭所必需的日常生活品；晚上，年轻的女士们三三两两相约逛街，到这家店里流连徜徉，顺手就选购了自己中意的物件。就这样，基廷也同样获得了商业上的成功。

"民以食为天"的潜台词

"民以食为天"，这是中国的古话。但是这句话里道出的浅显道理世界上各个民族的人都明白。犹太人从商战实践中认识到，如果说女人是第一商品，那么嘴巴就是第二商品。天大的事情是什么？就是吃饭。世上真的没有比吃饭更加重要的事情了。认识了这个道理还不够，还要能从这个道理中发现机会。世界著名的汉堡包，现在被一些人批评为"垃圾食品"，因为他们测定它的热量过高。但是，尽管遭到这样的批评，汉堡包每天在全世界的销量却是惊人的。不要说它的发源地美国，就是在中国，出售汉堡包的连锁店也早已经达到成千上万了。甚至可以这样说，除了那些极其封闭的国家，现在，凡是有城市的地方，几乎都能看到这种美式快餐的身影。

在美国，在欧洲，类似这样一些商店，很多都由犹太人经营，比如咖啡馆、酒吧、蔬菜店、粮店、水果店、肉店以及餐厅等等。比起女性用品，食品的利润当然不可能太高，但是，由于饮食是每个人每天必备的行为，长年累月，它所带来的利润是十分庞大而可观的。

美式汉堡在引进日本的时候，被称作"夹肉面包"。据说当初引进这种食品的日本商人曾遭到本国人的嘲笑，认为他这样做是一种蠢笨的行为，因为日本人从来没有过吃"夹肉面包"的习惯。可是，没有想到，这种"面包"一面世，就受到广大日本人尤其是年轻人和孩子们的热烈欢迎。

因此，可以说，商机是"吃"出来的。

心理催眠、心理暗示和广告技法

西方有一句谚语："爱情使人盲目。"这句话的意思是说，一个人在爱情发生的时候，一般都会过于迷恋和过度专注，以至沉溺于一种高强度的情绪当中而暂时失去理智。人在这种情形下，只注意到对方的某些表象、某些特点，尤其是那些最吸引他的表象和特点。当局者迷，旁观者清。特别是某些在一般人看来未必那么恰当的匹配，而当事人自己却觉得非此莫属的话，人们就会说，他的理智这个时候处于"睡眠状态"。爱情使人的心理处于睡眠状态，这还是本人的意念所引起，而诸如巫术、催眠术一类事物，其发生原理和爱情有十分相尽之处，但它们之所以产生效果，则是由外界施加影响所致。

从广告学的角度来研究，我们认为，广告的效果发生机制，与爱情等等对人们的心理影响有异曲同工之妙。

心理暗示和心理催眠的概念产生于著名犹太籍心理学家弗洛伊德。弗洛伊德是精神分析学的创始人，他在自己的理论中说，人的意识其实可以分成两个层次：意识和潜意识。人的行为看起来是受到意识控制的，因为只要是正常的人，他都具备人们所常说的理智和理性。但实际上，潜意识对于人而言，占据了其心理的大部分"空间"。如果用冰山来比喻的话，人的意识好比是浮出水面的部分，而潜藏于水下的部分，是潜意识，它构成支撑意识的强大底座，其比例比意识要大得多。意识是清醒的，潜意识则是混沌的；意识是后天形成的，潜意识则是先天即存在的；意识引导人的行为，而潜意识则控制着意识的流变。弗洛伊德在运用他的潜意识理论替那些患有心理疾病的人进行治疗的时候，首创了心理暗示术和心理催眠术。依据他的学术报告，医生在运用心理暗示和心理催眠的时候，能让患者在不知不觉的情况下，将自己潜意识里面的东西倾诉出来。

既然人的意识最终是受到潜意识控制的，那么，如果巧妙运用心理学法则去影响人的潜意识，比起采用直接手段影响意识，其效果更好得多。

现代广告学在这方面可谓无师自通，而且运用得得心应手。

有一家汽车厂家的广告词做得很有特色，尽管已经过去了二十年，可是，在一次实验中，心理医生竟然让一位当年读过这则广告的男士在睡眠当中将那则广告词一字不漏地背了出来。

我们在前面讲过现代广告战的特点是高频、高能、高爆、高效。但是，在具体操作的时候，手法并非千篇一律，而是各有千秋。从电视台里看到各式各样的广告，就可发现，有些广告采取的是冗长布道式，有的则采取瞬间电击式；有的赤裸裸前来叫阵，有的则委婉地绕圈子，但目的还是想请君入瓮……但无论什么方式，广告的最终要达到的效果就是要对消费者产生吸引力，让他们自己进入"迷恋"状态。我们要是归结一下，可以发现广告的施行策略大概有这么几种：启发型、引导型、暗示型、指示型、劝告型等等。

所谓"启发型"的广告有：牙齿好喜欢。（牙膏广告）

"引导型"的有：味道好极了！（雀巢咖啡广告）

"暗示型"的有：乌溜溜的秀发谁不爱？（洗发精广告）

"指示型"的有：妈妈的理想选择。（奶粉广告）

"劝告型"的有：走过路过，不要错过。

无论什么类型的广告，它的目的都是要刺激顾客的购买欲，引起他们的购买冲动。

长时段的广告，具有强化和强制功能，它对顾客的意识冲击显然有大功率的效果，不过，有的时候也会适得其反。一旦刺激过度，反而会引起顾客厌烦。而瞬时广告主要对顾客的潜意识产生影响，它在顾客还没来得及对其做出反应的时候就转瞬而逝，但那种电击式的效果却留在了接受者的脑海里。可口可乐公司曾经在电影院里尝试过这种广告方式。一部电影正在放映的过程中，突然插入一段广告，其时间之短，甚至对顾客观赏电影的效果没产生任何负面影响。然而，电影结束后，影院门口的可口可乐销量却比以往大大增加。

犹太人对于暗示型或催眠型广告的主要对象也有仔细的研究。他们发现，男人一般对自己的无意识控制得比较好，所以相对而言，他们不大容易受到这一类广告左右，而女性和儿童最容易受暗示和催眠类广告的影响。女人在购物时候的冲动和在恋爱时候的大脑反应有着十分相近的一面。

无孔不入的广告方式

广告，是现代商业营销的前哨战，它在商战上的至关重要的作用早已经为大家所认识，而且，在广告的竞争上，也可谓刀光剑影，硝烟弥漫，狭路相逢，难解难分。而广告的创意上，也是花样翻新，层出不穷，让人眼花缭乱，不一而足。据说，雀巢咖啡的广告语就使用过总统罗斯福无意中说的一句话，起到了很好的效果，所以，在罗斯福总统去世半个多世纪后的今天，仍在使用。这句广告语是：滴滴香浓，意犹未尽。

广告的内容创意固然重要，但广告方式上的创意也能起到事半功倍的效用。我们说，无孔不入的广告方式指的就是这个意思。所谓无孔不入，需要的也是创意，而不是随意。我们在街头往往看见很多的小广告：电线杆上、新粉刷的墙面上、公共电话亭上、IP电话机上甚至人家楼道的墙壁上和门上。这样的野鸡式广告，破坏环境美观，导致视觉污染，而且其可信度也十分让人怀疑，所以被称为"牛皮癣"。真正好的、有创意的广告方式就不是这样。

在美国，洗衣店为了让刚洗好、烫好的衣服保持熨帖和平整，会将其折叠在一块硬纸板上。顾客将衣服取回之后，要先将硬纸板取下，然后硬纸板就被丢弃了。一位叫斯太菲克的商人眼光不凡，他从这小小的硬纸板中看到了大做文章的窍门。他首先对原本空白无一物的纸板进行设计，在上面印上生动有趣的儿童游戏，或者供家庭主妇参考使用的菜谱以及家居小常识等等，使得硬纸板本身有了留用价值，不再会取下衣服后就弃置一旁。与此同时，在纸板上印上商家的广告，商家除了交纳一笔广告费以外，还承担了一部分纸板的制作费用，这样，原本每千张4美元售价的硬纸板，只要支付1美元就可以了。这样的价格，洗衣店里很愿意接受。后来，斯太菲克又将广告经营赚来的钱捐助一部分给美国洗染学会，该学会则建议所属的会员单位及同行业工会购买和使用斯太菲克的衬衣纸板。这一连串的措施，使得洗染学会、洗衣店、商家和家庭主妇们都各有获益，斯太菲克自然是这个创意的最大受益者。所以，他在总结自己的商业理念的时候这样说："你给别人好的或称心的东西越多，你所获得的东西也就越多。"

以实招对应虚招

在商业竞争中，有的是打肿脸充胖子的英雄，也有的是虚张声势的好汉。有些人总是把自己的产品夸张到极限的程度，似乎这样可以唬住那些竞争对手和胆小的顾客。比如，中国前一个时期有包括家用电器和日常生活用品的商品，都冠以"某某霸"的名号，什么"天霸""海霸"等等，要不就取个"皇"呀、"王"呀之类的称呼，似乎取了这样的名字，就可以获得"皇威"或霸气，别人就得俯首称臣，甘拜下风。但尽管你口气大，唾沫满天飞，成熟的顾客所看的却是你的真功夫，是价有所值，是真心实囊。而有些经营者懂得顾客的这种心理，于是他们不在吹牛上下功夫，却在经营方式和服务质量上比高低，反而赢得了顾客的青睐。比如，有些酒店动不动冠以"皇朝""王冠"的称号，而说不定就在它的对面，有一家叫作"家常菜"或者"小乡村"的饭馆静悄悄开张。这一类饭馆可能不事张扬，也可能以静制动，总之，它们极力做到的是，让顾客自己来做判断，它们相信的是顾客的眼睛。果真，时间不长，那些先前霸气十足的店因过于虚张声势、过于张牙舞爪而弄得底气不足，最后不得不关张大吉。而几家以实实在在的方式取信顾客的饭馆却红红火火起来。

要总结这类商战经验，有一个极其典型的范例。

说的是在纽约的某一条街道上，同时住着三家裁缝，他们都靠的是同一种手艺吃饭，因此开了三家裁缝店。按说，这三个人的裁缝手艺有得一比，都是不错的，但由于密集程度过高，生意有限，因此竞争还是非常激烈的。有一个裁缝想出了一个打广告的方式来吸引街坊邻居，他打出的招牌是：

纽约城里最好的裁缝！

这个口气真牛得不得了，可以说有一定的震慑力。第二个裁缝不甘落后，他的目的是后来居上。次日，他也打出了一块广告牌，上面写的是：

全国最好的裁缝！

好家伙！气势上明显盖过了第一家，他的后发制人看起来要取得成功。第三个裁缝是个犹太人。面对竞争，他当然不能束手待毙，他也要打出自己的名号。他打出的招牌是：

本街最好的裁缝！

与前面两家广告剑拔弩张的火药味相比，这后一个广告显得平实、亲切而又可信。这里面意味深长的潜台词是：既然本店是所在街道上最好的裁缝，那么哪怕前两家的手艺再高，它们仍然要臣伏于本店之下。

兵法云：兵不厌诈。可很多的时候，实招比虚招更为有力，这又无意中显示了中国的老子"朴为上"的精髓。

包装的意义

现在，我们很多的商业甚至非商业行为都会采用"包装"这个词。之所以大家都喜欢"包装"，是因为人们发现，一样东西，不管是商品也好，演员也好，或者是书籍、文章也好，甚至就是纯粹的概念也好，一经过包装，它给人的印象就不一样了，更容易吸引大众的眼球，获得大家的青睐。尤其是在当今这个快节奏的社会里，很多人没有时间对一件东西进行仔细地了解，所以第一印象产生的效果更是不可忽视。美国有一家公司曾经进行过调查，它发现，对于消费者来说，他们的购买决策有70%

是在商店里临时做出的。这意味着什么呢？这就是说，与传统的农业社会不同，以前人们需要购买什么东西，是事先感到自己缺乏了才买，而工业经济的时代，由于人们购买力的提高和生活需求的多样化，再加上层出不穷的新产品出现，人们购买的方式也产生了根本的变化，很多人不再是想要什么才去买什么，而是看见了什么心仪的东西便当场做出决定。当然，购买一件商品的前提是该商品能够满足消费者的需要，但同样功能的商品，消费者在选择的过程中，对他形成直接影响力的，非包装莫属。包装的新颖、美观能给顾客以视觉享受或视觉冲击，进而影响他的购买欲望。现在的商品设计和包装，不再是简单的，能够让顾客把商品带回家里就算完事的了，而是要让顾客在购买的过程中获得一种心理满足，要让顾客觉得商品的价值因包装而升值，所以花同样的价钱要让消费者有完全值得的感觉。

首先发现商品包装对于销售具有重要意义的是美国商人约瑟夫。这位专营包装纸的商人，一次站在一家商店的门口进行观察，这似乎是他的一种习惯。他看见里面的店员正忙碌地替顾客将所购的商品用包装纸打包，脑子里忽然闪过一个念头：用白色的包装纸或者直接用报纸包装商品一定不如用彩色的、漂亮的纸来包装更受顾客欢迎！念头闪过，他便进行了仔细的市场调查，发现的情形和自己的猜想果然一致，于是，立刻将自己想法付诸实施。他不仅将包装纸印制得更漂亮，而且还首次在上面印上厂家和商店的名称，这样一来，使用他的包装纸销售商品的商店，生意竟然比以往要好得多。约瑟夫的这个创意后来在商业领域形成了一门新的学问——包装学。

天才也曾经被炒作

但是，也有相反的做法，著名的例子有画坛天才毕加索的成功趣闻。

现在，几乎所有的研究都把毕加索看作是画坛的一位天才，因为，只有天才才能够像他那样在艺术领域取得开创性成就。比如说，毕加索从三岁起就喜欢绘画，他非常不愿意受学校里老师的拘束，他的学习成绩一塌糊涂，但他坐在画架前却可以一连几个小时一动不动……固然，这些都是事实，但是，还有另外的事实，那就是，起初，毕加索的画也和那些没有名气的画家们的作品一样卖不出去。后来，有一位画商采取了一个办法，他到全城各个画廊里去打听有无毕加索的画卖。开始，城里的画商们并不知道有个叫毕加索的画家，经过那个画商这么一捣鼓，便都认为毕加索一定是一个了不起的画家，只不过自己孤陋寡闻，还不知道罢了。后来，许多的画廊都开始购进毕加索的绘画，而毕加索也由此出名。而现在，没有人知道当初那个画商为什么会采取这种"炒作"方式来抬举毕加索，或许是他自己为了从中赚钱，或许是毕加索本人让他这么干的也未可知。不过，毕加索自此崭露头角却是事实。有人也许会说，不管是否画商炒作，毕加索本人的画就是出自天才的灵感，没有那个画商他照样不会被历史埋没。这个观点我们当然同意，但是，如果没有那个画商的炒作，起码毕加索本人在世时的景况未必会有那么好，君不见与毕加索齐名的凡·高和塞尚，都是现代派绘画的开山祖，凡·高的遗作曾创出绘画史上的最高拍卖价，但是，他们在世的时候，没有人帮助他们鼓吹，所以也就一直穷愁潦倒，衣食无着，凡·高甚至被逼到疯了的程度。

让利润增值一万倍

犹太人最擅长运作资本，但他们的民族特性和民族历史决定了他们不像某些人，为了赚钱敢于违法犯禁。他们总是在法制的轨道上小小心心地行事，而且，他们让资本大幅度增值的方法得益于智慧，而绝不得益于抢掠。

有一位叫麦考尔的犹太人，继承了父亲的铜器生意。他一直记得父亲当年教诲他的话：当别人说1加1等于2的时候，你必须想到它可能大于2。在美国的休斯敦，他的铜器生意做得十分红火，别人使用一磅铜的原料可以赚到几倍、十几倍的价钱，他却能够赚到远远高于原铜价格的钱，他曾经将一磅铜卖到过3500美元，利润的增值以百倍计。要说他有什么诀窍，其实并没有什么独特的方面，不过就是能够对经营的对象独具眼光，发现人所未见罢了。

1974年，美国联邦政府要重新修建自由女神像。自由女神像当年是在法国修建，并由那里运抵纽约的。从那时候起，这座雕像一直是美国人引以自豪的象征。现在，自由女神像历尽百年沧桑，不得不帮她重换容貌。旧的自由女神像先被拆除，一大堆拆下的废料堆满了场地，却得不到及时清除，这影响了后面的工程进度。政府于是举行招标，想清除这些废料。但是，在纽约这个地方，对于垃圾的处理有着严格的规定，要是处理不好，就会引起环境保护组织的抗议甚至起诉，因此时间过了好几个月，这堆庞大的垃圾一直堆在那儿，成为不雅的景观。

这个时候，恰巧麦考尔正在法国度假旅行，他从当地的媒体上看到这条消息，立即终止休假，乘飞机回到美国。他先默默地到那堆垃圾那儿仔细地察看了一下，然后与联邦政府的有关部门签署了承运垃圾的合同。麦考尔的做法，当然遭到各个方面的讥笑，因为他自己开的是一个铜器店，本来不是做这一行的，那些专门的运输公司都不愿出头来挣这笔如同鸡肋般没多少油水的钱，你麦考尔上来接这个活，还要租车，恐怕连老本都要赔上，孰知麦考尔自有他独到的眼光。正因为他本来不是搞运输的，所以他这次并不是纯粹从运输的角度来看待这个问题。他在实地察看那堆垃圾的时候，发现里面有着大量的废铜块，在他这个铜器店老板眼里，铜块就意味着资源，资源就是财富的源泉。

他先募集一批工人，对那堆垃圾进行清理，把所有的废铜料都收集到一起，再将它们熔化加工，铸造成自由女神的微型铜雕和纽约广场的钥匙，而铜雕的底座用的则是垃圾当中可以利用的废木料。他甚至把地上的灰尘都扫起来，卖到花店做肥料。就这样，在不到3个月的时间里，一堆无人问津的废垃圾竟然卖出了350万美元的高价。麦考尔最后统计了一下：这次收集到的铜按成本和收益的比较来计算，其价格整整翻了一万倍。

任何东西到了犹太人手里都会变成商品

《塔木德经》说："任何东西到了商人手里，都会变成商品。"其实，这句话应该改成这样来说："任何东西到了犹太人手里，都会变成商品。"

犹太教规定，不能够吃猪肉。可是，猪肉却是世界上多数民族喜欢吃的肉类食品，因此养猪和卖猪肉是一项十分赚钱的业务。不少犹太人自己严格遵守着教规，在餐桌上对猪肉一点不沾。但是，在经商方面，他们却把目光瞄准了这块大大的"肥肉"。他们养猪、卖肉，从中获得丰厚的利润。据说，美国芝加哥有一个饲养生猪的犹太人，他所养的猪多达700万头，而美国的生猪屠宰业有10%控制在犹太人手中。

犹太教也反对饮酒。《塔木德经》说："当魔鬼要造访某人而又抽不出空的时候，便会派酒来做代表。"世界上最大的酿酒公司正是犹太人开的，这家名叫"施格兰酿酒公司"的企业曾在全世界开设了多达57家酒厂，一共生产100多种不同牌子的酒类和饮料。

除此之外，犹太人甚至买卖公司。比如，一个犹太人创办了一家公司，公司生意做得不错，能够赚一些钱了。可是，他分析了一下形势，觉得自己能有更好的路子可以选择，假如把这家公司继续办下去，一点一点挣钱，不如现在就把它卖给别人，既能比自己经营提前挣到一笔钱，还能够节省下宝贵的时间，他就会想方设法找机会把这家公司给卖掉。犹太商人沃尔夫森就曾经采用过这种办法。他先是花210万美元买下首都运输公司，后来又通过增加红利的办法提高股票价格，最后再卖掉属于自己的股份，一下子增值了7倍左右。他的创业其实也是从买企业开始的。当年，他从别人那里借了10000美元买下一家废铁工场，后来把它办成一个高盈利企业。他的创业道理可以说比较典型。

中国商业场上一度有倒卖批文的事情，这是真正的空手套白狼，这种现象的产生，用经济学家的话来说，是"权力寻租"的产物。犹太人不会倒卖什么批文，因为他们也无这个东西可卖。但是，他们却习惯于买卖合同，前提是这笔合同必须完全合法才行。比如说，有一个犹太人发现某人订立了一项合同，这项合同肯定有利可图，但完成它还需花费一定的精力。犹太人也许就会找上门来，用其可能收益的20%的价格将合同从你手里买下来。你既省下了时间和精力，他又得到了一次挣钱的机会。

拥有 960 家分号的公司

1958年，伊夫·洛列遇到一个偶然的机会，他从一位年迈的女医生手里得到一个秘方，这个秘方是用来治疗痔疮的特效药膏。根据这个秘方，他研制出一种植物香脂，开始想办法进行推销。有一天，他翻看着法国的一份杂志，忽然灵机一动：要是通过杂志来刊登广告，其效果一定会很好。于是，他花大价钱在法国的《这儿是巴黎》杂志上刊登了有关植物香脂的广告，并附上邮购优惠单，以此来进行促销。这种方法究竟可行不可行？以前可没有人试过，他的朋友为他投入大笔的广告费用而担心，生怕他的投资成为泡影。没想到的是，这种新颖的广告方式赢来了大大的收效，来自各个国家的订户寄来的汇款单多如雪片，伊夫·洛列大胆创新的销售方式以后竟成为一种广为采用的模式。到后来，伊夫·洛列又在原先那个秘方的基础上研制出一种用植物和花卉混合生产的美容化妆品。他参照上次的模式，用邮购的方式尝试推销，效果仍然出奇地好，在很短的时间里，竟然销售了 70 多万瓶。1967 年，他在巴黎的奥斯曼大街开办了第一家商店，这家商店的销售方式就是邮购式的。伊夫·洛列提醒他的员工："每一位女顾客都是我们的王后，她们应该获得像王后那样的服务。"洛列公司的邮购手续简便，他坚持给每封来信都予以热情的回复，这样，他的固定客户越来越多，据统计，每年寄到公司的顾客来信高达 8000 万余封，这可真是个惊人的数字。伊夫·洛列的邮购不搞一锤子买卖，他建立了 1000 多万女性顾客的档案，每逢顾客生日或者重要节日，这些顾客都会收到洛列公司寄上的新产品或贺卡等，这使得顾客们对洛列公司的信任度越来越高。到 1985 年，洛列公司在全球拥有了 960 家分号，其产品达到 400 多种，每年的营业额高达 25 亿美元。有人评价说，法国最大的化妆品公司劳雷阿尔公司唯一的强有力的竞争对手就是伊夫·洛列的公司。而洛列公司之所以能在短时期取得这样的成功，与他在销售模式上的创新有着很大的关系。

微笑也能卖钱

这句话放在今天似乎已经不是什么新鲜玩意，因为，"微笑服务"在那些具有现代意识的企业中，已经成为不可忽视的传统。但是，微笑服务的起源，却是来自我们前面提到过的犹太人希尔顿那里。20 世纪初，希尔顿用父亲留给他的 1.2 万美元连同自己积攒的几千美元开始投资旅馆生意。希尔顿善于捕捉机遇，首创了"经营城市"的模式，他的财产奇迹般地增长，很快竟达到几千万美元。一个人取得这样的成绩，当然非常高兴，他把自己的成绩告诉母亲，让她来分享自己的快乐。可是，希尔顿的母亲并没有像他那样激动，她很淡然地说："依我看，你跟以前并没有什么两样。事实上，你必须把握住比几千万美元更重要，也更值钱的东西。除了对顾客诚实之外，你还要想办法使来希尔顿旅馆住过的人还想再住，你要想出这样一种简单、容易、不花本钱而又行之久远的办法来吸引顾客，这样你的旅馆才有前途。"

母亲的话给希尔顿敲响了警钟，使希尔顿醒悟到，经商的事业没有止境，自己任何时候都不能骄傲自满，更不能目中无人，这样才能保持不断上进的那股劲头。但是，母亲所说的那种"比几千万美元更重要也更值钱的东西"是什么呢？希尔顿对此却没有任何底。到底什么才能行之久远地吸引顾客，作为顾客，他们心里最需要的是什么？为了解开这个谜，希尔顿开始逛商店、住旅店，亲身体验顾客的心理。经过反复调查和体验，希尔顿终于明白了：顾客们所最看重、最需要的，实际上并不玄妙，它就是两个字：微笑！顾客们消费，除了需要获得服务的内容，还需要服务的品质，而尊重顾客、礼待顾客，使他们产生宾至如归的感觉，让他们获得心理满足，是服务品质中最为重要的一环。母亲说的不错，微笑服务，只有它才符合"简单、容易、不花本钱而又行之久远"这样四个条件。从此，希尔顿将"微笑服务"作为自己企业独特的经营策略，他每天都要问自己的员工这样一句话：

"今天，你对顾客微笑了吗？"

他要求每个员工不论如何辛苦，都要对顾客投以热情而真诚的微笑。在经济萧条的时代，企业面临困境的时候，希尔顿依然让员工们保持微笑服务，他反复提醒自己的员工：千万不要将自己心里的愁云挂在脸上，无论旅馆本身遭受何等的困难，要让别人看到，希尔顿旅馆服务员脸上的微笑永远是属于顾客的阳光。

凭着独特的"微笑服务"，希尔顿有幸成为经济萧条时期旅馆业中保留下来的20%的旅馆之一（其余80%都被残酷地淘汰）。而经济复苏的时代一到来，希尔顿又率先进入发展的黄金时期，成为进军全球的国际型连锁企业。

有人总结说：所有优秀的企业都有一个特点，就是非常接近它的顾客，接近它的消费群体。而微笑服务正是一件使企业能够有效接近自己的顾客的法宝。

犹太人的"牛皮糖"精神

大家对20世纪80年代的温州人一定记忆犹新。那个时候，全国绝大多数地方的人都还遵循着计划经济时代的规则，不懂得走南串北闯市场的时候，唯有浙江温州人有一股精神。他们背着挎包，挎包里装着乡镇企业里生产的从钢笔到拖鞋等各种各样的轻工产品，几乎是挨家挨户上门推销。他们低声下气，他们坚忍不拔，他们软磨硬泡，他们志在必成。多少冷脸和冷眼，他们全不在乎，就这样，他们完成了自己的第一次原始积累，他们的产品走出去了，走向了全国。别的地方乡镇企业只热闹了一阵就纷纷倒闭，而只有温州靠着乡镇企业起家，撑起了他们那一方市场经济的天地。

莫以为温州人早期起家的方式是他们独创的。在半个世纪前的旧上海，犹太人就在那儿有过类似的创业史。

二战时期，大量犹太人为躲避纳粹迫害，纷纷逃离德国和波兰等国家，前往世界各地。他们去得最多的地方是美国，但也有部分犹太人逃到中国，其中多数定居在上海。有一位生活在上海的中国人后来回忆道：

> 我见过犹太人肩上搁一叠毛织衣料，到洋行、公司的写字间兜售。他们耐心极好，无论是被讨厌、被驱赶，他们总是一块料子一块料子地展示，总是一成一成地让价，总是一只写字台一只写字台地推销，即使是无人理睬，也总是笑脸相向，鞠躬离去。我想，犹太人在做生意方面能取得举世瞩目的成就，其一恐是得之于这种"牛皮糖"精神。

勿以利小而不为

中国的哲学家孔夫子有这样一句话，叫作"勿以善小而不为"，意思是说，一个人打算行善，就要从一点一滴做起，不能因为是很小的善举，就看不上眼，认为不值一提。其实，一个人最终能够成为善良的人，往往是从小事做起的。按照犹太人的理念，人生最重要的事情之一就是挣钱，挣钱靠的也是积累，而不能指望一口吃成个胖子。有一个故事，说明了犹太人的这个观点。

有两个年轻人，其中一个是犹太人，另一个是英国人，这两个人都抱着成功的愿望，寻找着适合自己的发展机会。有一天，两个人行走在街头，在他们的面前，恰好有一枚硬币掉落在地上。英国青年看见那块硬币，但却并没有给予重视，他连腰也没有弯一下，就跨过这枚硬币走向前去；而犹太青年却不同，他看见这枚硬币，心里很高兴，这是意外之财，也是无主之财，不捡白不捡，于是将那枚硬币拾起。后来，两个人同时进了一家公司做事，这家公司很小，收入很低，但是活却很累，英国人感到不合算，就辞职离开公司另谋高就；而犹太青年却认为这是上天赐予的机会，留下来认真勤奋地工作。过了若干年，犹太青年凭他的勤奋和精明，成为了老板，而那个英国人却还踯躅在街头，为寻找一份合适的工作而奔走。后来有人总结说，那个英国青年看不起一枚小钱，企图一步踏上成功之路，却让不起眼的机会白白流失。

犹太青年却不以利小而不为，把握那小小的机会，最终成就了大的事业。

在中国就有类似这样的例子。20 世纪 80 年代，南方某座城市有一位姓邬的青年，由于进不了国营企业，没有正式工作，为了谋生，只好到街头摆个小摊炒米粉。一碗米粉不过两三块钱，还要除去成本和税收，似乎利润很薄，别人以为他能够维持生计就不错了。可是没有想到，20 年后，这位姓邬的青年竟然成为这座城市里几家连锁酒店的老板，被当地饮食界视为名流。这里体现的就是滴水穿石的功夫。

中国很多成语都反映了这方面的智慧和认识，比如"集腋成裘""聚沙成塔""积少成多"，还有"滴水成河，粒米成箩"等等。

在美国，有一位开小商店的犹太人，就是这样发展起来的。起初，他并没有什么大的产业，他也并没有想凭空就获得这样的机会，只是在平时的经营中注意寻找机遇。他发现，那些刚生了孩子的母亲，一天到晚做家务活很累，总是忙忙碌碌不能消停，她们给孩子买纸尿布的时候，经常是赶紧赶急的，他就想到替她们分解忧愁——当然，他的这个想法的前提是自己能从中获得利润，他决定成立一家打电话送尿布的公司。小小的尿布本来就挣钱不多，还要给别人送货上门，一般人不愿做这种吃力不讨好的事情，但他坚持做下去了。后来，他不仅是送尿布，还包括兼送婴儿玩具、药物和食品，而且随叫随到，渐渐取得了母亲们的信任，他的业务竟然拓展得很大，成为当地有名的商店。

只挣一分钱——"蚂蚁商人"的成功经验

刚才讲到犹太青年和英国青年面对一枚硬币的不同态度，最终决定了他们不同的结果，现在，中国商人也懂得发扬传统的智慧，从小处入手，成就大的业绩。最为典型的莫如闻名国内的浙江义乌小商品市场。有一位记者曾经几次去过义乌，在那儿进行调查，同时也批发过那儿的货物，他发现了义乌小商品市场的经营商们那种"勿以利小而不为"的精神。在义乌卖牙签，这是多小的一种商品？除去成本，卖 100 根牙签才能挣一分钱。这样微小的利润，真让人不敢想象。可是，有一位姓王的老板给他算了一笔账：他 100 根牙签赚一分钱，每天却能卖出去 10 吨，10 吨牙签共计 1 亿根，这样，每天的进账不少于 10000 元，一年就可挣 300 多万。还有另一位卖针的老板，卖两枚针不过一分钱，还包括成本在内，他一年竟然能挣到 80 万元。像这样一件东西只挣一分钱的老板，还有不少。比如那儿卖袜子的，一双袜子也只挣一分钱，一个普通的摊位一个月可以销出70万到80万双袜子，一年就可挣到七八上十万元，假如租下10个摊位，一年的进账就能达到100万。这里卖太阳帽一个也只挣一分钱，这在其他地方简直不可想象。但那一位老板坚持这样挣钱，若干年后也成为大富翁了。还有打火机，价格便宜得简直叫人吃惊，一个打火机不过能挣半分到一分钱，可是，那里一家生产打火机的小厂，一年的出口产量达到9000万只，利润也能达到90万！

笔者在很多报刊上看过这样一个消息，说是有一位老太太，为了挣钱，自己摆个摊子卖胶卷。商店里的胶卷每只售价在20元左右，可她每只只售14.1元。胶卷的批发价格为14元，那么她每卖出一只胶卷只能挣到一毛钱。当然，前来她这儿买胶卷的人就不断增多。尽管买的人多了，"跑火"了，可是她并不提高价格，仍旧坚持原先的价格不变。结果，她成了胶卷批发商，后来还开起了摄影器材商店。这个老太太不是别处人，原来就是义乌的。据说到了义乌，只要提到摄影器材，没有人不知道她，因为她开的店已经占据了义乌的很大市场。

像这样积少成多做生意的，在当地被人们称为"蚂蚁商人"——你看，这个名称多形象，多有含义。

用国籍作为股本来投资

看到这个题目，恐怕会让读者大吃一惊，什么？这怎么可以，又怎么可能？但是，它的确是发生在犹太人身上的一个真实故事。

我们知道，国籍，从某个角度代表了一个人的身份，它是一个抽象的符号，并没有任何实体意义。中国大多数公民长期居住在中国境内，并没有出国的机会，更谈不上移居国外，所以，国籍的概念实际上很少用到。不过，我们可以借助类似的概念来设想一下：假如我是某某省的人，那儿一直是我的籍贯或出生地，我缺钱花了，想出去做生意。做生意必须要有资本，或者是要有一定的资源。这些资本或者资源可以是金钱，可以是矿产，可以是粮食，可以是任何看得见、摸得着的商品。如果要论看不见的东西，那就得是人缘、关系、信誉或者权力……所谓权力寻租，所谓关系网，所谓信誉度等等，从某种意义上讲，它们的确都属于抽象的事物，但由于它们与经济生活有着密切的联系，而且就像财产本身一样，它们多属于后天积累起来的东西，在人们实际的生活当中，它们真的就像无形资产那样，给拥有者带来了相当的经济利益。但是国籍，这是先天就有的，任何人都无法拒绝，也无法选择的。可以说，在国籍面前，人人平等，因为无论你是谁，无论你的地位有多高，钱财有多少，你都只能按照法律的规定拥有国籍，不可能比别人拥有更多的特殊性。因此，在一般情况下，我们是绝对不可能想到还可以利用国籍来挣钱的。

没想到的事情发生在第二次世界大战结束之后的奥地利。当时，作为德、意轴心国盟友的奥地利被同盟国的军队占领，奥地利有一家名叫斯瓦罗斯基的公司，面临着被法国占领军没收的形势，因为法国人认为该公司在二战期间曾经为德国法西斯效力，替他们生产望远镜等军用物资。斯瓦罗斯基家族一直居住在奥地利这个国家，世代经营仿钻石生产和销售的生意，年深日久，积累了大笔的财富。战争时期，德国法西斯集中所有的人力、物力和财力与同盟国作战，只要在其管辖之内的企业，不可能逃脱被指派服务的命运，何况，作为一家企业，斯瓦罗斯基公司当时想的当然是赚钱，只要有业务，有赚钱机会，它是不会拒绝的。但是，现在时局逆转，在胜利者面前，你只能承认自己的过错。不过，斯瓦罗斯基公司还是不情愿将历经多少年苦心经营营造出来的这么大的一个产业就这么白白地充公，整个家族四处活动，希望能寻求到转机。

这个消息被一个叫罗恩斯坦的美籍犹太人知道了，他决定"空手套白狼"，平白挣一份大大的家业来。他的计划是，与斯瓦罗斯基家族签订一个协议，假称这个家族的产业已经全部归于罗恩斯坦本人，这样，斯瓦罗斯基公司将不再属于奥地利人，而是属于美国公民。对于美国企业，法国军队无论如何是不可能予以收缴的。但是，斯瓦罗斯基家族为此必须付出的代价是，在罗恩斯坦有生之年，公司所有的销售收入中的10%将归罗恩斯坦所有，同时，还要将公司全部产品的销售权授予他。条件十分苛刻，斯瓦罗斯基家族的人暗地里都在骂这个可恶的美国犹太佬——这简直比剥皮抽筋还要狠。可是，比起所有财产将被没收来，这件事万一办成了，又算得不幸中的万幸，因为它毕竟能把家族大部分的产业留下来，不至于整个家族倾家荡产。于是，他们不得不忍痛与罗恩斯坦签下了协议。

协议一签，罗恩斯坦立刻到法军司令部去郑重声明，说斯瓦罗斯基公司的全部产业已归自己——一个美国公民所有，作为美国财产，法军无权对它做任何处置。法军明知这里面有猫腻，但由于惹不起美国人，不得已，只好放弃没收斯瓦罗斯基公司的念头。而罗恩斯坦所谓销售斯瓦罗斯基公司的产品，其实是为了确保获得这个公司那10%的销售利润。实际上，他的公司不过是个"收据公司"，也即我们今天所讲的"皮包公司"，他的公司里只有两个人，他和一名女打字员。他们每天的工作，就是代斯瓦罗斯基公司开开收据而已。罗恩斯坦凭着一张国籍做"股本"，就此成为一位大名鼎鼎的富豪。

一次成功，让罗恩斯坦尝到了甜头。他后来再一次使用过国籍这一资本来为自己的财产增值。在奥地利和瑞士交界的地方，有一个弹丸小国叫列支敦士登。这个国家有一个独特的政策，就是凡是具有该国国籍的人，它都只征收特别低的税金。这个国家的物力资源几乎是没有的，对于本国来说，它征收税金也只能是一句空话。但它的这个政策却能给那些头脑灵活的商人提供便利，就是他们只要交纳了列支敦士登的税金，其他国家的税金大都可以免掉。它知道这个政策可以换钱，那些企图通过少交税来增加收入的商人必然会对这个国家的国籍产生兴趣，那就愿者上钩，只要肯出一大笔金钱，不妨送他一个列支敦士登国籍。果然，罗恩斯坦看中了这一点，他出钱买了这个国家的国籍，并在这里开了一家没有任何实体的总公司，却把分公司办回到美国去。这样，他一年只要交纳非常少的税，利润收入当然就更多了。

放债——犹太人挣钱的拿手好戏

《威尼斯商人》里的犹太人就是一个专门靠放债牟利的人，之所以说莎士比亚塑造的这个形象具有典型性，是因为，自从犹太人流浪到欧洲以后，他们的确把放债作为让自己的财产增值的一个重要手段。他们既然被禁止从事别的传统行业，那么不经商、不放债又怎能维持下去呢？放债是犹太人祖先常干的事，而在现代商业体系里，他们从事银行业，其实也不过就是把祖先的事业发扬光大罢了。

曾经有一个叫亚伦的犹太人，因为向英国王室放债而著名。亚伦是1123年出生于法国的犹太人，年轻的时候移居到英国。他刚到英国的时候，几乎就是个穷光蛋，手头没有几个钱，就连一日三餐还要靠打工来维持。后来，他有了一点积蓄，开始尝试做小生意，但是，做生意离不开资金的周转，他便向钱庄借贷。他发现，钱庄可是个挣钱的好把势，你借了它一点钱作本钱，好不容易挣了点利润，差不多都要偿付给它做利息，因此他决定自己来开这样一家钱庄，从事放债业务。但开钱庄的前提是必须拥有大笔的资本金才行，亚伦当然没有足够的钱，他就采取自己到钱庄借钱，然后再转贷给他人的办法，从中赚取差额。他借贷一个月，收取的利息是 20%，这样，一笔资金一年下来，就可以获得 240% 的回报。由于他的精明能干，他的放债业务越做越大，没过几年就成为伦敦有名的放债人了。到后来，他的业务甚至做到了英国王室那里。那时候，英国王室、贵族甚至教会也常常有缺钱花的时候，他们花起钱来毫无节制，就像流水一般，因此，有再多的进项也总是感到不够用。而能够向王室提供借贷资金能力的人屈指可数，亚伦恰恰是其中之一。而教会向他借钱，主要倒不是用来挥霍，而是用来兴建教堂。英国很多教堂比如西多会教堂、林肯大教堂、彼得伯勒大教堂等等，都是从他这里贷款修建的。

向王室、贵族放贷，又比民间放贷的效果更好，因为那都是大笔的资金出入，所获利息自然颇丰。到后来，他的财富竟然远远超过了王室的收入，这令王室对他的财富垂涎不已。亚伦去世前，他的财富几乎无法计数，他拥有的黄金珠宝可以装满一艘船，他还拥有一批住宅甚至教堂等建筑物，另外，还有在外面尚未收回的贷款 15000 英镑。那时候，英国王室一年的收入才 10000 英镑（那个时候，英镑和现在的比值简直不能相提并论，那时 10000 英镑就是一笔巨额财产了）。亚伦于 1186 年去世，享年 63 岁。他死了以后，英国王室专门成立了一个"亚伦资金特别委员会"，将他的财产"收归国有"，还准备将他的全部黄金珠宝作为对法国开战的战争经费。可惜的是，装载这些财宝的货船在英吉利海峡沉没，亚伦财宝就这样失落于茫茫的大海之中。

真假聋子的营销戏

在经营中不能违反法律法规，不等于不能玩花招。犹太人之所以让人"痛恨"，就是因为他们老会出其不意地想到各式各样的把戏来引诱顾客上当。你上了当，心里虽然有气，但却怪不得别人，谁叫你自己心里不干净，净想贪小便宜呢？

在美国，有一对叫德鲁比克的兄弟，合伙开了一家服装店，他们的营销手段就像是演双簧。他们惯用一种伎俩，就是兄弟中派一人站在店门口，非常热情地邀请来往的路人进店里来"赏光"。路人只要进了他们的店，很少有不着他们的"道"的。那位热情的兄弟会首先向顾客介绍他们店里的服装，并尽量动员他们试穿。顾客在试穿之后也未必想买，但见到店主这么热情，又不好意思直接拒绝，就想找借口，比如说衣服价格太贵等等来婉拒，偏偏这反而给了两兄弟机会。顾客一般会先问一下衣服多少钱？那么热情的兄弟就会故意说："哦，你说什么？我耳朵不好，你再说一遍。"于是顾客提高声音再问了一遍。这时，这位兄弟就回答说："我问问老板！"于是他用很大的声音，假装问坐在里面的他的兄弟："顾客看中的这件衣服卖多少钱？"那个"老板"回答："这件衣服呀，72美元！"为了把戏做得更足，这位兄弟又问：

"多少？"

"72美元！""老板"故作不耐烦的样子说。

"哦，老板说了，42美元，您要不要吧。"

顾客明明听见"老板"说的是"72美元"，可现在这位耳聋的店员却说是"42美元"，这价格差了几乎一倍。从顾客的角度来看，他会认为，这都是耳聋惹的"祸"。这件衣服也许不是最佳的，但此时，能省下30美元的诱惑往往会促使他赶快掏出钱包。当顾客带着占了便宜的满足感离开德鲁比克兄弟服装店后，那两兄弟看着他的背影，禁不住相顾而笑。

还有一个利用聋人搞营销的例子，用意却与此不同。在一些营业"窗口"，总会遇到一些急躁、焦虑和不满意的人。这些人很容易激动，也很容易发火。他们稍不如意，就会冲着办事人员大声嚷嚷，吵闹宣泄，而这很容易影响在"窗口"工作的服务人员的心理，给他们产生压力。有一位犹太老板想出了这么一个主意：他专门聘请那些虽貌美如花，但却听不见声音的女孩来"窗口"工作。这些女孩子由于听不见顾客们刻毒的咒骂和怨恨，所以她们能够很冷静、很从容地保持比较平和的工作心态，这反而使工作效率和工作质量得到保证。这可真是一种绝妙的手段。

砖头大小的黄金值多少钱？

"兵不厌诈"，这是中国古代兵法中一句著名的话。这句话的意思是说，在战争的时候，是不能够像平时那样，讲究什么"诚"啊、"信"啊、"德"啊、"义"啊之类的东西，而是要想方设法运用各种各样的手段，尽可能地蒙骗敌手，让敌人摸不着你的战略战术，然后，你便可以趁敌人晕头晕脑之际，出其不意，攻其不备，一举而战胜敌人。春秋时期最著名的军事家孙子所写的兵书里，就反复强调了这个道理。把兵法运用于商业领域，固然有它必要的一面，但二者却并不完全一致。兵法要用奇谋，商战也要用奇谋；兵法不讲信义，不守规则，在一个规范的商业文明当中却不能不讲究规则，这个规则中最重要的一点就是不能搞违背法度和道德的事。犹太人善用奇谋，但是他们决不明目张胆地搞欺骗，他们利用人的心理来达到目的，却不会将法律置之度外。这里再讲一个犹太人运用智慧获得成功的故事。

有一位叫费尔南多的，是位犹太人。一次，他来到一个小镇，要到镇上的犹太教堂参加礼拜，但由于身无分文而无法住宿。于是他找到犹太教堂的一位执事，请求他的帮助。执事遗憾地对他说：

"照理我应当尽可能地帮助你。可是，你也知道，每到星期五，来到这儿的穷人特别多，他们都需要帮助。现在，小镇上几乎家家都住满了人，没有空余的地方可以留宿。唯有金银店的老板西梅尔家例外。可是，据我知道，他可从来不肯接待外来的人住宿。"

费尔南多听了执事的话，说：

"感谢你提供给我这个信息。我现在就到他家里去住宿。"

执事关切地说：

"西梅尔可不是一个大方的人。我还从来没见过有任何外人能随便住进他的家呢！"

费尔南多挺有把握地说：

"你放心，我自有办法的。"

说完，他径直来到西梅尔家中。

在敲开西梅尔家的门后，他不顾主人皱眉不悦的样子，反而神秘兮兮地把西梅尔拉到一旁，一边从自己的大衣口袋里掏出一块砖头大小的包裹，那包裹沉甸甸的样子，费尔南多拿在手里，不时要用两只手托着。他故意悄悄地问主人：

"请问您一下，砖头大小的黄金大约能值得多少钱？"

金银店老板受了费尔南多问话的暗示，见到那砖头大小的沉甸甸的物品，心里想，这一定就是这位客人随身携带的黄金了。可是，现在正是安息日的时刻，按照规矩是不能够随便谈论钱财、生意等等事情，以免亵渎神灵。于是西梅尔很主动地对费尔南多说：

"您询问的事情我知道，可现在不便于回答。这样吧，要不您今夜在我家里住下，等过了安息日，我一定会告诉您。"

就这样，在整个安息日里，费尔南多都受到西梅尔的热情接待。

安息日过去了，终于可以正正当当地谈生意了。西梅尔笑容满面地来找费尔南多，对他说道。

"朋友，现在好了，我可以对您问的问题进行回答了。您把带来的那块黄金拿出来让我看看，我估个价，保险会让您满意的。"

这个时候，费尔南多拿出那个包裹，打开让西梅尔看，原来，那包裹里竟然真的只是一块砖头。费尔南多说：

"谢谢您的款待。那天晚上，我只不过是好奇，想询问一下，像这么大一块的金子究竟值得多少钱。您看我这副样子，哪像有什么黄金的人？！"

金银店老板听了，心里十分气愤，但又无可奈何。

把废品直接变成商品

一根废旧的电缆，一般人会怎样处理？最简单的办法当然就是送到废旧物品收购站去，至少可以换回几个钱。但是，如果把投入的工作精力和运送成本等计算上去，那就不一定合算，不如去做些别的事情更有收获。那么，这件事当然也只能让那些专门从事废品收购的人去做了。而且，按照我们的习惯思维，所谓废旧利用，是说废弃的东西可以经过重新冶炼、翻新等等再生产过程将它变成再生资源加以利用。但是，有的人却不这么看，他有本事直接将废品变成商品。

一次，美国的报纸上登载了一条消息：美国铺设在大西洋底的一条越洋电缆，因为使用年限已久，需要更换。大多数读者看过这条消息后，并没有联想到这与自己能发生什么关系：那不过是通讯部门的事情罢了。更不会想到这里面可能产生什么商机。但是，一位珠宝店的老板眼光却不一样，他透过这条消息看到了金钱的魅力。他花钱买下了这条电缆，将它截成一小段一小段，然后将里面的金属芯抽出，经过精心修饰后，加工成纪念品。这来自海洋深处的东西立刻身价倍增，人们觉得它很有收藏价值，纷纷掏钱购买。就这样，并没有花费太多的力气和成本，废品升值了，完成了从废品到商品的直接跨越。作为我们一般人而言，到此也就很满意了。可是那位珠宝商却兴犹未尽，他还要继续做文章呢。他用那根废电缆挣的钱买下一位皇后的钻石，那个钻石淡黄色，闪着晶莹的光泽，早已是闻名欧洲的稀世珍宝。买钻石如果不是自己使用的话，一般有收藏起来和转手卖出这两种增值方式。但是，珠宝商的增值方式又别具一格。他筹备了一个首饰展览会，事先就发布广告，说要在展览会上展出这颗钻石。结果，展览会开幕期间，许多愿意一睹昔日皇后风采的人纷纷赶来，展览会上人头攒动，摩肩接踵，热闹非凡。自然，珠宝商喜气洋洋，又有了一笔进账。

最聪明的拍卖

对于拍卖，大家都已经很熟悉，这是商业领域的一种特殊的销售手段。世界上最著名的拍卖行，是美国的索斯比拍卖行，它拍卖过许多世界著名的商品，它在世界拍卖行业的声誉是无与伦比的。越南战争期间，这里的一位名叫卡塞尔的拍卖师创造过一个特别的拍卖场面。

那时候，美国陷入越南战场已经多年，军费开支成天文数字攀升，还远远不能满足战争的需要。一次，好莱坞的电影明星们举行了一场募捐晚会，希望能为战争筹得一些款项。可是，由于这场战争越来越不得人心，民众的反战情绪越来越严重，所以募捐很不成功，整场晚会居然没有募到一分钱。场面当然很难堪，然而募捐是自愿的，没有谁能够强行从别人口袋里掏出钱来。这个时候，年轻的卡塞尔起身打破了尴尬。他在现场挑选了一位美貌的姑娘，说是要拍卖这位姑娘的亲吻，起拍的价格为一美元。有一个人真的举起了手，说愿意出这一美元。结果，这个人得到了姑娘的吻，而募捐晚会也终于打破了零的尴尬。后来，好莱坞把这一美元寄往越南前线，卡塞尔的这次拍卖也上了各大报纸头条。

卡塞尔的拍卖成为索斯比拍卖行的空前纪录，也成为好莱坞历史上的一场纪录，并由此登上了吉尼斯世界纪录。这位颇具创意的天才被德国的一家猎头公司看中，将他推荐给当时已经营不善的奥格斯堡啤酒厂。奥格斯堡啤酒厂当然如获至宝，重金聘用卡塞尔作为企业顾问。卡塞尔来到德国，果然不辱使命。他那不拘一格、异想天开的想象力得到了充分发挥。在他主持下，奥格斯堡啤酒厂开发了美容啤酒和浴用啤酒，这两种新产品一时畅销欧洲大陆，使得原本摇摇欲坠的奥格斯堡啤酒厂一夜之间扩张为欧洲乃至整个世界最大的啤酒厂之一。后来，德国政府又聘请卡塞尔担任顾问，恰好柏林墙拆除，卡塞尔主持这项事务。这一次，他将柏林墙的每一块砖头都以收藏品的形式卖给全世界200多万个家庭和公司，德国政府为此获得了大大的一笔收入。

卡塞尔的故事还没有结束。到1998年，美国的拳坛发生了一件轰动世界的事情。从监狱里出来的昔日拳王泰森在和另一位拳王霍利菲尔德举行争霸战的时候，竟然兽性大发，一口咬掉了霍利菲尔德的半只耳朵。就在第二天，欧洲和美国的一些超市上就出现了以"霍氏耳朵"为品牌的巧克力，而这种巧克力的生产厂家不是别人，正是卡塞尔自己的特尼尔公司。当然，霍利菲尔德不会容忍他这样侵犯自己的名誉权，于是对卡塞尔进行了起诉。起诉的结果，卡塞尔将出售巧克力的利润的80%赔给了霍利菲尔德，但他的聪明却给他带来了年薪3000万的新岗位。

21世纪到来的时候，卡塞尔回到自己的母校休斯敦大学进行有关如何创业的演讲，演讲会上，一位学生以犹太经典里的方式当场向他提问，请他在自己单腿站立的时间里，把创业的精髓告诉大家。那位学生正在抬脚的时候，卡塞尔的回答已经完毕。他说："生意场上，无论买卖大小，出卖的都是智慧。"

连锁经营——犹太人的发明

今天，连锁店是最好的经营方式之一，大凡具有相当实力的商业企业，都会采用这种方式来扩大自己的营销市场。不过，这种经营方式最早却是由犹太人卢宾构想出来的。

在美国西部的淘金热时代，卢宾靠开商店经营生活必需品而发展起来。经过8年的苦心经营，他的生意越来越大。可是，正像所有的犹太人一样，卢宾也不是一个轻易满足的人。他发现，与他同时出道的人当中，有一个人一直发展得比自己快。经过详细调查，他发现了秘密，就是那个人在做生意的时候，不像当时其他商店那样，标出的价格总是让人不放心。当时的零售习惯是，店家对商品标出自己的价格，而顾客则要经过讨价还价才能最终掏钱购买商品。这种习惯不仅对于店家很烦人，对于顾客来说更是一件吃力不讨好的事。由于那家商店标出的价格让顾客放心，顾客很愿意到那儿去买商品。卢宾心想，如果干脆来个明码标价，顾客来到店里连问价都不需要就可以直接确定自己是否购买不是更好吗？于是，世界上第一家明码标价的商店出现了。这种交易方式既提高了营业效率，又赢得了顾客的信任，卢宾的生意马上火爆了不少。但是，顾客多了，店面也就显得拥挤，不少顾客来了之后，由于要长时间地等待，便只得空手离去，到别家店购物。而且，明码标价的方法做起来很简单，别的店很快也就学会了。这时，勤于思考的卢宾继续动脑筋，希望能有新的方式来争取更多的顾客。他想到，自己这种明码标价的方法虽好，但由于商店的容积有限，人多了自然会变得拥挤不堪，许多顾客因此到别的商店去采购也就顺理成章。那么可不可以将自己的店面扩大呢？当然可以。但是，即使扩大，面积也不可能无限增大的，而且，顾客们的需求相同，但他们的居住地点却大不一样。哪怕某一家商店名气再大，由于距离的原因，别人也不可能都到你这里来购物。如果我把自己的店开到其他地方去，那么只要打上我的店名，再远地方的顾客也可以买到我这里的东西，岂不是更好吗？就是在这样的灵感下，卢宾又创造了一种新的经营方式，那就是连锁经营的方式。而且，连锁经营不但跨出了县域、州域，后来竟走出了国界，成为一种跨国经营的手段。

不会创新就不会营销

不过，凡事不可一概而论。历史上许多成功的经验固然有值得借鉴的一面，但如果不按照实际情况进行模仿，照搬照套，很可能弄巧成拙。经商如此，作战也如此，纯粹照葫芦画瓢是不行的。战国时期，赵国名将之后赵括，熟读兵法，谈起作战头头是道，可是，他的母亲却知道他其实是个绣花枕头，华而不实。赵王在秦国来犯，大兵压境之际，慌不择帅，起用赵括带兵御敌，赵括母亲劝阻赵王未果，自知赵国必败，只得出走他乡。结果，正如赵母所预料，赵国被秦将白起杀得大败，赵括身死，赵国倾全力调集的40万大军全部被俘，又被秦军坑杀。而在商战上一味模仿遭致败绩的也不乏其例。据说，荷兰有过一个名叫德布尔的珠宝商，某年为纪念10周年店庆，突发奇想搞了一次广告促销活动，他向各地的4000名顾客寄出邮件，在其中200个邮件中装入钻石，而在其他邮件里装入一种看起来像钻石，但价格却便宜许多的锆石。他满以为那些人收到邮件后，会对他的做法表示赞叹，而那些收到真钻石的人更会来信表示感谢。谁知道，邮件发出后，远没有收到他所期望的反响，他不知道发生了什么情况。后来，他实在忍不住，打电话向一些客户进行征询，没想到，顾客们的回复是：因为现在的广告邮件实在太多，已经让人厌烦，许多收到他的邮件的人，连拆都没拆开，就将它扔进了垃圾箱。

不动脑子，缺乏创意，一味模仿，使得一场营销活动结果和目的南辕北辙，闹出了笑话。中国曾有东施效颦、按图索骥之类的故事，对生活中的类似现象作出了辛辣的讽刺。我们说，营销的能力，在根本上还是思想的能力和创新的能力的具体展示。

最根本的营销"技巧"——诚信和服务

我们讲了犹太人在营销方面的许多"花招"，但是他们之所以能取得成功的最根本的一条还是两个词：诚信和服务。

美国著名的花旗银行是怎样发展起来的？有一个小故事可以说明他们的方法。一次，有个陌生的顾客从街上走过，忽然想到要换一张全新的百元美钞。他走进花旗银行的营业厅，一位职员接待了他。可是，恰好这家营业厅没有全新的、未使用过的百元钞票，于是，那位职员花了15分钟时间，替他打了2个电话，最后终于找到一张这样的钞票。然后，这位职员知道顾客要这张钞票是想用它作为奖品用的，便主动为他找了一个精致的小盒子，将钞票放进里面，同时还放进一张名片，名片上写着：

> 谢谢你想到我们银行。

这位顾客记下了这家营业厅的位置，过了不久，他再次来到这里。不过，这次他不再是换钞票，而是将自己的账户开到这里来了。原来，他是一家律师事务所的管理人员，在几个月的时间，他就在这里存入了25万美元现金。

有一位中国留学生曾经讲过这样一件他亲身经历的事情。他刚到美国的时候，用500美元在一家犹太人商店买了一台彩电，回去后才发现，这台电视机有质量问题，于是就给商店打了电话，告知情况。没想到，电话刚挂断，商店里就派人来，检查了电视机之后，马上向他道歉，并说"马上换一台"。这位留学生跟随商店的人员来到商店，商店老板再次表示歉意，并说，你可以随意挑选一台彩电，但是，"一定请多关照"。结果，留学生看中了一台价值800美元的彩电，犹太老板没要他补一分钱差价，而是二话没说，立刻派人帮他运了回去。

美国凯特皮纳勒公司是一家生产推土机和铲车的大型公司，它的产品销往全世界。它在自己的广告里这样宣称："凡是买了我们产品的人，不管在世界的哪一个地方，需要更换零配件，我们保证在48小时内送到你们手中，如果送不到，我们的产品白送你们。"要是有人以为这不过是他们的促销手段，那就大错特错了。他们说到做到，有时甚至只是为了一个价值50美元的零件，不惜动用直升飞机空运，其空运价格相当于零件价格的40多倍。也有由于各种原因偶尔没有在48小时把零件送到的，他们绝不食言，果真就把产品无偿送给顾客。正像中国人常说的：精诚所至，金石为开。犹太人的这种营销"手段"，可谓所向披靡，无往而不胜。

金钱属于那些有智慧的头脑

在即将结束本章的时候，我想再来讲一个发生在华人圈的故事，这个故事和本章开头那两个故事一样，也是高难度的推销典范，其销售智慧与犹太人相比并不逊色，换句话说就是，只要肯动脑筋，在寒冬季节卖饮料和向美国总统推销产品都是办得到的，正所谓"世上无难事，只怕有心人"。这个故事讲的是一家公司招聘员工推销木梳，但却规定木梳不能在一般市面上卖，要拿到深山里的和尚庙里去卖，而且必须卖给和尚。一见这样的招聘条件，许多人都知难而退，最后只剩下三个人，准备坚持到底，一显身手。公司知道这不是一道容易做出的题，便给予每个人十天期限。十天期满后，三个人回到公司，他们果然都不辱使命，各有收获。

其中第一个人的销售成绩是一把木梳。他向主管人员汇报自己的销售情况时说，他到了一个庙宇，在那里向住持等管事的和尚们推销了很久，讲得口干舌燥，并没有取得成效，只好怏怏而回。但是在下山的时候出现了机会。他看见一个小和尚走在路上，光光的脑袋在太阳底下被晒得亮晃晃的，也许是出汗或者是沾上了灰尘，他一个劲地抓脑袋、挠头皮，总之，脑袋痒得不行。于是他赶紧上前对小和尚说，用这个木梳试试看？小和尚一试，果然不错，于是满心欢喜地买下一把带上山去。

第二个人的方式比第一个人就巧妙了，所以他卖出了10把木梳。他采取的方式是这样的：他看见山上风总是很大，凡是来这里进香的、拜佛的，一路走来，头发都被风吹得很乱，于是找到主持说：前来进香和拜佛的人都怀着一颗虔敬的心，可是，这山上的风这么大，他们辛辛苦苦到了庙里，却弄得蓬头垢面的样子，很是不好看。我想他们自己心里大概也不自在。如果你这庙里能主动替香客们着想，在香案旁准备下梳子，他们烧香和跪拜之前，可以整理一下鬓发，他们一定会对神更恭敬和虔诚的。住持一听，颇有道理，便采纳他的建议，买了 10 把木梳留下。

第三个人的智慧简直就可与犹太人相提并论了。这个人对住持说：凡是前来进香的和拜佛的，都会敬献香火钱给庙里，说明他们对这个庙的神灵很信赖。如果能够在他们表示虔敬之心后得到一点回赠，那心里的喜悦就更加浓了。我这次专门替您这庙里带来 1000 把木梳，梳子上面可以写字。我看您的书法很好，假如您能亲自在梳子上写下"积善梳"几个字，既能劝人向善，弘扬佛法，又能展现您这庙宇里高僧的道行和深厚的书法功力，当然也可以使那些善男信女们有一个纪念物品带回去，更增添他们对您这里的记忆。这个人这么一说，那庙里的住持不由心花怒放，痛痛快快买下了他带来的所有木梳。

在不可能的地方创造可能，这就是奇迹。有一位哲人说：机会只属于那些有准备的人。而我们也可以这样说：金钱只属于那些有智慧的的人。如果你能够在严寒的冬季热卖饮料，如果你能够向总统推销出一把斧子，如果你能把梳子卖给没有头发的和尚，那么面对风云变幻的市场，你将无往而不胜。

四海一家, 有难同当——聚合力

犹太人的互助精神

俄国犹太人金兹堡家族曾是俄国最大的金融集团。这个集团经过几十年的苦心经营, 发展到在全俄国有几十家分行, 与欧洲的金融界也建立了广泛而密切的业务联系。由于财力雄厚, 这个家族有条件做一些带有慈善性质的事业。在与沙皇沟通并取得他的许可的情况下, 金兹堡家族在彼得堡建立了一家犹太会堂, 1836 年, 又出资建立俄国犹太人教育普及协会, 并用家族在俄国南部庄园的收入建立犹太人定居点。后来, 这个家族还把他们自己所拥有的堪称全欧洲最大的图书馆捐赠给耶路撒冷犹太公共图书馆。

金兹堡家族的这种行为也是得自于犹太民族的传统。犹太人长年在世界上过着漂泊的生活, 说不定就有哪个国家会对犹太民族采取排挤和打击的政策, 犹太人从富可敌国一变而为身无分文的事情并不少见, 因此, 他们把对于本民族的人进行接济和帮助视为不可推卸的责任。不仅犹太富人如此, 就是犹太穷人也同样具有这样的品格。据说, 早年的犹太人中, 即使是家中三餐无继的人家, 也会在家里保存一个攒钱的小盒子, 里面放着几枚零钱, 随时准备用来接济前来寻求帮助的犹太人。在犹太民族中, 由于长期都有这样的互助活动, 因此后来发展成为一种固定的慈善机构, 这些慈善机构一般都由比较富裕的犹太人出资建立。而在犹太人居住的社区, 他们相互之间的往来也很紧密。按照每七天做一次礼拜的习惯, 他们到了周末就会聚集到一起, 相互进行交流、讨论, 而到后来, 又发展为一起欣赏音乐、观看电影和举行娱乐活动等等, 这个民族的聚合力就是在这种长期的潜移默化之中, 一直不断地保存下来。自从国家被异族占领以后, 犹太人便过着流浪的生活, 不论是在亚洲、欧洲, 他们常常受到排斥, 受到打击。但是, 尽管许多地方总有一些人并不欢迎他们,但他们却能够走便天下。在中东和欧洲大陆，他们的足迹踏遍了每一块土地，而且只要在正常的年代，他们总能够在那里立下脚跟。长期以来，犹太人形成了这样一个传统，就是对于那些出走他乡的同胞，必须伸出援助之手，以帮助他们克服初来乍到时人生地不熟带来的困难。那些类似于慈善机构的组织的责任当然不仅是帮助那些外来的犹太人，而主要是在当地协调和处理本地犹太人之间的有关经济和生活方面的问题。但外来的犹太人每到一个新的地方，如果他希望得到救助的话，首先就会去找这一类组织寻求帮助，而只要找到了组织，这种帮助就一定会实现。不过，犹太人组织并不是大锅饭类型的，他们的救助方法非常符合犹太人的特点，就是，你新来乍到，食宿问题会得到解决，但组织不会免费为你提供你所需要的一切，也不会永远让你这样吃住下去。犹太人的办法是，替你寻找一个适合你的工作环境，或者给你提供一定的条件让你能站住脚，然后，一切就靠你自己去创造，去打拼。比如有一个鞋匠，他来到一个新的地方寻求帮助，当地的犹太人组织会帮他找到本地的一个犹太人鞋匠，而本地这个鞋匠会说，我一个人目前的能力只能在这个城镇的西边发展，既然你来了，我借给你钱，你到东边找一个地方，租一间店面，打我的招牌开一家分店。等你站住了脚，也赚到了钱，就连本带利还给我。

跨地区的犹太人网络

除了民族团结和民族感情的需要外，犹太人有如此高度聚合力还有一个很直接的原因，是与他们所从事经济活动有关。我们说过，犹太人自从灭国以后，从地中海一带逐渐迁徙到了欧洲，而欧洲许多国家制定法令，不允许犹太人从事农业、手工业等等一些正常的职业，犹太人只有从事金融和经商的职业。这两种行业的主要特征之一是流动。金融和经商，用现在的话语体系来表述就是物流和货币流。既然是做生意，商品和货币的流向不应是盲目的，而应朝着能产生最大效益的地方进行，这就需要一个信息网络。而信息的收集和流通又是靠人来开展的，于是，很自然地，犹太人便自觉组织起这样一个能够相互传递信息的网络，来保障他们之间的联系与沟通。这个网络当然不仅仅是沟通经济方面的信息，它还包括政治信息和社会信息，同时也包括犹太人相互之间的情感联络。这样，一个跨国家、跨地区的贸易网络形成的同时，也就是犹太人之非正式的、松散但却有效的社团组织建立的开始。"同是天涯沦落人"的心态使得犹太人在一起的时候那份亲切、那份民族认同感比别的民族要来得浓烈得多。为了信息传递的需要，也为了民族聚合的需要，犹太人到了别的国家，还往往喜欢创办属于他们自己的报纸，比如当年在中国东北哈尔滨的犹太人就创办了诸如《犹太言论》《犹太生活》和《远东报》等刊物；而犹太人在一个地方或一个国家的产业也往往会集中在某些行业上面，比如法国的银行业、南美的采矿业等等。而在某些国家和地区，这样一些产业竟然形成被犹太人垄断的局面。

美国的犹太帮

犹太人自从丧失了自己的国家之后便到处迁徙，有的时候是因为遭到当地人的迫害，而更多的时候，却是因为生存的需要，或是发现了更好的机会。他们一旦发现新的机会，便会毅然放弃原本已基本安定的生活赶赴新的场所。

自从哥伦布发现美洲大陆以后，随着工业革命的成功和欧洲不断向外地拓展殖民地，这块新大陆成为许多冒险家的乐园，犹太人也紧跟着来到这里。犹太人移民和别的人不同，他们往往是整个家族一起前来，男女老幼，拖家带口。起初，北美大陆新阿姆斯特丹领袖史涂威森拒绝犹太人进入这块殖民地，直到犹太人保证照顾自己族群的老弱病残后，才同意他们在此定居。

美国联邦成立后，犹太人积极参加当地的政治选举，他们通过提供政治捐款、创办舆论工具、组成院外集团等等途径帮助本族人参加竞选。每次选举当中，犹太人是各个民族中投票率最高的，一般都高达 90%。正因为此，在犹太人聚居的地方，政治领导人都会不惜代价争取犹太人的选票。

美国的参、众两院，都有由各种政治利益的代表组成的形形色色的院外集团在活动，这些活动的目的当然是为本集团的利益奔走呼号。据说，所有的院外集团中，犹太人院外集团的组织性最严密，活动效率也最高。犹太人的院外集团不光自身形成一定的组织，而且还与全美各犹太人组织和社团保持密切联系，这样，从上到下基本上就类似于一个相互关联的网络了。这个网络随时可以形成强大的力量，去影响犹太选民，影响国会议员和政府官员，进而影响美国国家政策的制定。世界上每当有关犹太人的利益成为焦点或以色列与阿拉伯国家发生冲突之时，这个网络的巨大作用便立刻发挥出来。

以色列重新建国的历史

20 世纪 30 年代，德国纳粹上台，再一次掀起了对犹太人的迫害，面对这样的现实，所有的犹太人都对自己这个民族的命运感到忧心，于是，一场犹太复国运动开始兴起。这场复国运动的目标是，在犹太人祖先曾经生活过的地方也即巴勒斯坦地区，重建一个犹太人国家。而经过上千年历史的变迁，当年犹太人生存的土地早已成为阿拉伯人的居住地，而且这里目前还是英国的殖民地。人数众多的阿拉伯人当然不愿意犹太人重新回到这里来建立一个国家，因为那样的话，必然要使得有限的生存资源重新分配，于是阿拉伯人起来反对。面对阻力，这场运动的发起人之一，后来被称为以色列国父的本·古里安设想了一个计划，就是鼓动大批犹太人移民来这里安家，他希望至少有 100 万犹太人能从世界各地来到这里。有了相对多的人口，建国的事情就好办多了，这样可以迫使英国殖民者同意犹太人与阿拉伯人的分治方案。古里安的移民计划，就连后来接任以色列总统的魏兹曼都感到怀疑，他认为，要移民100 万，至少需要 20-30 年的时间。直到 1942 年，古里安的建国计划依然遭到那些稳重的犹太人领袖的反对，他们认为古里安的"纲领中有很多吹嘘的成分"，本·古里安本人"太乐观了"。可是，令魏兹曼等人没有想到的是，移民计划一开始，就得到世界各地众多犹太人的响应。时间仅仅过了 5 年，这里的犹太移民就大量增加，以至联合国也不能不正式通过决议，同意将巴勒斯坦分成一个阿拉伯国家和一个犹太人国家。

1947 年 11 月 29 日，联合国大会正式通过"巴以分治"的决议，这意味着国际社会承认以色列国家重新"诞生"。消息公布之后，巴勒斯坦境内的阿拉伯人发起骚乱，抗议联合国的这个决议。抗议演变成为暴力冲突，这意味着，犹太人的新国家成立之时，很可能会面临一场战争。这个时候，犹太人总会立刻决定，筹集款项，建立自己的武装部队。在美国，几乎所有的犹太人都行动起来，各种犹太人组织主动为远隔千山万水的未来的以色列国募捐，以色列前总理梅厄夫人奉命到美国筹款，仅两天时间，就有 5000 万美元巨款交到她的手中。这笔钱保证了以色列军队与国家一同产生，而巴勒斯坦的阿拉伯人当初却没有自己的正式军队，因此，以色列立国没遇到真正的困难就完成了。

在第四次中东战争中，苏联为自己的代理人埃及提供了高达 54 亿美元的援助，而美国给其盟友以色列的援助远远低于苏联给埃及的援助，只有 13 亿美元。为了打赢这场战争，以色列财政部长萨比尔赴世界各地"化缘"，效果十分明显，仅美国的犹太人就提供捐款 7.5 亿美元，住德国的一名犹太人甚至把一张空白支票交给以色列驻德大使，告诉他以色列需要多少钱就填多少。

《塔木德经》讲述的故事

从前，有一个国王得了一种世界上罕见的疾病，他下令搜寻各地的名医来给他治病。有一个著名的医生看过他的病以后说，这种病只有一个方法可以治好，那就是要喝狮子的奶。狮子是一种十分凶猛的动物，人可以杀死它，但却不可能亲近它。可杀死了狮子，狮子的奶也就得不到了。这可是一个让人一筹莫展的难题。

有一个小男孩知道了这个消息，自告奋勇地说，他愿意去试一试。于是，他每天都跑到狮子住的洞穴旁，给母狮子送上野物。母狮子也每次都接受了他的好意。

过了大约十天，小男孩和狮子已经处得很融洽了，于是，便试着从母狮那儿取了一些奶，给国王送去。

可是，在去王宫的路上，他身体的各个部位却在为谁的功劳大而争论开来，而且吵得不可开交。

他的脚说："如果没有我，就走不到狮子住的地方，自然也就取不到奶了。"

手却说："如果没有我，即使走到了狮子那儿，又怎能将奶取来呢？"

眼睛说："如果没有我，连狮子在哪儿都看不见，更不用说取狮子奶了。"

舌头见大家这样吵来吵去，忍不住说："我看大家不用再吵了，这应当是我们共同的功劳，大家都是不可缺少的呀。"

身体的其他部位一听，都纷纷攻击舌头，说："在这件事情上，你完全没有价值，这里没有你讲话的份！"

舌头回答："我到底有没有用，待会儿你们就知道了。"

到了王宫，男孩向国王献上这杯白色的液体，国王问道："这是什么？"

舌头为了向大家证实自己的话，便故意说："这是狗奶。"

舌头这样说话，不是要惹得国王生气吗？身体别的部位一听，才知道舌头先前所说的话是对的，于是赶紧向舌头道歉，舌头这才更正说："这正是狮子奶，是专门取来给您治病的。"

国王喝了狮子奶，身上的怪病果然好了，于是就给了小男孩重重的赏赐。

这个故事正是教育犹太人团结与互助的重要，而这种精神以后一直渗透到犹太人的血液中。

客人不需要金盘子

犹太人很看重自己的神，他们在宗教上是非常虔诚的。但现实生活中他们却常常受到欺凌，这使他们一直期望着世界各个民族和各个阶层人民的平等。一般来说，他们无论来到哪个国度，都自觉约束自己，希望能以自己的行为感化别人，从而获得别人的谅解，并与之搞好关系。所以有人评价说，他们善于自我反省，慎独自律的精神很强。他们希望自己能尽可能地融入到所在的社会中去，不要因为自己的行为不慎重、不检点而遭来别人的排斥。犹太人有一句格言：

"受到侮辱却不侮辱别人，听到诽谤却不反击。"

这样的境界，应该说是很高的了。

犹太人的这种境界和行为方式应当说是从现实生活中所积累的经验总结而得来的。

当摩西带着以色列人上路的时候，经过以东这个国家。摩西对以东国王说："请允许我们从您的国土上通过……我们不会喝任何一口井里的水。"摩西的意思很明确，就是怕当地的人误解以色列人的意图，担心他们路过时会给自己的生活带来不利的影响。几十万人路过一个地方，人踏马践，连草都会死光。摩西理解当地人的心情，所以主动做出保证。

反面的教训也有。犹太人曾长期为罗马人所统治。有一次，富商巴尤哈尼亚准备设宴款待罗马贵族，事先，他向拉比以利则·本·尤斯·哈·戈利利咨询。拉比告诉他：

"如果你打算邀请 20 个人，就做好足够招待 25 个人的准备。如果你打算邀请 25 个人，就做好足够 30 个人的准备。"

可是巴尤哈尼亚没有完全听从拉比的告诫，只准备了可招待 24 个人的饭菜。结果，宴会上来了 25 个人。仓皇之中，不知是表示歉意还是举止失措，他将一只空的金盘子放在了没有菜的客人面前。客人拿起盘子，把它愤怒地扔到地上，叫道："难道你打算让我吃金子吗？"

处处检省自己，是犹太人避免错误、与人为善、稳妥处事并与周围人搞好关系的一个法宝。犹太人还有一个特点：他们随时准备着美好的语言恭维别人，甚至把赞美和恭维作为一种处世的手段与习惯。

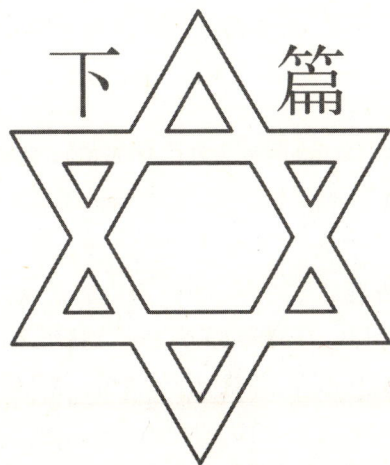

下 篇

独立意识，不求于人——自信心

命运掌握在自己手里

一个生活平庸的人带着对命运的疑问去拜访一位禅师。他问禅师：

"您说，真的有命运吗？"

禅师回答："是的。"

"那么，命运到底在哪里呢？"

禅师让他伸出自己的一只手，仔细端详了一会儿，然后说道：

"你看，你手上的这些纹路，这条横线叫作爱情线；这条斜线叫作事业线；那么这条竖线呢，是生命线。"

"这我都知道，我已经找算命先生给我看过了。"

禅师抬头看看这个人，慢悠悠地说："你现在把手握起来，握得紧紧的。"

那人照他的话做了。禅师问道：

"现在你说，刚才我说的那几根线在哪儿？"

"在我手心里呀！"那人还是疑惑不解。

"命运呢？"禅师又问。

这一问，那人豁然开悟，明白了人生的重要道理。

每个人都可以发掘出让人赞叹的品质

有一个乞丐过着异常艰辛的生活。每天上街乞讨，用充满哀怨的声音向路人倾诉着自己的不幸。卑躬屈膝，低三下四，他整个的人格早已经发生了扭曲。他自卑自贱，瞧不起自己，那种落魄的气象和无望的念头已经渗透他的灵魂。他的目光浑浊，游移不定，他简直不知道上哪儿去寻找自己的精神寄托和人生目标。

就是这样一个乞丐，他被住在马路对面的一位画家注意到了。画家准备给他画一幅画像，他没有反对。他想，给我画像又能画出个什么呢？我自己是个什么样子，难道我自己还不知道吗？我虽然没照过镜子，看不见自己的容貌，但是，我从别的乞丐那里早已经把自己给看透了。

但是，画家的想法和他不一样，画家总是企图从别人看不见的地方找出不同来。在给乞丐画完像之后，他有意在乞丐的像上作了一些重要的修改。他在乞丐浑浊的眼中加了几笔，使他的双眼闪现出追求梦想时才有的光芒；他用紧密的线条拉紧了乞丐脸上的皱纹，使得看上去具有坚强的意志和决心；绷紧的嘴唇也显示出一股不屈的精神。好了，画完了，画家把这幅作品交给乞丐，乞丐看过之后十分惊奇：

"什么，这是谁？难道是我吗？我可不知道！"

画家说："这当然是你，是我眼中的你！"

听了画家的话，乞丐的眼中果然闪现出一道光彩：

"是吗？难道我是这个样子？太好了。"乞丐说，"我懂了，如果这是您眼中的那个人，那他就会是将来的我。"

这个故事的寓意当然很明显：每个人都会有属于自己可贵的一面，每个人都可能发掘出让人赞叹的品质。关键是你要看到这一点，至少要坚信这一点。那个乞丐的生活从此以后一定会改变，因为他已经开始确信自己是一个不同于现在的自我的人。

一个更完美的杯子总能等来被人使用的机会

有人写过一篇文章，从另外一个角度谈论这个问题。

有一次，作者和几个同学去拜访他们中学时代的老师。老师首先关心的是学生们现在的生活和工作情况。话匣子一打开，同学们纷纷讲出了各自的牢骚。虽然现在各方面的条件比老师年轻的时候好多了，可是学生们并没有体验过以前的生活，只是看到现在他们所面临的各种各样的问题，什么工作不顺心呀，岗位不合意呀，仕途不顺呀，做生意遇到阻碍呀等等。老师静静地听着学生们的倾诉，并不说话。他从房间里取出一些茶杯，摆放在茶几上面，说：

"你们都是我的学生，今天我就不给你们倒水了。口渴的话自己倒水喝吧。"

在老师面前，学生们也不客气。他们牢骚发完了，纷纷拿起杯子喝水。他们看见，茶几上的茶杯各不相同，有好看的，有不那么美观的；有新的，也有已经陈旧的。尽管只是喝一杯水，大家还是下意识地挑选自己所中意的茶杯喝水。等每个人手中都已经有了茶杯的时候，老师开口说话了：

"你们看，我拿来的茶杯各式各样，而且特意多取了一些来。现在，茶几上剩下的杯子都是你们挑剩下的。"

大家一看，果然，茶几上剩下的那几个杯子要不就有缺陷，要不就不大好看，总之，比起大家拿在手里的茶杯都不如，大家心里隐约似有所动。老师继续说了：

"如果把人生比作一壶茶，把我们自己比作茶杯的话，当然我们尽量要作一个完美的杯子。纵使做不到完美，也要成为一个能够吸引人的杯子。要尽量减少自己的缺陷，尽量让别人看到你的价值。这样的话，哪怕在有些时候你会被闲置，但是，到了一旦被选择的时候，你获得的机会肯定会更多。"老师的一番话，让我们感悟到什么。尽量完善自己，从这样做的过程中树立起信心，等待时机，这比一味怨天尤人好得多。

你自己就值 100 万

犹太教士胡里奥一次在河边行走，看见一个叫费列姆的年轻人满面愁容，忧心忡忡，便上前询问：

"忧郁的年轻人，你这么健康，这么年轻，这么有活力，你却在这儿唉声叹气，究竟有什么事情使你这样呢？"

费列姆看着好心的胡里奥，摇头说：

"尊敬的先生，你看看我吧。我可是个名副其实的穷光蛋啊。我既没有工作，又没有金钱，更没有房子，整天吃了上顿愁下顿，连个遮风避雨的地方都没有。没有人瞧得起我，我怎么能不忧愁呢。"

胡里奥听了他的话，却笑了起来。费列姆怀疑地看着教士，问道：

"我都这个样子了，您还笑，是笑我真的没有用吗？"

"说哪里话，傻孩子。照我看，你是个百万富翁呢！"

"您取笑我吧？"费列姆看着自己身上的破衣烂衫说，"我身上可是连一个子儿也没有哇，您就别拿我这个穷光蛋开心了。"

"我为什么要拿你寻开心？"胡里奥道，"你可不可以回答我几个问题？"

"当然可以，只要不是拿我寻开心就行。"

"好的，"胡里奥说"那么我问你，假如现在我出价20万金币，买走你的健康，你愿不愿意？"

"当然不愿意。"费列姆回答。

"好，我再问你，现在，我要出20万金币，买下你的容貌，让你从现在起变成一个奇丑无比的人，你愿意不愿意？"

"不愿意！"费列姆照样回答得很干脆。

"很好！"胡里奥继续问，"假如我再出20万金币，买走你的智慧，让你从此变成一个浑浑噩噩的人，就这样懵懵懂懂度过一生，你可愿意？"

"不愿意不愿意！"费列姆把个脑袋摇得像拨浪鼓一样大声叫道。

"我现在最后一次问你，假如现在我给你20万金币，让你去杀人放火，让你从此失去良心，你是否愿意呢？"

"天哪，干这种缺德事情，鬼才愿意呢！"费列姆气愤地说。

"好了，我刚才已经出价100万金币，却买不走你身上的东西，你说，你不是百万富翁又是什么呢？"胡里奥大有深意地笑着说。

这下，费列姆恍然大悟，他知道自己并非一无所有，他暂时只是缺少钱，除此之外什么都不缺。而有了自己身上的一切，钱是可以赚来的。自此，他不再怨天尤人，他变得自信起来，开始了他的新生活。

迈阿密的儿童银行

其实，我们在前面谈犹太人的学习力的时候，就已经多方面接触到他们培养孩子的独立意识与品格的做法。我以为，一个人的自信心来自于两个方面的基础，其一是建立独立而健康的人格，其二是具备生存的能力和本领。犹太人的自信心恰恰是从小逐步从这两个方面培养起来的。我手头有一份资料，讲的是一家设在美国佛罗里达州迈阿密市费尔蔡尔德小学里的"特威格勒特银行"，让孩子们从小学会商业技能的做法。虽然资料上没讲这家银行的创办者是否犹太人，但我想，至少这家银行的宗旨是与犹太人一贯的教育方法相吻合的。

这家银行的规模不算大，占地面积才100个平方米，一共设有三个柜台。银行既然设在学校，可想而知，它的主要服务对象不是成人，而是学校里的小学生，甚至还包括附近幼儿园的小朋友。银行的服务项目为：接受储户（即那些小学生和幼儿园孩子）的存款，同时给他们发放贷款。其利率浮动与市里的各家银行采用同一个标准。儿童银行业务不像正规银行那么多，所以一般每周只开业两天，而且营业时间也不长，从下午3点到4点。有人会说，这样的银行办得有什么价值？它能带来经济效益吗？是的，要是从直接经济效益上来看，这家银行的确不会有多少收益，甚至也可能要贴本。但是，从间接来看，从培养孩子们的经济头脑和商业操作能力来看，它的作用不可小觑。

在这家银行里，孩子们可以把自己平时花不完（或节省下来的现金）存进银行里面，一旦需要时又可取出。如果哪位孩子家里需要购买比较大的东西，可以在征得家长同意的情况下前来银行贷款。贷款最高限额在2000美元，最高年限三年。幼小的孩子们就这样通过实际操作，掌握了与银行相关的一些基本知识，比如点数钞票、验证钱币的真伪、运用计算机记账出账、设置自己的个人密码以及计算利息等等。这家银行的创办，得到了美国国家银行的支持，而且，当地各家银行也很乐意帮助儿童银行的成长。它们每年都会从儿童中挑选几位骨干到自己的银行里进行培训，而这些孩子回到学校，又会把自己学到的知识传授给其他年龄更小的孩子。在孩子们从事自己的"经营活动"中，学校的老师和孩子们的家长一般不轻易干涉他们的行为，这样为的是不干扰他们的"经营思路"，以锻炼他们的能力，增长他们的理财知识。

虽说中国也是世界上比较重视教育的国家，可是，在我们国内，还从来没有这样的教育思路产生，更没有类似的教育实践能帮助孩子从小就掌握生活和经商的技能。

自信，一个人一生的财富

当然，一个人的自信不光建立在技巧和操作上，同时还建立在品格和意志上。而人的品格和意志是必须从小就培养和教育的。犹太人在对待子女方面，有自己特别的认识。他们认为，不要以为两三岁的孩子什么都不能干，这样想是不符合实际的。其实，孩子从两岁的时候起，就有了一种什么事情都想亲自动手尝试的愿望，而且，随着年龄的增长，这种愿望会不断扩展。

在孩子刚刚学会走路的时候，犹太母亲在打扫家庭卫生的时候，就会递给孩子一块抹布，让他跟在身后学习擦灰，或者让他帮助拿一些不会摔坏的物品。孩子做得好，必然会增强他的自信心，他以后在接触类似的事情的时候，就会逐步变得轻松自如起来。很多家长从小不让孩子干这干那，也许不是怕孩子累着，而是他们觉得那样做反而麻烦，不如一切自己动手完成更简便；殊不知这样正让孩子失去了从小锻炼的机会，长大后再来教育他们有时就会显得为时已晚。根据古今中外成功人士的经验，研究人员发现，一个人在他的一生当中是否能取得成就，并不完全在于他的智商如何，在很多的情况下，更取决于他们的个人意志和品格，取决于他们是否有顽强的精神和高度的自信。

在以色列，有一所著名的"鲸鱼学校"，这所学校的教育方法可谓独特异常。他们有一项最引人注目的学习项目，就是让孩子们在老师带领下，像古代的探险家那样，乘坐帆船，在大海上航行。航行并非如同游览，而是必须横渡大西洋，并在大洋上的三个岛屿上停留。在航行期间，孩子们不仅要自己学会驾驶帆船，还要学习做饭、捕鱼，完成考察、读书、与土著民交流、了解岛屿上的风俗民情等课程。在整个阶段，大风大浪的考验自不待言，饥饿与干渴等等的经历也会相伴而来。但是，凡是上过"鲸鱼学校"的孩子，回来后他的人生经验就更丰富，他对待生活的态度也会发生明显变化。最要紧的是，他的自信心得到了大幅度地提高，而这，将是他一生的财富。

洛克菲勒的远见和信心

有一个有关洛克菲勒的故事，历来人们都将它看作是洛克菲勒的一次冒险经历，但事实上，它却是洛克菲勒自信心的一个证明。

那是在19世纪60年代，在美国俄亥俄州西北与印第安纳州东部交界的地方，新发现了一处油田，叫做利马油田。那里的石油虽然蕴藏量不小，但是却有一个很大的缺陷，就是原油里有很高的含硫量，含硫量高了，容易产生硫化氢。按当时的技术，要提炼这种油存在很大困难，主要是硫的排除问题解决不了，这样的话，生产出来的石油品质低，使用价值不高，因此，没有炼油公司愿意购买这种原油。而洛克菲勒却想把这块新发现的油田买下来，因为他相信，除硫的问题，随着技术研究的深入，一定能够解决。但是，当他在公司董事会上提出自己的意见的时候，几乎遭到大家的一致反对。公司执行委员会的所有成员都以为洛克菲勒的决定是错误的，因为利马油田的油行内都称作"酸油"，酸油的品质太差了，即使开采出来，有人愿买，其价格也非常之低，盈利空间不大，弄不好还会亏本。但是洛克菲勒却一意坚持自己的主张，在双方互不让步的时候，洛克菲勒甚至发出威胁，宣称将不惜一切代价去开发这个油田，而且纯粹用个人的财产去冒险，去"关心这一产品"。洛克菲勒是公司最大的股东，他的态度如此强硬，执委会的人不得不低头。最后，公司出价800万美元买下利马油田，然后，洛克菲勒以20万美元的高薪聘请了一名犹太化学家去研究除硫问题。两年之后，实验仍没有成功，执行委员会中那些反对者一直没有中断他们的牢骚怪话，但是又不能就此中止洛克菲勒的决定。又过了几年，这位科学家终于找到了石油除硫的方法，一下子，利马油田的身价腾了起来，800万美元买来的油田所产的石油，价格可以翻上数十上百倍了，这下大家才不得不佩服洛克菲勒的远见和他坚持不懈的信心。

"牛仔成功法则"

所谓的"牛仔成功法则"里面最重要的一点就是两个字：自信。在美国，有一个人开办了一家通讯器材公司，他想寻找一名出色的专业销售人员来拓展市场。在招聘人员的时候，来来往往的应聘者都没有引起他的兴趣，后来，出现了一个人，这个人一身牛仔打扮，他上身穿着短袖T恤，T恤上的纽扣已经脱了线，挂在上面摇摇欲坠。领结歪斜地挂在脖子上，灯芯绒的夹克衫敞开着，与一条颜色不搭的裤子穿在一起，显得十分不相配。他头上戴着棒球帽，脚上穿的是牛仔靴，看上去给人以松松垮垮，不够严谨的印象。但是，他的应聘词却很令这个招聘员工的老板兴奋。他说："先生，请在您的公司网络里，给我一个感受成功的机会。"

这句话一下子就把那个老板给打动了。那简单的一句话里，包含的意义却很丰富。首先，这个"牛仔"打扮的年轻人把这家刚刚创办的公司称作"公司网络"，说明他对公司的前景抱有绝对的信心；其次，他到这里来不是求职，而是来"感受成功"，说明他对自己的能力也非常自信。他虽然只有22岁，毕业于农业大学，没有任何从事通讯器材销售的经历，但老板却从他那"爆棚"的自信里看到了他良好的可塑性和无限的潜质，于是将他录用。而"牛仔"也的确是一个行为果断的人，在经过短暂培训之后，他开始上岗。上岗之前，他在自己办公室的墙上贴上一张字条，上面写着几项条款：

> 我一定要成功。
> 每月拜访 100 位顾客。
> 每月销售 4 部通讯系统。
> 每月获得 1000 美元报酬。

一年后，"牛仔"挣到了 6 万美元。

三年后，他拥有了这家公司的一半股份。

又过了一年，这家公司设立了三家子公司，一个"公司网络"果然建立起来了。

后来，这位老板总结"牛仔"的成功发法则，写道：牛仔每天都以凯旋者的姿态对待生活。他相信敲开的门后面会出现幸运。他相信坚持就能抵达理想的彼岸。他相信"成功的心态"会带来成功。

自信在于与众不同

美国钢铁大王卡耐基小的时候家里很穷。他整天背着书包上学，却整天做着发财的梦。他很羡慕那些老板，那些有自己事业的人，那种在商场上叱咤风云、指挥若定的形象一直在他的脑海里徘徊。有一天，放学的时候，他经过一个建筑工地，那儿正在盖一幢摩天大楼。卡耐基看见一个老板模样的人正很神气地在那儿指挥和调度一拨人，不由心生敬仰。他走上前去问道：

"我长大后怎样才能成为像您这样的人呢？"

"第一要勤奋……"

"这我早就知道了，那第二呢？"

"买件红衣服穿。"

卡耐基对此很不理解："难道这也与成功有关吗？"

"有啊，"那人指着前面的一群工人说，"你看他们都穿着清一色的蓝色衣服，所以我一个都不认识。"他又指着另外一个工人说：

"你看那个穿红衣服的。就因为他和别人穿得不同，这才引起了我的注意，我认识了他，也发现了他的才能。过几天，我就要安排一个职位给他。"

卡耐基从此明白一个道理：要取得成功，你必须与众不同。当然，敢于与众不同的人，往往都是有个性，同时又充满自信的人。

再富也要穷孩子

在中国，有一句人们很熟悉的话，叫"再苦不能苦孩子，再穷不能穷教育"，意思是说，无论一个地方经济状况如何，都必须要保证对教育的投入，因为教育是培养人才这个"第一生产力"的根本措施，是百年大计，是一地、一国经济发展的前提。而我们从以色列的"鲸鱼学校"，从洛克菲勒孩子的零花钱使用规矩等许多方面来看，犹太人认为，让孩子从小"苦"一点、"穷"一点不是坏事，反而能帮助他们更好地成长。其实不光是犹太人，西方其他一些国家的人在这方面似乎也与犹太人有着比较接近的看法。中国有一位在澳大利亚生活过一段时间的人观察到澳大利亚的居民对待孩子，就与犹太人有着不谋而合之处。澳大利亚的孩子从小就带得很粗放，还不会走路的孩子，家长带着去打预防针，并不把他一直抱在手里，而是放在地毯上，任他们随意去爬、去闹。孩子不小心碰到哪儿哭了，最多也就安慰两句，绝对不会马上将他抱起来哄啊拍啊，孩子哭了一阵，自然也就不会再哭。即使在三十八九度的气温下，母亲们推着婴儿车上街，也常常不把遮阳伞打开，她们觉得这么小的孩子晒一晒不会有多少坏处。当孩子们会走路，开始上学以后，家长有意给孩子穿得很少，让他们的身体尽可能地暴露在空气里和阳光下。家长认为，让孩子多接触空气和阳光有益于他们的成长。这位中国人观察到，一位年薪高达15万元的公司主管在两岁的女儿吵着口渴要喝水的时候，他并不是到近处的自动售货机买仅仅一元一杯的饮料，而是用一个一次性纸杯，走到厕所里接了一杯自来水给女儿。孩子们外出春游之类的，家长们给孩子准备的绝不是各种各样丰盛的食物，一般不过就是一瓶可乐、一个汉堡再加一个水果而已。在海滨浴场，孩子们闹啊玩啊，一不小心呛水了，家长最多拍拍孩子的背，说两句鼓励的话，又让他继续去冲击海浪。这位中国人还亲眼看到，一个孩子被海浪冲了一个跟头，跌倒在海水里，孩子的父母看见了，却没事人一样说："那是浅水，淹不死人……等他自己爬起来！"孩子们在这样的教育环境下，很自然地，那些娇气、懦弱、胆怯和自卑都会大大减少。

青春不应和富贵相伴，青春就是穷

中国曾经出现过一个词，叫作"傍老族"。所谓"傍老族"的含义是，一批年轻的大学毕业生即使已经完成了自己的学业，可是由于社会竞争的激烈，就业的艰难和自己自信力的不足，不愿踏上工作的路途。而这些学生家境很好，无衣食之忧，于是索性躺在家里，继续从父母那里领取花销，过着无忧无虑的生活。这样的情形，在犹太人那里恐怕是难以想象的。其实不仅犹太人，即使在西方其他民族中，这样的现象也比较罕见。我们在这本书里反复提到曾为世界第一富翁的洛克菲勒是如何严格要求孩子的，他尽管富可敌国，却不会让孩子长大后还一直吸吮父母的奶水，因为那样未必是帮孩子，最后很可能会害了孩子。被宠惯了的孩子最终都会落下一个毛病，就是"长不大"。那么，除了犹太人，其他国家的年轻人是如何树立自己的独立意识的呢？我们来看几个例子。

法国青年菲利普是老贵族的后裔，家里可以说十分的富有。但是，他从读大学的第一天起，就离开家庭，在巴黎左岸拉丁区租了一间有些破旧的小阁楼。在那间小阁楼里，他一住就是六年，因为他不仅读完大学，还一直读到了博士。在狭窄的阁楼里，他勤奋地完成着自己的学业，他的打算是，一旦他获得了艺术史博士学位，将出去找一个能拿全薪的工作，到那时，他将自己贷款买一套大一点的房子住。他很轻松地对同学说："不错，我家里是有钱，可那钱是父母的，对我没有任何意义。我的生活只能靠自己设定。"

莱雅是一位来自法国下层平民的女孩子，她长得漂亮而性感。但是，她并没有利用自己的相貌去牟取学业之外的东西。大二的时候，她辍学了，来到一家法语培训中心打工，为的是积攒一笔学费，好继续完成自己的学业。其实，父母尽管是平民，他们的收入也足以帮助她完成学业，可她不愿意在成人之后还要父母的帮助。她在辍学之前还做过家教。紧张的学习加上晚上工作，使她年轻的脸上始终有一股掩盖不住的倦意。可是她却很随意地说："青春就是穷嘛！"是的，青春就是穷，要不，我们还会去努力奋斗吗？

犹太人的《塔木德经》说："凡能超越别人的人，都受过两种教育——一种来自教师，另外一种就是自己。"长不大的孩子，只接受过前一种教育，而缺乏自己对自己的后一种教育，所以这样的人以后绝对不可能超过别人，当然也不可能超过父辈。

做家族的开创者

有两个犹太人，一个是家世显赫的青年，另一个则是一贫如洗的牧羊人。这样两个人在一起的时候，自然会形成一种对比。家世显赫的家伙非常神气，他总是向牧羊人吹嘘自己的家境和自己的祖先，并为祖先的事迹而骄傲不已。牧羊人对于他面前的年轻人并没有表示出羡慕和尊敬的意思。他说：

"原来你是那样伟大的祖先的后代啊！可是，命运谁知道呢。也许你是你们家族最后的一个人，而我却是我们家族的开创人。"

——《塔木德经》

这个故事的寓意可以说是很深的。从表面上看，故事里宣扬了世道轮回、兴衰无常的观点，当然也表达了祖先的荫蔽不可恃的意思，这和我们中国春秋时代的人说的"君子之泽，五世而斩"的观念相同。但是，最重要的是，它表明了，一个人纵然起点再低，只要有一份雄心，树立一个目标，他都有成功的可能，都有开创一份伟大事业的希望。我们从许多犹太人家族的经历上都可以看出这一点：洛克菲勒、摩根、哈默、希尔顿……这些人都凭着他们执着而不懈的努力，凭着他们顽强奋斗的精神，成为一个家族的开创者。他们的人生经验是，不把自己的名字附着在家族的族徽上，沾家族的光，而是要让自己的名字成为家族的光荣与骄傲。

不屈不挠，誓达目的——进取心

约翰·高德的故事

美国的《生活》杂志在 1972 年的时候，刊登了一位叫约翰·高德的人的故事。这个故事说，有一位叫高德的人，在自己 15 岁的时候，听祖母叹着气讲了一句话：

"唉，如果我年轻的时候懂得多尝试一点事情就好了。"

高德被祖母的感叹所感动。他想，趁自己现在还年轻，把心里的愿望写下来，然后用一生去努力实现它们，这样今后就不会有那么多遗憾。高德来到一张桌子旁，将自己的愿望——详细列举出来，里面一共有 127 项。

127 项目标，这恐怕太多了吧? 好在高德才 15 岁，15 岁的年纪正有一股初生牛犊不怕虎的勇气。他把自己的愿望命了名，叫"约翰·高德的美梦清单"，然后把它倒背如流地记熟。

这些梦想，有的也许不难实现，但有的就让人觉得实现起来并不是那么容易。但高德并没有将难易放在心上，他所想的就是，一定要让"高德的梦想"成为一种现实。

他的这些梦想包括：走遍世界上所有的国家，去 10 条河流进行探险，登上 17 座高山，重游一次马可·波罗的旅程，学会开飞机，学会骑马，从事自己喜欢的医疗工作。还有读完《圣经》以及柏拉图、亚里士多德、狄更斯、莎士比亚、丘吉尔和另外 10 多位著名作家和哲学家的经典著作，还要读完大英百科全书，布道，结婚生子，搭乘潜水艇，吹笛子和拉小提琴……这些理想不仅内容丰富，而且相互抵牾，里面充满年轻人的梦幻和似乎不切实际的想法。但是，当高德于 1971 年去世的时候，他已经完成了所有 127 项目标中的 103 项，他做了四次环球旅行，他甚至到原始人群中替那些未开化的人行医……高德的行为堪称壮举，他的精神鼓舞了许多美国人乃至美国以外的人。

给船舱加满水

一艘货船行驶在茫茫大海上，突然遭遇到暴风雨。货船上没有装载货物，被风浪颠簸得上下起伏，眼看要翻了。水手们眼看这种情景，心情都十分紧张。这时，有经验的船长命令船员们打开所有的货舱，往里面注满水。船员们心里很有疑虑：船一进水不是要沉了吗？但是，船长却坚定地指挥大家按照自己的命令去做。随着船舱里的水位渐渐升高，奇怪的是，船的颠簸竟然也越来越小，而且船身渐渐地平衡，不再像刚才那么危险了。等大家都松了一口气的时候，船长告诉他们："一只空的水桶，是最容易被打翻的，如果装满了水，就不再容易翻倒了。船也是这样，满载的时候其实最安全，而空船的时候，反而是最危险的时候。"

说起来人生也是这样，当你的肩上有了担子，心里有了责任和目标的时候，你的意志和毅力都会更加强烈，而你没有给自己设定任何压力，反而容易随波逐流，空耗人生。

曾经获得过诺贝尔文学奖，其作品广受东西方读者好评的犹太作家马塞尔·普鲁斯特谈到自己年幼的时候，对父亲心怀感激。他说："在我们兄妹上学以后，父亲经常问我们的问题是：你是否已经决定了一生最重要的目标？你是否已经制定了实现目标的详细计划？你是否已经确定了你的学习榜样？如果我们答不上来，父亲会惩罚我们，所以我们从小就确立了自己的目标。"

著名的画家毕加索，他的父亲有一位朋友，名字叫安东尼奥。安东尼奥的画当时在欧洲十分有名，有一次，他来到毕加索居住的城市马尼拉市，连国王都出来为这位画家举行欢迎仪式。毕加索的父亲当时是市立博物馆的馆长，他带着自己的儿子出席这一仪式。隆重的仪式、人们（包括国王）对画家的尊崇给了年仅3岁半的小毕加索以深刻印象，画家的神圣地位从此在毕加索心中确立不移。

还有一个类似的故事，是有关科学家的。大物理学家赫兹从小在叔叔身边长大，他的叔叔是当时有名的科学家，然而，在赫兹刚满8岁的时候，叔叔不幸去世。送殡那天，许多国家著名的学者不远千里来到当地进行吊唁，连国王和王后也亲自前来参加相关仪式。赫兹的一位亲人拉着赫兹的手说："你叔叔献身科学事业，受到全世界人们的无限敬仰，你要好好向叔叔学习呀！"赫兹一直把这句话记在心间。后来，他充满热情地阅读叔叔留下的书籍、日记和手稿，自己也形成了对科学事业的无限热爱。赫兹最后的成就和名气都超过了叔叔，但他说，正是叔叔去世的场景，给了他一生最大的触动。

人生有了梦想，就好比行驶的船舱里加满了水，它沉甸甸的，但却让你的行动不那么漂浮，它时刻提醒着你，必须努力，这样才能行驶到生命的彼岸。

"参孙办公"的成功之道

以色列民族有一个关于"参孙"的神话。《圣经》记载，参孙是古代犹太人当中的一个英雄。他力大无比，能力超凡，几乎具有不可战胜的能力。所以，当敌人来和参孙的部落作战的时候，只要参孙参战，必然获得胜利，前来进攻的敌人也必然落荒而逃。虽然后来敌人为了打败以色列人，派来一个美貌的女间谍，引诱参孙说出了他的秘密，即他致命的弱点所在，以致参孙最后被敌人杀死，但是，在犹太人眼里，参孙是这个民族几千年历史当中很少才出现的杰出人物，所以他的名字和形象为众多的犹太人后裔所景仰和崇拜。年幼的史韦达就是这千千万万犹太人后裔中的一个。

20世纪初，史韦达还是读小学的年纪，就跟随父亲从东欧移民到了美国。由于人生地不熟，加上没有多少经验，父亲开的杂货店经营得并不好。后来，一家人又搬迁到芝加哥去做买卖，但仍然失败了。父亲欠下别人很多钱，没办法还清，只好继续在全国各地奔波，以期能撞到机会，改善处境。

就是在这样的境遇下，小史韦达依然没有丧失对于生活的信心。他熟悉《圣经》里的故事，尤其对参孙的故事如数家珍。在他的心目中，参孙是一个榜样，是一个百折不挠英勇顽强的斗士，是犹太人必须效仿的人物。在颠簸中，他却产生了一个朦胧的愿望，想成为参孙那样的人，面对世界，英勇地作战并不断取得胜利。

父亲带着全家来到科罗拉多州的迪邦市，在那里开了一家蔬菜店。

虽然这里是有名的疗养胜地，可是蔬菜店的生意并不太好。父亲整日为了全家人的口粮操劳，变得日渐消瘦。尽管如此，父亲却没有一句怨言。

在这样的条件下，小史韦达自然没办法继续他的学业。由于年纪太小，父亲并没有给儿子压上多少担子，所以小史韦达能够在迪邦市的各个角落里跑，熟悉这里的各种情况。他经常看见从全国各地来这里旅行的客人拎着各式各样的手提箱下车，然后走向疗养地，等他们度完假回去的时候，不少人的手提箱已经损坏，有的甚至只能用一根带子绑着拖回家，这使他产生了一个想法。

他回到家里，看见辛劳一天的父亲仍在为明天的生意而做着打算，便自告奋勇地对父亲说：

"您已经这么辛苦了，我也有十几岁，可以帮助您干些什么了。我想，不如这样，您将这个蔬菜店交给我来经营，我想我可以把它经营好的。"

他把自己的想法跟父亲说了，父亲觉得儿子的看法很有道理，就决定让儿子接手试一试。

小史韦达把父亲的蔬菜店很快改造成专卖各种箱包的箱包店。由于这里靠近汽车站，箱包销售竟然十分看好。不久，就连纽约的皮包制造商也知道迪邦市这家犹太小子开的箱包店是个好主顾，它们争相向史韦达的商店供货。于是，不用出门，史韦达的看上去不太起眼的小店竟然集中了来自全国各地生产的箱包，尤其是由纽约的名家设计产品，既新潮又高贵，那些最新流行的款式只要一出来，就可以在史韦达的箱包店里找到身影。西方商界有一句话，叫"顾客就是上帝"，史韦达的上帝自然是来自全国各地的旅游者，但史韦达本人却成了箱包厂家的"上帝"。有一次，听说史韦达要亲自到纽约来采购商品，纽约一些生产商商议，要共同宴请这位商界新秀，箱包大鳄。在史韦达乘坐的火车缓缓驶入纽约车站的时候，车站上聚集了各个公司派来的代表，有的甚至连总经理都亲自前来，欲一睹这位新秀的风采。可是，等史韦达在随从的簇拥下走下火车的时候，所有的人都愕然不已，原来，这个所谓大鳄不过是一个才满16岁的少年。大家啧啧赞叹：谁说英雄不少年呀！

这时候，闪耀在史韦达心目中的依然是那位超人一般的参孙形象。只是现在，他觉得参孙离他已经越来越近了。后来，他决定自己生产皮包，并把自己的产品命名为"参孙"。参孙这个品牌，实际上寄托了他儿时的梦。后来，他的箱包生产形成系列产品，他又名之曰"参孙办公"。"参孙办公"的成功，不正是犹太人不屈不挠，奋发进取精神的写照吗？

通过赚钱来实现生活的最高境界

在很多人那里，赚钱的过程是一个拼命攫取的过程，在这个过程中，他的眼睛里聚焦的只是钱，再没有任何别的东西。可是，有许多杰出的犹太人却不是这样。他们继承了祖先以赚钱为生活目标和生命本能的基因，却不认为生命的目的在赚钱，而是把赚钱当作实现生命的目的和追求的一种方式来看待。这似乎是一个悖论。你看：生活的追求和目的是赚钱；赚钱是为了实现生活的追求，这两句话多么相似。可实际上，它们却有着本质的区别。由于许多人把金钱和生活本身搞混了，所以看不出这里面的差异。如果我们借用其他的话题来解释，说不定可以让大家明白。比如我们说一位写小说的人：他生活的追求就是写小说；或者说：他写小说的目的是为了实现生活的追求——这样就容易看清楚，前者的生活追求是荒谬的，唯有后者才体现了一个人的生命价值。我们再用洛克菲勒的一席话来解说，这样可以使大家真正明白，犹太人挣钱，其实有着比金钱本身更高的眼界，他们的目标在金钱之上。

我是不会选择去做一个普通人的。如果往往能够做到的话，我有权成为一位不寻常的人。我寻找机会，但我不寻求安稳。我不希望在国家的照顾下成为一名有保障的市民，那将被人瞧不起。

我要做有意义的冒险。我要梦想，我要失败，我也要成功。

我拒绝用刺激来换取施舍：我宁愿向生活挑战，而不愿过着有保障的生活；宁愿达到目的时的激动，而不愿要乌托邦式毫无生气的平静。

我不会拿我的自由与慈善做交易，也不会拿我的尊严与发给乞丐的食物做交易。我绝不会在任何一位大师的面前发抖，也不会为任何恐吓所屈服。

我的天性是挺胸直立，骄傲而无所畏惧。我勇敢地面对这个世界，自豪地说：在上帝的帮助下，所有的这一切都是一个企业家所必备的。

——摘自洛克菲勒《我的信条》

有人评价说，摩根这个人赚钱达到了痴迷的程度。他始终保持着这样一个习惯，就是每天下午下班的时候，到街头报摊上购买一份刊载有股市收盘信息的当地晚报回家阅读。他聚集了无数财富，可是他对于富人当中流行的对名车、名画和豪宅的爱好一点也不上心，他感兴趣的只是如何赚钱。他喜欢赚钱的那种感觉，每次出手，都像一次胆大心细的捕猎，那里面充满风险，也充满刺激，充满斗争，也充满智慧。那是一种生命的搏杀，是超越困难和障碍的挑战。那里面对智力和意志的考验非任何别的事情可比。那不是赌博，但绝对比赌博更有乐趣。就像赛车手，你看着自己驾驶的汽车不断超过一个又一个对手进入最后的冲刺，所有与你竞争的人都被你摔到身后，你心里洋溢的幸福感和成就感是无可比拟的。摩根说：

"不是要钱，而是赚钱。看着钱滚钱才是有意义的。"

信心和目标结合，会激发空前的生命能量

如果说，像洛克菲勒和摩根这样的人，他们对于人生的坚定、执着与进取是天生的、自觉的，那是因为他们属于杰出的一类人的话，那么我们普通人呢，我们是不是可以以他们为榜样，去追求自己的目标，实践自己的人生呢？答案当然是肯定的。现代企业管理已经从过去仅凭企业家个人的单打独斗发展到聚合团队的力量，发挥团队精神去实现共同目标的新阶段，这样，就不仅重视企业家个人的素质，而是重视每一个员工在团队中的作用。一个企业要发展，要取得成功，老板的目标设定和实现这一目标的决心固然十分重要，而让每个员工能够上下同欲，共创未来的意义也不能小觑。但是，人和人是不一样的，性格、能力、意志等等的差异都会使员工们对事业的进取精神显示出差异。那么，现代企业管理学通过和心理学结合，已经发明了培养员工进取心的办法，这就是，通过进行专门的培训，逐步改变员工的生活理念，帮助他建立以往所欠缺的一种精神。有一个人，曾经在外资企业供职，他就接受过这种培训，而那次培训对他的一生所带来的影响，可以说都是巨大的。他在一篇文章中，记录了自己参加这次培训的经过和心理感受。他写道：

那是在青岛的海滨度假村，我和同伴们沉浸在飘忽而又幽婉的轻音乐里。指导老师发给每人一张16开的白纸和一支圆珠笔。这时，主训师已在一面书写板上画了一个大大的心形图案，并在图案里面写上了三个字：我无法……

然后，要求每个成员在自己画好的心形图案里至少写出三句"我无法做到的……

我无法实现的……我无法完成的……"，再反复大声地读给自己、读给周围的伙伴听。

我很快写出三条：

我无法孝敬年迈的父母！

我无法实现梦寐以求的人生理想！

我无法兑现诸多美好愿望！

接着，我就大声地读了起来，越读越无奈，越读越悲哀，越读越迷茫……在已变得有些苍凉的音乐里，我竟倍感压抑和委屈，泪眼模糊起来。

就在这时，主训师却把写字的板上"我无法"改成了"我不要"，并要求每位成员把自己原来所有的"我无法"三个字划掉，全改成"我不要"，继续读。

于是，我又接着反复地读下去：

我不要孝敬年迈的父母！

我不要实现梦寐以求的人生理想！

我不要兑现诸多美好的愿望！

结果，越读越别扭，越读越不对劲儿，越读越感到自责和警醒……在轰然响起的《命运交响曲》里，我终于觉悟到：我原来所谓的许多"我无法……"其实是自己"不要"啊！

而此时，主训师又把"我不要"改成了"我一定要"，同样要求每位成员把各自的所有"我不要"三个字划掉，全改成"我一定要"，继续读。

我似乎已领会了主训师的用意所在，大声地读着：

我一定要孝敬年迈的父母！

我一定要实现梦寐以求的人生理想！

我一定要兑现诸多美好愿望！

越读越起劲儿，越读越振奋，越读越有一种顿悟后的紧迫感……在悠然响起的激荡人心的歌曲里，我思绪漫卷、豪情满怀……走出度假村，我忽然有一种天高路远、跃跃欲试的感觉和欲望——原来心情和心态也是可以修改的啊！

可以说，进行类似这样的训练对于我们每个人来说，应该都不是难事，而它所能取得的效果，也同样会有成效。信心和目标结合在一起，会激发我们迸发出空前的能量，从而推动我们走向新的人生境界。

挣钱的能力也要靠激情来催发

我们看了刚才那个故事，对于自己的人生观念是否会有一些启迪？对于一个人而言，人生理想和美好愿望可以有很多种，而挣钱肯定也是其中之一。老洛克菲勒的话，就表达了这种观点。

"我要做有意义的冒险，我要梦想，我要失败，我也要成功。"

"我拒绝用刺激来换取施舍：我宁愿向生活挑战，而不愿过着有保障的生活；宁愿达到目的时的激动，而不愿要乌托邦式毫无生气的平静。"

这样的话，谁读了不会激动，谁读了不会涌起跃跃欲试的念头？！

强烈的内在激情和渴望，形成一股巨大的力量，人在这股力量的推动下，将会一往无前，征服一切艰险，把一切困难踩在脚下。

一个人能不能取得成功，除了外在的客观条件而外，主观因素起到很大的作用。过去我们认为，人在学习上、在科学研究上、在发明创造上必须依赖强烈的兴趣、持久的意志和顽强的拼搏才能有所造就，而对于挣钱，则以为单单凭的是运气，其实远不是这么回事。那些挣钱时产生的创造力和思想力，其实也是靠激情来催发的。只有具备强烈的挑战精神和进取愿望，才能让金钱向你俯首称臣。

有这样一些反面的事例。

小王和朋友小赵一起去参观车展。车展上展出的各种流行轿车琳琅满目，让人眼花缭乱。小赵一边看，一边眼睛里放光，心里暗自下定决心，一定要拥有其中的一台新款跑车。他和小王说出了自己的想法，可小王却漫不经心地说："那哪儿是你我这样的人所敢想象的？别做白日梦了。"

但小赵却不这样看。他想得到这样一辆车的欲望实在太强烈了，他给自己定下目标，一定要经过努力，在一段不长的时间里实现自己的目标。自那以后，他制定了一个挣钱计划。他先是借钱租了一家杂货店，在挣到了一笔小钱，还清债务之后，便办起了一家小型商店。过了两三年，他又把小型商店拓展为超市，超市的规模很快在当地上了规格。十年之内，他不仅买了新型跑车，还有了自己的别墅。后来，他想看看从前的朋友小王过得怎么样，当找到小王当年住的地方的时候，他发现小王除了额头上多了几道皱纹而外，还是那个老样子，对一切都很平淡，缺少激情，衣着没有变化，说话的内容也没有变化，对一切设想都评价为不可能实现，是浪漫主义、非分之想。小赵明白，这就是老朋友和自己的差距所在：小王这个人缺少一种东西，那就是渴望获得、渴望成功的强烈心情，自然也就没有那种主动出击、寻找机会和百折不挠的进取精神。

一个人不能自甘平庸，不论在任何一种事业上。做一个企业家、做一个商人同样如此。自甘平庸的人，绝对成就不了大事业，当然，想成为一代富豪也不可能——除非你能够继承祖上留下来的遗产。

我们不妨对照一下自己，对照一下身边的人，看看自己到底属于哪一种人？

疯子斯皮尔伯格的进取精神

著名电影导演斯蒂芬·斯皮尔伯格的名字如今在全世界几乎无人不知，无人不晓。这位大学未曾毕业，却先拿到博士学位的传奇导演就是以他明确的目标、顽强的意志和毫不动摇的进取心获得事业上的成功的。他在30岁的时候，拍摄出创造票房纪录的影片《大白鲨》；他曾经两度夺得奥斯卡最佳导演奖（电影《辛德勒的名单》和《拯救大兵瑞恩》）。他对电影业的贡献已经举世公认，为了表彰他的杰出贡献，英国王室特意授予他皇家荣誉爵位，而这种荣誉爵位并非轻易可以得到的，当代，只有前美国总统老布什、世界首富比尔·盖茨以及英国足球偶像、英格兰国家足球队队长贝克汉姆等为数不多的人获得过类似的荣誉。不过，不能抹杀的是，人们也曾一度将他称作"疯子"——他在电影事业上的执着、痴迷和疯狂，没有几个人能比得了，而这正是他成功的基本原因之一。

斯皮尔伯格的成长经历远不是一帆风顺的。他还在幼年的时候，父母就离异了，这对他的内心世界产生了十分重要的影响。而作为犹太人，在美国遭受的种族歧视也使他的人生付出了比别人更多的牺牲。小时候上学，路上他经常会遭到别的孩子欺负，而外祖父时常当着别人的面喊他的犹太名字也使他感到难堪。但是，成长中的压力却给了他以幻想的动因。电影，这种充满幻想的艺术，将处于少年期的斯皮尔伯格迷住了，他居然不知天高地厚地用8毫米的小机器拍起了片子。

17岁的时候，斯皮尔伯格第一次来到环球电影公司，企图向那儿的人推荐自己拍的"电影"，他的磨劲让那些制片人感到厌烦，他们像躲避瘟疫一样躲避他。但是，这并没有使斯皮尔伯格气馁。他读大学的时候，由于大学里没有电影课程，他一直读得心不在焉。他常常将一个星期的课程压缩在两天里完成，为的是腾出时间到咖啡屋去工作，好赚上点钱用来制作教学片。他想看看导演们是怎样工作的，便自己跑到电影厂里去观摩，但却总是被人从里面赶出来。后来，他终于拍出了一部有点意思的故事片，片长只有24分钟。这部片子在第二届亚特兰大电影节上获了奖，这改变了他的运气。大三的时候，他和环球公司签下了被称为"死亡条约"的"自愿服务"的7年约定，从此开始了他正式的人生旅途。他有梦想，有目标，有激情，他所拍的片子，涵盖风格之广，电影史上无人能比，而作为导演，他替电影公司所挣的钱，也难以有人望其项背。既出精品，又赚大钱，既在奥斯卡评委那儿获得一致的赞誉，又讨得观众的好，赢得空前的票房价值，疯子斯皮尔伯格的能耐让所有的电影人都十分羡慕和敬佩。

不断地进取，不断地成功

前面讲过唐纳德·希尔顿的故事，其实，有关他的故事还有很多。二战以后，美国经济经历了又一次严重的大萧条，旅馆业受到严重影响。就在这样的时候，希尔顿却逆流而上，买下了好几座大旅馆。他这样干的时候，遭到诸多同行背地里的嘲笑，都认为他傻得可以。但是，令这些嘲笑者没有想到的是，国家经济在不长的时间里又转入了回复时期，希尔顿得天时地利，一下子从被人嘲笑者变成让人羡慕者。这个时候，市场开始活跃，旅馆的居住竟然由萧条变得紧张起来。很多的时候，为了让客人能够住得下，希尔顿和他的合作伙伴屈吕安甚至腾出自己的房间让给客人。但是，毕竟这样做的效果有限，于是希尔顿便一直在动脑筋，怎样才能充分利用现有条件，尽可能地满足客人的需求。这一天，他忽然来了灵感，拉着屈吕安来到大堂，指着大厅说：你看，我们浪费了太多的空间，这里柜台太长，可以拆掉一半，餐厅里也可以增加20个铺位。屈吕安却不以为然，认为旅店的摆设应当有特定的规矩，不能随便乱来。可是，希尔顿却不罢休，他仔细地察看旅店里的角角落落，心里有了主意。第二天一早，他找来木匠，把餐厅隔成许多小间，每个小间里足以放下一张床、一张桌子，又真的把大厅的柜台截去一半，弄出一个可以卖香烟和报刊的摊位，同时还在大厅的另外一个角落隔出一个小小的杂货铺。在他的"大本营"希尔顿饭店里，他同样寻找着将寸土变寸金的妙方。起先，希尔顿饭店的大厅中央耸立着四根装饰用的巨大圆柱，这四根圆柱虽然好看，但在力学上却没有多少重要价值。希尔顿认为，没有实用价值的装饰无异于一种浪费，于是，他叫人将它们改造成四个透明的玻璃柱，在柱子中央设置了漂亮的玻璃展箱。没几天，这些柱子被那些精明的珠宝商和香水制造商们看上，他们纷纷前来包租，把自己琳琅满目的商品摆放进去。漂亮的珠宝和香水瓶与透明炫目的玻璃柱子互相辉映，相得益彰，显示了希尔顿商业战术的高明和成功。当时，这四根柱子的年出租收入就达24000美元，折合成现在的汇率，是20万美元。希尔顿说："我要使每一寸土地都长出黄金来。" 希尔顿的目的的确达到了，这是他孜孜以求，不断进取的结果。

公正第一，欺诈为非——公平心

莎士比亚笔下的犹太商人

犹太人是世界上最精明的民族，最善于赚钱的民族，这在其他民族当中是罕见的。也许是对他们挣钱方式的不理解，也许是对他们远高于人的财富心怀妒忌，世上流传着不少关于犹太民族狡狯、贪婪、奸诈和小气等等的说法。中国人有"无商不奸"的说法，英语当中，"犹太人"一词甚至就含有"守财奴"和"奸商"的贬义在内。莎士比亚的戏剧《威尼斯商人》夏洛克，简直就是一个爱钱如命的吸血鬼的形象。莎士比亚在他的剧作中写道，犹太商人夏洛克住在威尼斯，他是个放印子钱的（印子钱是中国民间的一种习惯说法，就是高利贷的意思）。他靠着放印子钱给信基督教的人，捞了很大一笔财产。这个夏洛克为人刻薄，讨起债来十分地凶狠，所以所有善良的人都讨厌他。而威尼斯还有一个叫安东尼奥的商人（当然不是犹太人），却与夏洛克不同。他年轻、善良，乐善好施，常常借钱给那些穷困的人，而且不收他们的利息。正因为此，贪婪的夏洛克和慷慨的安东尼奥两人结下了很深的怨恨。安东尼奥有一个朋友，是贵族家庭出身的巴萨尼奥。这个巴萨尼奥就像中国清代的八旗子弟，只知挥霍，不知赚钱，很快就把家中留下的那点财产给挥霍完了。平时，他只是靠着安东尼奥的接济才能生活下去。可是，他偏偏爱上了一位有钱人家的小姐，于是常去姑娘家里拜访，并打算向她求婚。一个贵族出身的穷汉向一位富家千金求婚，不能不讲究点排场。巴萨尼奥自己没有钱，当然只能找到商人朋友安东尼奥帮忙。可是，安东尼奥的钱正在外面周转，要一下子拿出三千金币的大额款项资助朋友，实在是力所不及。于是他想，只能替朋友出面，去向夏洛克借钱。安东尼奥的打算是，自己在外面采购的货物不久就会回来了，到那时候，将货物卖了，货币回笼了，就可以偿还夏洛克的高利贷。由于夏洛克恨死了安东尼奥，这次便想抓住这个机会狠狠地报复一下他的对手。他假装为了得到安东尼奥的友谊，宁愿不要一点利息，却又跟安东尼奥开玩笑说，要到律师那儿签一张合同，到时候要是安东尼奥还不了钱，就在他身上割一磅肉来偿债。安东尼奥满以为夏洛克真的是在开玩笑，心里还十分感激地说："我愿意签这样一张借约……犹太人的心肠真好。"结果，巴萨尼奥求婚的愿望顺利达成了，安东尼奥却最终落入了夏洛克的圈套。

安东尼奥装货的船队在归程的时候，遇上风暴，全部的船只都沉没了，还贷的日期到了，他当然拿不出钱来。巴萨尼奥的妻子鲍西娅愿意加倍拿自己的钱替丈夫的好朋友安东尼奥还债，可是夏洛克却不同意，他坚持安东尼奥必须像那张借约上所签的一样，用一磅肉来偿还那三千金币。

案子即将在元老院开审的时候，夏洛克兴奋地磨着一把长刀。他觉得，有了那张借约，他一定会赢这场官司。

鲍西娅见夏洛克如此刁蛮，便想出了一个"以子之矛，攻子之盾"的办法。在审判中，她伪装成安东尼奥的律师，说那张借约固然合法，但借约上面写的只是"割一磅肉"，而不包括血。因此夏洛克在割肉的时候假如带了一滴血，就是违法，就必须受到家产充公的处罚。而且，割肉的时候，还只能不多不少正好是一磅，要是多了一点点或者少了一点点，同样要财产充公，还要被判处死刑。

面对鲍西娅的辩护，用心险恶的夏洛克知道自己已经一败涂地，不得不表示愿意接收安东尼奥还钱的要求。夏洛克为人吝啬，甚至还想剥夺自己女儿的继承权。

莎士比亚不愧是古今一流的戏剧大师，通过并不算长的一场戏剧，将一个吝啬、小气甚至可以说是邪恶的犹太商人形象刻画得栩栩如生。在这里，他运用艺术的手段，以高度概括和夸张的手法，达到了他的创作目的。夏洛克这样的商人，要亲手割下别人的一磅肉，来偿还自己的债务，这种情况在现实中大概是不会发生的，但是，他那种工于心计，巧于盘算，以人为鱼肉，以己为刀俎的丑恶行为，在人们身边却是每每存在的。不过，莎士比亚把这种形象归结到犹太人身上，不能不说体现了至少自他那个时代起欧洲大陆的人们心目中形成的一种固定概念，即犹太人就是那个样子的！

在现实当中，夏洛克那种巧于盘剥的犹太商人或许是有的，不仅是犹太人，就是其他民族中也会偶尔出现一些精明过度，心肠过黑过狠的商人。中国的古典小说《三言两拍》里面就有过对这种商人的刻画。但是，整体上看，犹太商人并不像莎士比亚所想象的那样，唯利是图到不讲一切规则的。实际情况是，正是犹太人最懂得依靠公平和公正的手段来赚取钱财。因为他们懂得，像他们这种无家可归的民族，多少个世纪以来一直寄人篱下，想靠欺诈和巧取豪夺赚钱，是绝对长久不了的，只有依靠公平和公正的法则，在能赚得长久，赚得安心，赚得稳当和牢靠。

公正原则和《塔木德经》

犹太人的这种经商理念其实很早就形成了。在《塔木德经》中，以实际案例记载了对于犹太人经商当中关于公平原则的规定。比如说，在甲和乙之间要进行一次小麦交易，双方现在开始谈判。卖方甲的小麦尚在地里没有成熟，须等到几个月之后才能收割后交货，甲认为，价格是现在谈定的，要求买方乙现在交纳全部购买款项。如若在几个月后付款，则要多加20%的钱。《塔木德经》对这种行为是禁止的。因为经书上认为，这实际上是对一种商品同时设定出两种价格，这破坏了价格公正的原则。《塔木德经》还禁止不正当地抬高物价，当然也禁止随意地压低物价。《塔木德经》规定："商品的市价尚未形成之前，不能贱卖商品。"如果有人在别人的小麦还没有收获的时候就低价出售自己的小麦，那带来的影响会波及全体农民，而低价造成的损失还会转嫁到其他商品上面，这对于正常的市场秩序无疑是有害的。

《塔木德经》还严格禁止将酒兑水加以买卖，允许兑水的场合仅限于酒吧，而且还须在顾客知情的情况下进行。另外，"任何东西都不能掺假"，这是犹太教义中有关经商的一项明确规定。在过去，犹太人拉比往往会亲自对商人们制造和出售的商品进行验证。拉比们一方面通过现场监督的方式来把关，一方面则还会亲自品尝一下食品，以确定其质量是否符合标准（当然，那个时候不可能有现在这样形成文字的具体标准，那时的标准无非是必须符合大家日常的饮食习惯，尤其是不能掺入不正宗的原料）。在鉴定食品合格之后，拉比会在商品标牌的上面签上自己的名字，以表示其信用。

除了不允许在销售酒的时候任意兑水，有关的犹太法典还对其他一些虚假的销售行为作了明确禁止。比如，禁止在卖牛的时候，在牛身上涂上各种不同的颜色，也不许把其他各种动物的皮毛有意识地弄得硬邦邦的。因为，在牛的身上涂上颜色，会使牛看上去比原来更漂亮，这样便容易误导购买者。而动物的毛发被弄成硬邦邦的之后，会使动物看上去比本身更大。有的《犹太法典》里记载了这样一个事例。有个奴隶想在市场上出售自己，为了能将自己更快地卖出去，他染黑了自己的头发，并在脸上涂抹化妆，以使自己看上去更加年轻。法典规定，像这样的情况也是被禁止的。

看起来，古代犹太人的法典对于如何诚实经商和公平经商所作出的规定确是不嫌琐碎，不厌其烦，但正是这样具体而微的行为规定，使犹太人延续了一个很好的经商传统。

把知情权交给顾客

如果说，不搞假冒伪劣，是犹太人经商的一个原则的话，那么在销售商品的时候，充分尊重顾客的知情权，不隐瞒，不伪饰，也是他们的一大优点。

有一位日本人曾经在美国的纽约读书，他所就读的大学门前有一家犹太人开的旧书书店。因为那些旧书都是从原先的读者手中回收来的，在回收的时候不可能每本都检查得那么仔细。但回收之后，重新销售给顾客之前，犹太人老板都必定会对每本书进行检查，看看书里有没有脱页等现象。因为他觉得，顾客前来买书，当然是要买内容完整的书，假如书中出现脱页、破损情况，而买的时候又不知情，回去后一定会后悔，也一定会责怪售书的书店。这样的话用不了多久，书店的信誉将大大受到损害。正因为书店老板坚持这样做，所以他的书店生意越来越好，人们都对他的信誉给予高度赞扬。如果商品有破损，犹太商人就一定会降价进行出售，绝不重新弄个包装又把它当好商品卖。不让人们在明知商品有瑕疵的情况下进行购买，这也是犹太人商法中的明确规定。类似上面所讲的纽约那家旧书店的例子是很多的。

当然，犹太人讲究公正，并不是迂腐到不善变通的程度。正是在公正的前提下寻找机会，使得犹太人经商有了与众不同的特点。

打个比方吧。有的犹太人书店，有时进了一批新书，但销售情形并不看好。要是在中国，或者就会采取给回扣的方式将它们推销给替公家采购图书的人，或者用别的什么不正当的方式将书销出去，而犹太人则不。前面讲了，《塔木德经》有过规定，就是不允许搞竞价倾销，在合理的价格确定之后，任意降价是有违道德的行为。那么犹太人便会想这样一个办法，即在每本打算降价卖的书中都盖上一枚印章，这就使得新书"变成"了旧书，那样，哪怕是半价销售也都是合法的了。还有些犹太人开的音像店里，也常常会将新到的唱片之类降价销售。但是你这里的新唱片降价了，别人的音像店里同样的唱片就卖不起价钱。为了避免可能产生的法律纠纷，犹太人采取在新唱片上打一个小孔的办法，将这些唱片当作次品来卖，这下就既没有违背经商道德，又达到了低价竞争的目的。

从以上例子可以看出，犹太人经商既严谨遵守商业道德和法则，又懂得利用一切机会给自己创造成功的条件。他们的成功是让人心服口服的。

犹太人并非不懂"诈术"

还有一个例子，说明犹太人并非不懂得"诈术"的作用，但是在不得已的情况下必须行使"诈术"的时候，一定会做得有理、有利、有节，做得完全符合商场游戏规则。

有一位叫哈德的犹太富商，一次到纽约去进行商务活动。他随身携带了50万美元的现金。由于这些现金数额巨大，总是带在身上恐出现意外。一般银行虽然有特定的保险箱专供客户储存重要物品，可是却须付昂贵的租金。既要保证自己现金的安全，又不想支付大笔的额外保管费，怎么办？犹太人的脑袋就是聪明，哈德采用的是我们俗称"打擦边球"的办法。这一天，他衣冠楚楚地走进纽约花旗银行的贷款处，说是要贷一笔款。按照银行的规定，要贷款必须提供贵重物品加以担保，哈德从自己携带的皮包里掏出那50万美元的现金放在柜台上，银行的人一见，以为他一定想贷到一笔更大的款项。没想到哈德提出的贷款金额仅仅是一美元！听见哈德的要求，银行的人都睁大了眼睛不可理解。以50万美元做担保，仅仅是为了贷取1个美元的钱，这人是不是有些不正常？！却不知哈德今天就是要来点"邪"的。这样一来，他就可以将自己的50万美元安安全全地存放在银行的保险柜里，到期只须付1个美元的贷款利息也即几分钱就行了，那笔高额的保管金就这样剩了下来。弄明白哈德的意图，银行的人尽管觉得上了当，却也不能不按照哈德的要求办。因为依照银行的规定，贷款虽须提供贷方的贵重物品担保，但并没有详细规定现金不属于贵重物品。类似哈德的这种行为，恐怕就是对犹太人"奸诈"和"狡猾"的评价的由来。但是，不管怎么说，犹太人哪怕是做出超越常理的举动，也一定要在法规的范围之内来操作。而只要是合法的，你就不能说它违背了公正原则。

飞去来器的危害

商业欺诈（在我们国家，许多此类的案子往往称作经济诈骗），有着多种多样的形式。有胆大欺天、肆意妄为者，也有鼠盗狗窃、暗施阴计者。有些诈骗案件，动辄以亿万数计，当然属于欺天大盗。而诸如一些街头小贩，或在秤砣上做手脚，或在价格上搞蒙骗，或在质量上以次充好，或用"挪移大法"搞调包计，都属于后面一类。这些伎俩，其实自商品交换形成以来就存在，早已经不是什么新鲜玩意了。犹太人在他们的经商历史上肯定也遇到过类似的事情，而且以前他们的商人当中也一定有过类似的行为。但这样的商业欺诈行为对于商品交易来说，是有害无益的，即使使用这类伎俩的人一时得了好处，但毕竟他不可能只卖不买，他还需要去购买别人出售的东西才能维持生活。于是，这样看来，这种伎俩从根本上说，其实对参加交易的任何人都没有好处。或许正是明白这个道理，因此犹太人的商法明文规定，即使在经商的细节上，也必须要做到公正无欺。我们来看看犹太人很早就形成的一些具体规定。

> 批发商每个月清洗一次量器，小生产商一年清洗一次。
>
> 不可有一大一小两样的砝码和量器。
>
> 小生产商要经常清洗砝码，以其不发粘为度。
>
> 店主每周要清洗一次量器，每天清洗一次砝码，每称完一次东西都擦拭一次天平……

看到这样的规定，我们难道不会对我们时时可能面临的短斤少两、假冒伪劣、坑蒙拐骗……忧心忡忡，愤从中来吗？短斤少两、假冒伪劣和坑蒙拐骗，是一些极其自私、短视和缺乏道德的商人们所常常喜欢使用的伎俩。他们觉得，这样做可以获得比采用正当手段经商更大得多的利润。其实，他们只看见了事物的一个侧面，就像我们刚才讲到过的，商品市场一旦形成，实际上每个人都不可能超脱于他。此刻你是卖主，说不定转眼之间你就变成了买主。现在你采用欺诈手段骗取钱财，马上，很可能又会中了别人类似的圈套。这样，正常的游戏规则无法形成，市场流通变成了尔虞我诈，实际上最后不会有人在这种混乱无序的交换中真正得益。除此之外，对于一个健康有序的市场，不遵守规则的人只能够得逞于一时，却不可能永远骗得下去。假如一定要一意孤行，结果可以想见，那就像使用非洲土著人发明的飞去来器那样，甩出去的利器，到头会飞回来打到自己身上。

本书在写作过程中，不断接触到新的信息，这里面有好的、令我们中国人鼓舞的消息，但也有一些不那么好的信息，说明我们在商业文明和商业道德建设上有必要再加努力。据媒体报道，南京市某个玩具市场竟然推出了一种全新的舞弊工具——遥控电子秤。这种秤外观上与普通电子秤没多大区别，但它配有一个专门的遥控装置。这个遥控器只有拇指大小，可以把它藏在口袋里面。卖主要是黑心的话，可以通过这个遥控器任意控制电子秤上显示的重量，而消费者不知情的话，一点也看不出来。这样的东西出现在市场，无疑将成为市场公正的极大危害。我真不知道发明和制造这种装置的人是否还有一点点良心？！

脐橙风波和欺骗的报应

接着讲一个例子，来证明我们刚刚叙述过的观点。中国南方有一个省份，其纬度、土壤和气候非常适宜脐橙这种水果的生长。改革开放以来，这个省打破长年来以水稻为主要产品的农业格局，动员和组织农民种植了大批的脐橙树，短短几年，脐橙就进入了盛产期。由于各方面条件都非常之好，产出的脐橙口感一流，市场销售也非常看好。再经过几年努力，已经顺利打开了香港市场，受到香港市民的欢迎。由于他们的橙子在口感上甚至不亚于世界上最好的脐橙——美国的品种新奇士，而价格上却比新奇士便宜许多——每公斤在十几元人民币(比起美国的脐橙便宜了一半左右)，因此，对于美国的同类产品及其经销商而言，中国的脐橙无疑是强劲的竞争对手。不过，在一个完善的市场，竞争是不允许靠那些卑劣的方式进行的，一切必须在法律的准则之下。可惜，不明白这个道理的不是美国商人，而恰恰是已经取得良好势头的那个省的部分果农和个别商人。由于销售情形看好，极少数的果农和销售商就露出了不讲道德和规则的本性。他们将部分质量不合格，外表不好看的脐橙，在表皮上涂上染料，使得这些原本不该进入香港市场的脐橙也堂而皇之地销售到那里的居民家庭了，而且卖的是好脐橙的价。可是，他们这种自以为得计的办法，却被有关专家识破，并被检验出来，加以曝光。一时间，对这个省整个的脐橙销售造成严酷的打击。价格一下子跌到了几元钱一公斤，而且还不容易进入香港市场。与此同时，美国产品自然就顺理成章夺回了失去的市场。事后有人说，采取涂染料来以次充好的果农和商家其实是个别的。这大概是事实，但不要忘了，一粒老鼠屎也能坏了一锅汤，一两个不讲道德的果农或商人便使整个地方受到的损失以千万计。而且，那几个危害别人的家伙从长远看，自己其实也遭受到损失，因为，他虽然卖出去一批、两批不合格的脐橙，接下来却至少是一年、两年别想再做这个生意。所以，在向世界市场迈进的途中，要学习规则，讲究规则，作为想在经商领域有所作为的个人而言，则应当诚心诚意地学习犹太人那种恪守道德，坚持诚信的经商传统。

当然，从历史上看，犹太人虽然一直有着自己的经商传统，有着许多的律条和规矩，但也并不是从一开始就无往而不胜的。那主要是因为，在欧洲的中古时代，正常的商业市场和商业秩序尚未形成。12世纪的时候，被称为隆巴多的意大利人采取不正当的手段经营高利贷行业，名声很坏，而欧洲的基督教徒不讲商业道德，采取巧取豪夺的手段经商赚钱，因此曾一度把势单力薄的犹太商人排挤出去。但无序的商业秩序仅仅给少数无良的人带来财富，却让大多数消费者受到损害，这样的情形自然很快得到纠正。

犹太人当然不是一清如水

不过，要说犹太人个个都一清到底，毫无瑕疵，恐怕也不是事实。中国有句俗话说，林子大了什么鸟都有。任何国家，任何民族其实都不例外的。记得中国销售量很大的一本杂志《读者》上面登载过这样一个故事，说有两个法国人和两个犹太人一同乘火车。上车的时候，法国人按照规矩每人各买了一张票，而犹太人两人却只买了一张票。法国人疑惑地看着他们，心里在想，等会儿查票的时候，有好看的。果然，火车开动不久，就传来列车员查票的声音。法国人因为买够了票，倒是一点不急。而犹太人也并没有显露出惊惶不安的样子。只见他们两人同时起身，一齐挤到一间厕所里面。列车员知道有人进了厕所，却万万没想到有两个人躲在里面。他敲敲厕所的门，说："请出示您的车票。"犹太人从里面伸出一只手，手里正捏着那张车票。列车员验过票后离开，两个犹太人便放心地从里面出来。见犹太人这次捡了一个便宜，法国人不服气，也想效仿。下次乘车，他们也两个人同买了一张票，可谁知这回犹太人一张票也没买就上了车。犹太人的行径再一次让他们瞪大了眼睛。查票开始了，法国人赶紧像上回犹太人那样，一齐躲进厕所里，谁知犹太人见状，赶紧冒充列车员的声音，敲着厕所的门说要查票。法国人还以为敲门的是列车员呢，赶紧掏出票伸手递出来。犹太人接过车票，便赶紧朝下一节车厢的厕所奔去。犹太人的车票"解决"了，可两个法国人的命运却可想而知了……这则故事，其真实性到底有多大，恐怕无人敢肯定，或许这又是一个讽刺犹太人太过精明，总是善于钻法律和秩序的空子的段子。在对于犹太人辛辣的讽刺里，其实也读得出一股无可奈何的羡慕和佩服。

资金再困难也不拖欠员工的工资

还是接上我们前面的话题。犹太人坚持公正、反对欺诈的商业道德，不仅体现在商品生产和交易上，还体现在"劳资关系"上。《塔木德经》规定：不要把应付的报酬留到第二天早上。在犹太人的习惯里，一个主人要雇用一个工人，必须明确地告诉他取得报酬的时间和方式，无论偿付工钱的时间是按日、按星期、按月还是按年，一旦确定下来，主仆双方互相同意，就必须坚决不打折扣地实行。这样的规则，当然主要是针对强势一方即主人一方的，因为只有主人有可能拖延发工资的时间，而仆人一般是不可能强迫提前付给工资的。有一位犹太商人在日本的赤坂从事钻石生意，在那儿许多年了，从没有拖延过一天给员工们发放工资，哪怕公司遇到暂时的困难，资金周转临时有困难，他首先想到的是，员工的工资一定不能拖欠！当然，他这样做并不是因为具有观世音普度众生的功德，而是他明确知道，一个外地人，要想在日本这样一个商业竞争异常激烈的地方站住脚跟，保住阵地，立于不败之地，必须保持无懈可击的信誉，而这种理念正是古老的犹太教义所主张的。当然，这位犹太人取得了在日本的成功，同时也赢得了日本朋友的尊敬。

对雇工决不能敲骨吸髓

在国内出差，曾经听去过新疆的人说，新疆是个瓜果飘香的地方。那里由于气候的原因，十分有利于诸如瓜类、葡萄的生长。而且新疆的果农保持一种与内地十分不同的习惯，就是客人来了，或者是采购的商人来了，都允许你到瓜地或者果园里任意采摘瓜果品尝，当然前提是不能浪费，也不能不付钱将产品带走。听到这样的趣闻，我都想真的设法去一趟新疆，去体验一下那种纯朴而充满情趣的风情。可是这种风俗，在犹太人那儿是很早就存在的，不仅存在，而且为犹太教的教义所明文规定。

很早的时候，就关于雇主聘请劳工，是否允许他们在果园里采摘水果的问题，犹太人当中曾经有过争论。因为在果园里劳作，雇主并不可能随时随地进行监视，所以雇工采摘水果的现象实际上是禁止不了的。况且从人道的角度出发，劳动那么辛苦，就是采摘了一些瓜果进行品尝，也并不算什么违反道德的事情。争辩的焦点在于，雇主应当允许雇工们吃多少？有一位叫赫斯麦的拉比提出：采摘的水果价值不能比工钱更多！但其他拉比们却不赞同他的意见，他们说，应当允许工人们任意吃，但有一条：绝不能被贪欲所俘虏。犹太人就是这样将一件生活中的现象与他们的道德戒律结合起来。

如果说，这件事与所谓"公正"的关系尚不是那么紧密的话，那么紧接着下面这些规定，就体现了犹太人的公正理念。《塔木德经》对于雇工有这样的规定：强迫雇工过度劳动应得到禁止。如果按照习俗一个地方雇佣工人的时候必须顺带管饭，那么就必须在付给报酬的同时还要提供合适的饭食。所谓合适的饭食就是，雇工们吃的应当和当地普通家庭吃的一样，不允许刻意提供粗劣的食物供雇工食用。

我们常常用"敲骨吸髓"来形容那些肆意盘剥工人的行径，那些如同夏衍先生在《包身工》里所写的现象，就是典型的敲骨吸髓的行为。那一类雇主，为了取得超额利润，不惜以雇佣工人的身体乃至生命为代价，尽量压低给他们的劳动报酬，让他们吃猪狗食，干牛马活，以便能压榨出更多的剩余价值。可是，犹太经文禁止这一类现象的发生，这似乎说明犹太人很早就懂得"效益优先，兼顾公平"这样一种现代理念。

新近，据国内一些经济学家分析，中国一些企业长期实行"低劳动力成本"制，如今已经成为制约这些企业进一步发展的"瓶颈"。为什么这么说呢？原本这些企业实行"低劳动力成本"制，在抢占市场上曾取得了一定的成效。但长期实行这种制度，它带来的一个后果就是，那些高素质的劳动力再不可能被留住，他们必然要想办法往待遇更好的地方流动。劳动报酬越低，技术性工人就越不愿干，因此只能大量使用那些缺乏技术的廉价劳动力来弥补不足。这样，这些企业就不可能在技术不断升级的今天获得根本性的发展，只能在国际工业"食物链"的最低端苟延残喘。低工价、低待遇虽然不能与对员工进行敲骨吸髓的行为相提并论，但这种制度带来的后果与之没有根本区别。

与其骗人家的钱，不如让人家主动为你掏钱

犹太人的公正还从以下这个思想中来，就是，与其千方百计去骗钱，不如努力使自己的产品更加为世人所接受。

要说以欺骗手段获取钱财，这可是古今中外许多不法之徒谋取利益的一个不二法门。除了公开行骗者外，还有一些人采取的是暗中行骗的办法，比如生产假货，以劣充好。就拿皮鞋来说吧，有人用劣质皮生产皮鞋，生产出来的毕竟还是皮鞋，尽管穿起来不那么舒服，不那么好看。可是有些厂家，连劣质皮都不用，干脆就用纸来生产皮鞋。这样生产的鞋子，工艺当然很简单，成本更是低到不可思议的程度，于是价格是别人无法竞争的。消费者当然不愿意买到纸做的皮鞋，因为这样的所谓"皮鞋"穿在脚上用不了一个星期就会损坏。然而消费者还有一个普遍的心理，就是想用更低的价格买到更好的货物。纸皮鞋的价格是最低的，然而它的外表又几可乱真，不少消费者根本缺乏辨别真假的知识，而卖鞋的也不把这种皮鞋的真实性告诉消费者，于是，见柜台上纸做的皮鞋一点不比真皮鞋差，价格还便宜许多，消费者也就因贪图便宜而掏钱买上当了。除了纯粹玩假以外，还有一些厂家动起了另外的脑筋。比如说，生产的产品是真货，可打出的牌子却是假的。市场竞争的范畴不仅在产品，还在品牌。所谓品牌，就是通过市场检验，已经被大多数消费者所认可了的某种商标，因为它的质量，因为它的服务，因为它的性价比都在消费者心目中确立了地位，大家上市场的时候就认这个牌子。

品牌的确立并非一朝一夕能够达成的，它也是经过一段长时间的努力才树立起来的。为了确立品牌，相关的厂家和商家可以说做出了相当多的努力，付出了不少的心血和成本。然而，当桃子成熟的时候，有人开始摘桃子来了。来摘桃子的人，就是那些不愿付出努力，想轻易赚别人钱的不法厂商。于是，假产品变成了假冒名牌的产品，虽然手法变了，性质还是一样。

而对这一类的赚钱伎俩，犹太商人却不以为然，从不去动类似的脑筋。他们的

法则是：注意观察市场变化，随时发现消费者的需要，及时预测市场前景，迅速开发出新的产品以满足消费者新的需求。品牌的确立要靠实力，靠积累，靠宣传，靠营销手段和策略，而创造新的需要，制造新的产品，靠的就是猎狗一般的机灵和兔子一般的敏捷。与其骗人家的钱，不如让人家主动为你掏钱。这就像一位犹太拉比买驴子的故事所讲的一样。

有一位犹太拉比到市场上去买了一头驴子，回来的时候在驴的脖子上发现了一颗光彩夺目的钻石。拉比的弟子们见了都很高兴，觉得这下可好了。老师买驴还带了一颗钻石回来，这可是上帝的关照。有了这颗钻石，以后的生活费用可就有着落了，用不着再去为每日的开支发愁了，这样，就可以专心研读犹太人的经典了。可是，拉比却不像弟子们那样高兴。他的想法是，我既然只是花一头驴子的钱买驴，那么这颗钻石就不应属于我。即使这颗钻石不是卖主的，而是别的什么人掉在这头驴子身上的，我也不应该平白获得这颗钻石。于是，他又把驴子牵回到市场去，找到卖驴给他的阿拉伯人，将钻石交还给他。

如果其他方法都没有用，不妨试试诚实

上面这句话，不是哪位哲学家或道德家的说教，而是一家成功的犹太人公司阿迪达斯公司的经验之谈。这家公司把"诚实无欺"作为公司的训诫，要求公司上上下下、里里外外相互尊重，坦诚相待。对外，公司以公平的方式对待供应商，他们虽然很善于与供应商杀价，但是，绝对不会以店大欺客的方式，逼迫供应商让步，以至弄到他们无利可图，阿迪达斯的发展哲学是：制造商、零售商和顾客都是整个经济流程的一部分，享有共同利益。阿迪达斯清楚，企业的一举一动，都在全社会的监督之下，它们的所有行为，都会在社会大众和顾客们的心里留下印象并产生影响。因此，它们必须赢得顾客的内心，赢得它们的信任，而这正是企业发展的基石。阿迪达斯每开发出一种新的产品，总是要邀请世界体育明星、教练员、医生、生物学家和力学专家来献计献策，公司诚恳地征求他们对新产品的意见。那些直言不讳的批评在公司看来正是改进自己的设计的良药，而对于那些提供了具有参考价值的意见和建议的人，公司会毫不吝啬地给予奖赏。在产品最后定型之前，公司的负责人会亲自带着产品去运动场上让运动员们试用，在一线检测设计是否成功，是否能让大家喜

欢。正是这样的行为，使得阿迪达斯的品牌长期以来一直成为世界体育界人士看重的名牌，也使得这个品牌的产品多年来长盛不衰。不像有些公司，为了企业自身的利益，会不顾及顾客的利益。阿迪达斯每年度公布自己的经营情况的时候，既报喜又报忧，既不夸大自己的优势，也不隐讳自己的缺陷。诚实无欺在这家公司绝对成为一种企业精神，绝对不是装点门面的幌子。因为他们坚信：就像一个人一样，如果你不能维持绝对诚实的作风，你的事业就很难经营下去。

国王选驸马的原则

驸马，是中国才有的名词，英语中似乎没有对应的词，所以我们这里暂且借用这个词来讲述下面的故事。

从前，有一位国王，他有一个独生女儿，自然十分疼爱她。可是，这一天，公主得了重病，百般治疗，一直无效，以至于陷入奄奄一息的状况。国王心里非常焦急，他向全体臣民征求医治女儿重病的药方，并在都城的墙上贴出布告：只要有人能够治愈公主的病，就把公主嫁给他，并立他为王位继承人。

在离王宫很远的地方，住着三兄弟。三兄弟中，老大是千里眼；老二有一只会飞的魔毯；老三则有一枚带魔力的苹果，这枚苹果的神奇功效是，不论什么病，只要吃了它就能够痊愈。

老大的千里眼看见了国王的布告，于是三兄弟一起商量，决定大家共同到都城去。他们乘着飞毯来到都城，见到国王，国王让他们试一试手段。果然，公主吃下那枚苹果，病居然完全好了。国王很高兴，准备兑现自己的诺言。可是，前来给女儿治病的是三兄弟，而公主却只有一个，所以，只能从三兄弟中挑选一人做驸马。

要说医治好公主的病，三兄弟都有功劳。老大说，是他看见了国王的布告，才会前来给公主治疗；老二说，乘了他的飞毯，才能够及时赶到京城，不然，医治公主的时间就来不及了；老三说，不是有他那枚苹果，即使大家赶到京城，也照样束手无策。

国王和谋士们商议后，最终选择老三作为驸马。国王的理由是：拥有千里眼的老大，今后仍然拥有千里眼；拥有飞毯的老二也依然拥有他的飞毯；只有老三，因为把苹果给公主吃了之后，变得一无所有。

依据《塔木德经》的观点，当一个人施善时，最可贵的是能够把一切都奉献出来。

而老三的行为正符合这一观念。

摩西十戒：犹太人商业道德的基石

犹太人早期的圣人摩西，曾经带领被埃及人奴役的犹太人走出埃及，回到自己美丽的土地迦南去。他为了犹太人的长远利益，制定了著名的"十戒"，用以劝诫犹太人确立自己的生活信仰和生活方式。摩西十戒中，有五条和经济活动有关。我们来看看这几条的内容。

——不要剥削你的邻居；不要抢夺他人的财产；不要把应付的报酬拖到第二天早上。

——不要让你们判断的天平倾斜：使用公正的天平、秤砣和米斗。

——邻居借你东西时，去取的时候不要进入对方的家里，要站在门外，让邻居给你拿出来。

——不要占用别人的石磨和盘石，因为这是他们赖以生存的东西。

——向同族兄弟借钱不要收取利息；钱币的利息、食物的利息和一切所借之物的利息都不要收取；你可以向外国人收取利息，但绝不能向自己的同胞收取利息……

有人说，摩西十戒是犹太教的基石，它具体而长久地指导了犹太民族的生活。可以这么认为，犹太人的各类经典，其实都是以此为基础而制定出来的。而犹太人的商业原则，也是在此基础上确定的。我们看一下，摩西所确立的原则，一个基本的指导思想就是两个字：公平。

性格坚韧，长于忍耐——忍耐心

不善于忍耐的人是小人

我们中华民族之所以能够绵延五千年而长期生存于这个世界上，不断地创造着自己的文明，除了别的因素外，具有高度的忍耐心是其中一个重要的原因。善于忍耐者，往往性格坚韧，能够吃苦，能够负重，能够坚持于艰难困苦的环境而不动摇初衷，能够克服狂躁浮嚣之心沉潜于自己的事业……总之，忍耐所带来的持久性和顽强意志，是战胜众多阻碍的一件法宝。我们的祖先曾经有许多的教诲，都是有关忍耐方面的，比如"忍字头上一把刀"，比如"克己复礼"，比如"制怒"、比如"小不忍则乱大谋"……不仅仅从修身方面讲需要忍耐，需要制怒，哪怕从军事学的角度讲，也要求将领能够做到这一点。所谓"泰山崩于前而色不变，麋鹿兴于左而目不瞬"，不能"以怒而兴师，因愠而致战"，否则，则容易犯下不可饶恕的错误。

不能忍耐的人，他的最大的缺点就是性格容易失控。暴跳如雷、狂躁不安、心急火燎、毛里毛躁、手忙脚乱、怒火攻心、慌不择路、一时冲动等等成语，代表了中华民族对待那些不能控制自己，缺乏忍劲、缺乏耐心的人毫不容情的批判。事情当然都是两面的。过度沉稳的人，有时会由于缺少冲动、缺少激情而坐失良机，但相比较而言，冲动所带来的失误比起它的收获来，几率要更多得多。在商业文化里面，性格坚韧的人往往比性格浮躁的人能坚持更久，从长远看也更有成就，就是因为，哪怕暂时失去了一些机会，但还能等到更多的机会。而一旦因激动造成失误，那就会彻底翻船，一切的可能性都丧失了。

犹太人对这一点的体会尤深，他们有一句名言：控制不了自己，就控制不了别人。犹太人根据他们自己的经验，归纳出这世界上有四种人：

轻易动怒，容易安慰；

很难动怒，很难安慰；

很难动怒，容易安慰；

轻易动怒，极难安慰。

犹太人认为，上面这四种人中，第一种人，"他的所得被失落抹杀了"，就是说，他即使事业可能有成，但因为轻易动怒，也就容易丧失，最后的结果是两手空空。第二种人呢，"他的失落被所得补偿了"，由于平时显得沉稳，所以能做出一些事情来，但是一旦发起怒来便难以克制自己，这样的话，所得结果和第一种人没有两样。第三种人，犹太人视为"圣人"——世界上一点也不会动怒的人恐怕没有，因此偶尔动怒，但情感很容易被理智所战胜，这样基本上能保持一种平和的心态和清醒的头脑，不容易犯下追悔莫及的错误，这样的人庶几可以算得上圣人了。至于第四种人，自然属于小人。小人斤斤计较，患得患失，心胸狭窄，反复无常，这样的人动不动就和别人动肝火，闹意气，哪怕为了芝麻绿豆大点的事，也能和别人吵翻天。这样的人，一般人都不愿意和他打交道，这种人要是能够在商业上取得成功，那可真是天下奇谈。

如何知道一个人的性格

现在，测验一个人的性格的方法有很多，这里面有些是江湖骗术，也有些有科学依据，尤其现代心理学的发展，人们对人类性格的检验甚至达到了"技术化"的地步——当然，对这些"技术化"的东西，还不能完全信任，但毕竟人们需要这种东西，需要它来帮助人们鉴别周围的人情世故，所以，它的继续发展是必然的。不过，古代犹太人对于如何辨别一个人的性格，早已有了简单可行的方法，那就是看他对待三样事物的方式：他的酒，他的钱，他的愤怒。

人们都知道希莱尔是个圣人，他不仅知识渊博，而且性格非常沉稳，具有高度的忍耐心。但是，还是有人怀疑这一点。有一次，两个巴勒斯坦人在一起打赌，他们下了400祖兹赌注，说："谁能惹得希莱尔发怒，谁就能得到这400祖兹。"

于是，在安息日那天，其中一个人来到希莱尔的住处。这个时候，时近黄昏，希莱尔正在洗头，那个人大声地敲门，喊道：

"希莱尔在哪儿，希莱尔在哪儿？"

希莱尔赶忙披上一件外套出来迎接那人。

"孩子，怎么啦，你遇到什么困难了？"希莱尔问。

"我只是想问你一个问题。"

"问吧，孩子。"

那个人问道："为什么塔德莫瑞特人的眼睛是模糊的？"

希莱尔慈祥地答道："那是因为他们把家安在沙漠里，沙漠里风沙大，那风吹呀吹呀，他们的眼睛就变得模糊了。"

那人得到答案，就离开了。可是，只过了一会儿，这边希莱尔刚要接着洗头，那人又跑回来，再次敲响希莱尔的门：

"希莱尔，希莱尔，我还有一个问题要你回答。"

希莱尔只得又披上衣服出来开门。

那人说："我有一个问题要问你。"

"说吧，孩子。"希莱尔依然显得很有耐心。

"为什么非洲人的脚是平的？"

"因为他们居住在潮湿的沼泽里，"希莱尔说，"任何时候他们都行走在水里，所以他们的脚是平的。"

那人走了不一会儿，又回到希莱尔家里，"砰砰砰"地敲门。

"希莱尔在哪儿，希莱尔在哪儿呀？"

希莱尔头还没洗完，又披上衣服来开门。

"孩子，你这次又有什么问题要问吧？"希莱尔很平静地问道。

那人这回问的问题是："为什么巴比伦尼亚人的头是长形的？"

希莱尔恰好是巴比伦尼亚人，那个人提的问题简直带有侮辱希莱尔的意思。可是希莱尔并没有丝毫生气的样子。他仍旧很认真地回答来人的问话：

"孩子，你提出了一个重要的问题，"希莱尔说，"在巴比伦尼亚，由于没有熟练的接生婆，婴儿出生的时候，妇女和奴隶将孩子放在腿上来加以照料，所以他们长大后，头就变成长的了。而你们这里，由于有技术熟练的接生婆，婴儿出生的时候，都放在摇篮里，得到很好的照料，所以，巴勒斯坦的孩子长大后，头是圆形的。"

那个巴勒斯坦人见如此反复折腾也没能让希莱尔发怒，他反而始终体现出良好的性格修养，这让那个人倒憋不住了，他大声嚷了起来：

"你这个家伙！你让我失去了400个祖兹。"

自然，希莱尔正是犹太人所尊敬的第三种人，而那两个巴勒斯坦人，如果不是小人的话，至少也是"他的所得被失落抹杀了"。

大白鼠的实验告诉我们什么

有科学家用大白鼠进行过忍耐性的实验，实验的方法是这样的：用一只盛满水的器皿，将两只大白鼠丢进器皿里，器皿四周为光滑无攀爬之处的"绝壁"。大白鼠进到水里之后，拼命挣扎，但它们的挣扎是徒劳的。5分钟后，两只大白鼠陷入奄奄一息的状况。这时，研究人员立刻在器皿里放入一个可以让它们爬上来的跳板，这两只大白鼠活了下来。更重要的是，这次的记忆对它们以后的行为产生了深刻影响。过了若干天，研究人员再次将这两只曾经大难不死的白鼠扔进器皿做实验，而这时的大白鼠表现令人吃惊，它们这次竟然在水里坚持了长达24分钟之久。后来，动物心理学家分析说，在第一次实验中，大白鼠仅是凭着自己的体力，在一个骤然面临的困境中做垂死挣扎；而第二次，它们有了如何逃生的经验，就是一定要尽可能地坚持更久，情况最终会发生变化。而这种经验、这种可以企盼的希望，给了它们一股精神的力量。正是这股精神力量使它们的行为更积极，表现也更出色。其实，不光是大白鼠，人类中类似的现象发生得更多。在2004年大西洋海啸中，有一位青年人在长达十多天的时间里没吃没喝，居然坚持活了下来，而有些渔民在海难后也能坚持多日，漂泊着回到海岸。还有些身患绝症的病人，本来医生预料他活不了多久，可是他竟然坚持数年甚至数十年……忍耐，是战胜困境的重要原因。当然，善于忍耐并非没有原因，就拿犹太人来说，他们之所以在长达一两千年的困厄之中，始终把目光朝向前方，就是他们对"上帝复活"，上帝会来拯救自己的选民，而自己的处境终将得到改变这一希望坚信不疑。

坚定一个信条

美国有一家阅读面最广、被人模仿最多的报纸《今日美国》，它的首席执行官名叫艾伦·纽哈斯。艾伦9岁的时候就开始工作，他的第一份工作和洛克菲勒一样，是在长辈的农场里面做工（不同的是，洛克菲勒是在父亲那里工作，而他是在祖父那里做事）。由于年纪太小，别的尚不能干，只有赤手去拣牧场上的牛粪，然后再做成牛粪饼。即使是当时，一般的孩子也不愿做这样的工作，何况像艾伦这样长辈拥有自己的农场、自己的轿车的人家。可是，小艾伦却做得十分尽力，而且工作完成得很好。过了一段时间，祖母开着家里的福特轿车来到艾伦的学校，告诉他说，祖父见他工作很认真，决定给他更换一份工作，让他外出去放牧。

外出放牧，当然比拣牛粪强多了，可以骑着马匹兜风。艾伦从这个时候懂得，一件工作，哪怕在人们眼里不怎么样，哪怕自己也未必喜欢它，但是只要尽力去做好，总会得到补偿。

以后，艾伦不读书了，他到南达科他州的一家肉铺里做帮工。这份工作整天和油乎乎的肉块肉堆打交道，同样让人觉得恶心，而且工资很低，每周只有一美元。但艾伦坚信，只要把工作尽心竭力去做好，就一定会得到补偿，而那个时候，也就不会再做这份工作了。果然，他的表现让人看见了，他被挑选出来干别的事情，帮工的阶段结束了。后来，他成为美联社的一名记者，那个时候，他的周薪已经达到50美元，他仍然坚信：对任何工作要有耐心，要经得住磨砺，要一以贯之。当他成为《今日美国》的首席执行官的时候，他的年薪达到了150万美元。他对自己的总结是：

"如果你干的是一件恶心的活儿，只要认真干下去，而且尽量干好，你就不会永远待在那个岗位上，八成会得到赏识，得到提升——这比满怀牢骚，永远在那个恶心的地方一直混下去要好得多！"

韧劲也会感动上帝

商业上的成功不光包括推销产品，还包括推销自己，如果一个人善于推销自己，那他就一定能在市场营销中具有良好的发展潜力。推销自己的办法有很多种，有的是凭机智，也有的凭机遇，也有的就完全凭的是自己的坚韧和坚持。

有一个叫哈罗德的年轻犹太人，原本开着一家小小的餐饮店，每天生意平平。他看见相隔不远的麦当劳那里每天人潮如涌，生意火爆，就想做麦当劳的代理经营商。他上门找到麦当劳总部的老板，向他提出自己的请求。麦当劳总部由于对哈罗德并不了解，所以对他并不是看得那么重，于是反过来向哈罗德提出一个要求，即要他具备 200 万美元的资产，才同意他做本公司的代理商。哈罗德并不因这个数额巨大而放弃自己的目标，他决定按照麦当劳提出的条件来做准备。于是，从当月开始，他每个月积攒 1000 美元，并将它存进当地的银行。每月 1000 美元，一年能够积攒 12000 美元，而要攒足 200 万美元，需要十六七年才行。哈罗德整整坚持了 6 年。这 6 年里，每到一个月的头一天，他都会带着自己的 1000 美元到银行的柜台前办理存款手续。他的坚韧，让银行里的营业员都受到感动。6 年，哈罗德积攒的钱才 72 万美元，离麦当劳开出的标准还很远，但哈罗德并不气馁，他还要把自己的计划继续下去。但是，麦当劳总部的负责人早已经对他的情况做了调查，他们认为，像哈罗德这样顽强而有韧劲的人，是一定会对自己，也会对公司的目标负责的人，于是他们答应了哈罗德的请求，而哈罗德当然也不负公司所望，他成为麦当劳公司的主要营销商之一。

有三只蛤蟆不小心掉到一个牛奶桶里。桶壁很高，牛奶又有黏性，不像水里那样适宜活动。一只蛤蟆说道：

"看起来，这是神的意志，我们只好服从了。"于是它放弃努力，静静地等待着最后时光的到来。

第二只蛤蟆蹦了几下，见那奶桶的高度远远超过自己跳跃的高度，便悲观地说：

"这桶太深了，毫无办法。"

于是，它垂头丧气躲到一边。

第三只蛤蟆偏不服输。它想，虽然牛奶很滑很黏，毕竟还可以游动，而且自己还有挣扎的力气。于是，它一边跳，一边划，不停地想办法。终于，那一桶牛奶竟在它不停地划动的后腿搅拌下，渐渐凝固成奶油。从凝固的奶油上再往上跳，就容易多了。这只蛤蟆终于凭着它的不甘放弃的勇气，避免了和那两只蛤蟆同样的命运。我想，哈罗德的例子就和此相像。

50 美元创造的商界神话

在美国，能和著名的旅馆业大王希尔顿媲美的还有一位叫查尔斯·威尔逊的犹太人。这位先生，小时候家庭也很贫穷，连初中都没有读完就辍了学。但是，由于他个人的努力，在几十年的时间里，他竟然在美国的所有 50 个州中都开办了自己的旅馆，还在 22 个国家办起了连锁饭店。据统计，他拥有的旅馆数量达到 1405 家，客房

208939 个，双人床 30 多万张，每年接待旅客数为 7200 万人次。查尔斯·威尔逊独自挑起家庭生活的重担是在 15 岁那年。那时候，他父亲已经去世，母亲在一家牙科医院里做护士，薪水很低，每周才 10 美元，不足以养家糊口。后来，就是这么低的薪水，母亲的工作也未能保住，还是失业了。查尔斯·威尔逊向母亲提出自己要外出做工，以养活一家人，母亲却不忍心，希望他能够继续完成学业，但威尔逊深感母亲肩上的压力，他自己跑到外面去寻找工作，竟然在三天之内就找到了活干。当然，威尔逊所找的并非什么正式的工作，不过是跟一家戏院的经理谈妥，到戏院里面卖爆米花。

那时候，一台爆花机的价格是 50 美元，威尔逊拿不出这么多钱，他想到的办法是分期付款，每周 2 美元。母亲想不到儿子竟然这么有主意，当然很高兴，但同时也提醒他，一定不能忘记读书，不能忘记去追求更远大的目标，不能把一生都放在卖爆米花上。威尔逊牢记母亲的教诲，同时非常辛苦地开始了自己的工作。

让戏院经理没有想到的是，威尔逊卖爆米花的生意竟然非常地好，他所得到的收入竟然比经理的工资还要高。戏院经理心里有了私念，他找个借口把威尔逊赶走，自己来经营这个生意。威尔逊知道胳膊拧不过大腿，他只提出了一个要求，就是要戏院经理用原价将自己的爆花机买下来，经理当然不好拒绝。就这样，威尔逊除了挣到了养家的钱，还挣到了第一笔 50 美元"巨款"。就凭这 50 美元，他开始打拼天下，最终创造了美国商界的一个神话。

什么是优秀企业家的品质

洛克菲勒曾经给他的儿子讲过这样一个故事：在纽约市兰约克州的郊区，有一个老人经营着一家热狗店，生意非常好，远近驰名。老人在自己的店门口竖立了一块广告牌，上面写着"全国第一热狗"。这块广告牌非常大，远在几里之外都能够看见。因此，凡是从这里经过的车辆都被吸引，大家纷纷来到这里，想尝尝所谓"全国第一热狗"究竟名实相不相符。而顾客来了的时候，老人总是笑眯眯地站在店门口，热情地迎接着客人，而且会这样说："你千万别告诉我只要一个，尝尝两个吧，味道真的很不错。"老人的态度让客人感到温暖，而刚出炉的热狗，那烤得香喷喷的味道以及金黄色的外形，让人胃口大开，再加上香脆的泡菜、风味特殊的芥末和爽口的洋葱，由笑容可掬的服务员双手端上来，顾客吃的时候真的感觉非常之爽。当顾客满意离去的时候，老人又亲自把他们送出小店，跟他们热情挥手，欢迎他们再来。他会说："欢迎你们再次光临，我的热狗需要你们支持，店里年轻的服务员也需要尽快挣足自己的大学学费。"这样充满爱心的话语，不但吸引老顾客回头，也让许多新顾客前来一享口福。这家小店的生意因此格外兴隆。可是，有一天，老人在外面的儿子回家来了，他对老人的经营方式很不以为然。他说："老爸，你不能这样子经营。现在是经济萧条时期，这样的时候，你应该首先想办法降低你的经营成本。比如广告牌就可以不要了，这样可以省下一笔广告费；服务员也不要用四个，有两个就足够了。而你老是站在路边上迎接顾客，这是浪费时间，你应该亲自到厨房去配菜和调料。此外，让供应商给我们提供更加低廉的面包和热狗就行了，泡菜的原料也不用那么好的，洋葱干脆可以省掉，这样的话，一定可以节省很多开支。要想度过现在的经济危机，就必须这么做才对。"儿子是从哈佛大学毕业的经济管理学博士，老人自己没有多少文化，听了儿子一番建议，自然以为儿子是对的。因此，他按照儿子的吩咐去做：把路上的广告牌给拆除了，服务员果真被他辞退了两个，而且他亲自下厨房去打杂，不再到门口迎送客人。结果呢，昔日热闹的小店，很快就变得冷冷清清，生意自然就萧条了。过了两个月，老人的儿子再次回到家里，问父亲现在小店的经营这么样？老人甚至没有意识到事情是如何发生变化的，他竟然回答儿子：

"你的观点太对了，现在的经济的确不景气，人们也来得越来越少了。"

洛克菲勒分析这位老人之所以会把生意做坏了，原因就是不懂得正确分析形势，盲目相信了儿子的判断，而没有坚持自己的一贯做法，走向最后的成功。他教导自己的儿子说：正如克劳德·霍布金斯所描写的，他一生中的几次伟大业绩，开始时都遭到家人和朋友的极力反对。他只能装聋作哑，独自去承担一切，直到最后的胜利。洛克菲勒还总结自己的经验说：

我有过多次这样的经历，几乎每一次我的想法和计划都会遭到很多人的反对。当然，我也会尽一切努力去作必要的解释。当年，我为了获得会计师资格证书，努力了10年，而好不容易得到这一切，前途光明时，却又放弃了转而投身到企业界。其时，我也曾遭到家人和朋友们的反对。我现在回忆起这些情景来，历历在目，记忆犹新，仿佛就发生在昨天，因为他们对我产生的影响实在是太大了。尤其是，当时已经有几家知名的公司，想高薪聘请我去担任他们的总会计师之职，都被我拒绝了。在我的家人和朋友们眼中，当时我的思维可能有点问题。

可是如今，我们公司的年营业额，已高达7000万美元，可想我当时的选择的正确性。

最后，洛克菲勒鼓励自己的儿子：

你有那种永不言败、乐观、向上、勇往直前的精神。对于任何一个，哪怕是世界上最优秀的企业家来说，这都是非常难得的品质。

有十个烦恼比只有一个烦恼好

看了这句话，人们一定会以为是不是写错了？人们巴不得离烦恼远一点，哪有这样的道理，烦恼越多越好？其实，这句话也可以看作是犹太人的经验之谈。为什么呢？原来，人生根本不可能只有一个烦恼的，鲁迅先生就说过："人生识字忧患始。"他这句话的意思，我觉得可以从以下几个方面来理解。一是人从识字的时候，就逐渐有了烦恼。因为这个时候人已经开始记事，渐渐脱离了懵里懵懂的年纪，生活当中的印记会渐渐在他心里刻下烙痕。而人对于愉快的事总是更容易忘记，对于痛苦的事却记得更牢。这不是因为人天生就贱，而是因为这样能让人更好地吸取教训，用中国东北话来说，这叫作"长记性"。二是越是读书多的人，他操心的也就越多。人读书多了，知识就多，关心的事情也就越多，古今中外，天南海北，纵横万里，上下千年……正所谓"家事国事天下事，事事关心"。而读书少或者不读书的人，他所知道的差不多就是眼皮底下的那点事，一般而言，这样的人吃饱了喝足了，也就不会去想那么多了。如果一个人只有一个烦恼，那只能说明，这个烦恼是一个相当难以排解的烦恼，以至于它竟然占据了我们全部的心思而无暇他顾。这样的烦恼一般都是要命的。不是有这样一种说法吗？我们只听说为了一个烦恼去自杀的，绝对没有说是有人为了十个烦恼而自杀的。

犹太人这种观念大约从他们的民族一诞生的时候就有了。犹太民族从一开始就与其他民族有着纠缠不休的矛盾。他们被赶出家园后，遭遇的困苦和艰难无法胜数，在长期的流浪生活中，饥饿、干渴、疾病、劳累以及仇敌的迫害和杀戮等等，使他们承受了其他民族难以承受的压力和重负，所有这些，也反过来培养了他们蔑视烦恼，善于忍受的气质和品格。

把人生的目光朝向前方

有一个犹太人因触怒了国王即将被处死。这个人知道国王特别喜欢他的马，便想了一个计策，来拖延自己的死期。他对国王说：

"尊敬的陛下，您要是能给我一年时间，我就能使你最心爱的坐骑飞起来。如果一年以后您的马不能飞上天空的话，那就请您砍下我的头。"国王答应了他的要求，给他一年时间来实现诺言。然而，这个人并不是真的有让马飞起来的本事，因此，他回到牢房的时候，同监狱的犯人对他说：

"你怎么敢信口开河呢？欺骗国王不是死罪吗？"

犹太人笑着说："我已经是死罪了，本来今天就要死的，可是你看，我现在不是回来了吗？"

"尽管你现在暂时不死，可是明年这个时候，你还是逃不掉一死的。"那个同牢房的人说。

"不错。可是谁知道明年会发生什么呢？"犹太人说道，"也许，明年那匹马真的飞起来了也说不定。即使马飞不起来，那么，也许国王会死，要不我会生病而死，要不那匹马会意外死去呢。就算我病死，那总比死在国王的断头台上更算善终了吧？！"

犹太人的这个希望，在别人看来，是何等渺茫，何等荒唐，简直就是痴心妄想！然而他们不知道的是，正是怀抱着如此的希望，他们才能够百折不挠地坚守着自己的人生，才能够把漫漫的苦海当作可以跨越的阶段。犹太人的忍耐心不是没有依据的，让马飞起来，就是他们为自己设定的一个目标，在这个目标指引下，无论生活多痛苦，无论路途多艰难，他们都有勇气走下去。在纳粹的集中营里，他们每天眼睁睁地看着自己的同胞被屠杀，可是，我们并没有听说犹太人就此丧失希望、丧失信心而选择自杀的，因为他们始终把目光朝向前方……

节俭美德，奢侈罪过——廉耻心

决不为肉欲花"冤枉钱"

美国是世界上最富裕的国家之一，犹太人则是世界上最富有的民族。美国的国民经济生产总值长期以来一直高居世界第一位，曾占到全世界经济生产总值的约三分之一。但是，在美国的两亿九千多万人口中，只占区区600万的犹太人却掌控着相当大的一部分财产。犹太人的财产到底占据了美国人的多少份额恐怕不好统计，但是，美国人自己有这样一句话，叫作：美国人的钱在犹太人的口袋里。这样说，当然带有夸张的意思，但它是以事实为基础的。在商界，还有着这么一句话，说是三个犹太人在家打个喷嚏，全世界银行业都将连锁感冒。五个犹太商人凑在一起，便能控制整个世界的黄金市场。犹太人富可敌国，富甲天下，富得流油，富得冒汗，那么，他们应当过着世界上最幸福、最奢华、最讲究的生活了吧？事实却并非如此！犹太人其实是非常节俭与简朴的民族，他们绝对不轻易挥霍和浪费钱财，甚至不愿花费能够节省下的每一分钱。犹太人有这么一句古训：简朴让人接近上帝，奢侈让人招致惩罚。作为一个信教的民族，犹太人可以说一直遵循着这样一条古训。日本学者手岛佑郎曾经常年在美国生活，他发现，无论是在芝加哥、纽约还是在洛杉矶，只要犹太人逛街，他们总是有办法买到便宜货。而不少犹太人购物，常常会去专卖廉价品的商店，他们并不像常人所想象的那样喜欢使用名牌商品，而是买非品牌的化妆品、餐具之类加以替代。通过他长时期的观察，他认为，犹太人的节俭，并不同于吝啬。如果说，吝啬鬼是在任何财物上都表现出一种特别的小气的话，那么犹太人则不，他们只是对奢侈的东西表现得吝啬而已。换句话说，他们决不肯为了享受和肉欲而纵情挥霍，花"冤枉钱"。

奢侈是一种病

美国康奈尔大学的经济学、伦理学和公共政策教授罗伯特专门研究现代世界正在一些地方蔓延的无节制挥霍的现象，发现这种现象的产生在很大程度上来源于现代人的一种虚荣心。他认为，那些所谓成功人士，那些富裕阶层的人之所以会超越自己的消费需要无休止地浪费金钱和资源，其实不过是为了向世人炫耀自己的"能力"。他举例说，在美国，一位 CEO 购买一幢面积达 1500 平方米的住宅不是因为居住的需要，而是因为与其地位相同的老板们拥有这么大的住宅而已。达到一定地位的人，不仅要花钱购买与其地位相称的住宅、游艇、轿车，还必须购买红木家具，穿价值 200 美元的鞋，耗费 350 美元一天的旅行等等。这些东西其实对于他来说，并不具有多少实用意义，不过是让别人知道自己已经获得的身份而已。他引用另一位经济学家凡伯伦发明的术语，称这是一种"奢侈病"，其病因是，人们"关注相对处境"超过了"关注实际处境"。之所以这样说，是因为，当一个年收入 10 万元的人和一个年收入 8 万元的人在一起的时候，他的幸福感一定很浓烈。而还是这个人，当他与一个年收入 15 万元的人在一起的时候，他体验到的竟不再是幸福，而每每会是顾影自怜。当然，不仅是个人体验了。在旁人眼里，同样会产生这种心理变化。假如两个同样成就的人，一个驾驶法拉利跑车出行，另一个只开一辆普通商务轿车，那么别人就会觉得对前者高看一眼而对后者的经营能力表示怀疑。有一位名叫史密斯的英国人写文章这样说：

> 同样多的财富，让你在世界绝大部分角落感到和克利萨斯一样富有，但在蒙特卡洛或巴哈马，你却跟叫花子差不多。三位瑞典经济学家发现，人类的幸福不光取决于绝对收入，还取决于他们在收入等级上的相对地位……很大程度上是因为，他们害怕在不平等的社会里掉到最下层。很多相互冲突的因素出现在这个公式中。人们受"与左邻右舍比富"的欲望的驱使，勃勃进取。正如马克思所说："马有大有小。只要邻居家的马比较小，居民的一切社会要求就满足了。可要是在这房子旁边砌上一座宫殿，这座可爱的房子立刻缩成了小破棚子。"

这种心理在中国被称为"攀比心理"。

奢侈病对社会的危害是相当大的。上层消费行为的失控,影响的并不仅仅是一个阶层,他们对于整个社会的消费行为具有带动作用,它会刺激各个阶层的人追求奢华的狂热,引起一种非理性消费潮流。并且,这种病很容易影响到下一代,它就像病毒一样,会传染给当事人的妻子、孩子、亲友等所有与他相关的人。

仅仅是为了满足少数成功人士的消费心态,我们社会的资源消耗已经达到了不能承受的地步。有人曾这样估算:假如全世界的人们都能理智消费的话,将资源消耗控制在实际需要而非虚荣需要的程度上,那么,世界上的疾病、饥饿、贫穷现象将大大减少,因为现代生产力所创造的财富,应当能够满足地球上几乎所有人的生存需要的。

洛克菲勒的孙子怎样用钱

洛克菲勒是世界上第一位亿万富翁,所以我们这本书里一定会反复提到他。不过,这次我们不是介绍他本人的事迹,而是把他孙子使用零花钱的方式介绍给大家,让大家从中体会犹太人的美德。

我们说过,洛克菲勒在教育子女方面非常严格,从小就锻炼子女吃苦耐劳和独立自主的能力。洛克菲勒建立了他的金钱帝国,但他决不任意消费这些金钱,也决不允许自己家族的成员躺在帝国的大厦里恣意挥霍。他仅仅把自己当作这个帝国全部财产的管理者而不是拥有者。他的儿子小约翰·D·洛克菲勒(与其父亲同名,以致人们在其父亲的名字前加上一个"老"字以示区别)继承了父亲的优点,同样把勤勉和节俭视为整个家族不可丢弃的传统。不知是巧合还是故意的安排,1920年5月1日,在国际工人劳动节这一天,小约翰·D·洛克菲勒给自己14岁的儿子(后来人们称之为洛克菲勒三世)写下一封信,信的主要内容是指定将来儿子要成为洛克菲勒基金会(由老约翰·D·洛克菲勒设立的慈善机构)的主席,同时,与儿子签下了一份备忘录。备忘录其实是一份关于洛克菲勒三世应当如何处理零花钱的原则,共计14项要求,现抄录如下:

1. 从5月1日起,约翰(指洛克菲勒三世)的零用钱起始标准每周1美元50美分(按:这就是说,小洛克菲勒给自己儿子规定的零花钱每天平均不到两元人民币)。

2. 每周末核对账目，如果当周约翰的财政记录让父亲满意，下周的零用钱上浮10美分（最高零用钱全额可等于但不超过每周两美元）。

3. 每周末核对账目，如果当周约翰的财政记录不符合规定或无法让父亲满意，下周的零用钱下调10美分。

4. 在任何一周，如果没有可记录的收入或支出，下周的零用钱保持本周水平。

5. 每周末核对账目，如果当周约翰的财政记录合乎规定，但书写或计算不能令爸爸满意，下周的零用钱保持本周水平。

6. 爸爸是零用钱水准调节的唯一评判人。

7. 双方同意至少20%的零用钱将用于公益事业。

8. 双方同意至少20%的零用钱将用于储蓄。

9. 双方同意每项支出都必须清楚、确切地被记录。

10. 双方同意在未经爸爸、妈妈或斯格尔思小姐（按：约翰的家庭教师）的同意下，约翰不可以购买商品，并向爸爸、妈妈要钱。

11. 双方同意如果约翰需要购买零用钱使用范围以外的商品时，约翰必须征得爸爸、妈妈或斯格尔思小姐的同意。后者将给予约翰足够的资金。找回的零钱和标明商品价格、找零的收据必须在商品购买的当天晚上交给资金的给予方。

12. 双方同意约翰不向任何家庭教师、爸爸的助手和他人要求垫付资金（车费除外）。

13. 对于约翰存进银行账户的零用钱，其超过20%的部分（见细则第八款），爸爸将向约翰的账户补加同等数量的存款。

14. 以上零用钱公约细则将长期有效，直到签字双方同时决定修改其内容。

再以下，是小约翰·D·洛克菲勒和他的儿子的签名。

这样一份合约，大约会让我们大大出乎意外，大跌眼镜。可是，这正体现了犹太人对待金钱的一项基本原则，这也正是洛克菲勒家族的基本传统之一。

过有限度的富裕生活

洛克菲勒在16岁那年，开始了自己的创业生涯。他心里埋藏着自己的梦想，就是想拥有 10 万美元。而此时，他几乎可以说是一文不名。梦想和现实之间的巨大反差，使得他急于想了解赚钱的诀窍。就在这时，他看见报纸上刊登了一则书讯，那则书讯说，它可以教给你怎样发财的秘诀。洛克菲勒迫不及待地将书买来，翻开一看，只见书上仅印着一行字：

把你所有的钱当作辛苦钱！

这句话给刚刚走上人生之路的洛克菲勒以极大的冲击。他誓言一生都要坚守这则"箴言"。他养成了一个习惯：每天晚上祷告之前，都要把自己当天所花的每一便士记下来，弄清楚自己赚的钱哪儿去了，都是怎样花掉的，什么理由等等。在他的财产迅速增长之后，他并没有放弃自己的习惯，也没有忘记自己的誓言。当孩子们渐渐长大的时候，他把这句箴言传授给孩子们，而且身体力行地教他们实践。他经常会收到各地寄来的包裹，当着孩子们的面，他会将包裹的纸和用来捆绑的绳子保留起来，以备使用。为了节约，当然也是为了让孩子们学会谦让，他只给他们买了一辆自行车，让他们轮换着骑。在他的影响下，孩子们都学会了如何节省，如何克制自己的欲望。作为石油大王的家庭，他的女儿看到暂时没人在用的煤气灯，会走过去将灯芯拧小一点儿，而他的儿子小约翰·洛克菲勒由于前面三个是姐姐，直到 8 岁的时候，身上穿的竟然全是姐姐们穿小了的裙子。在我们许多人看来，洛克菲勒家族简直到了吝啬的地步，可是，要是反观这个家族在慈善事业方面的大方和慷慨，就可以懂得，他们的节俭来自优秀的民族传统。犹太人的新一代富豪谢尔盖·布林尽管已经跻身美国富人榜 50 强，他在个人消费方面却保持了难得的简朴本色。据说，他一直租住着一套两居室的住宅，开一辆日本产的 5 座混合动力轿车，价格不过 20000 多美元，至多属于中档水平。作为美国最年轻的富翁之一，布林倡导一种"有限度的富裕生活"，应当说，这体现了一种非常有益的精神。

金融大鳄索罗斯的日常生活

在 20 世纪末，亚洲发生了一场震动全球的金融风暴。这场风暴从东南亚的国家刮起，顿时席卷整个亚洲，甚至波及欧洲。风暴席卷之处，破产、倒闭、跳水、贬值……这些让人谈虎色变的词语纷纷变成现实，有些国家不用说民间经济，甚至连国家财政都处于摇摇欲坠的破产边缘。亿万人在这场金融风暴中遭受重大损失，过去的"中产阶级"一变而为负资产者。但是，有一个人利用这个机会大胆出击，从事金融冒险，获利甚巨。他的"对冲基金"在金融风暴中左冲右突，如鱼入水般自由往来，增值量达数十上百亿美元。这个人的名字叫索罗斯，是美国犹太金融家。有人夸张地说，索罗斯在金融投资中历来就是无往而不胜，从未失过手，他成为世界级富翁是顺理成章的。

虽然索罗斯拥有巨额财产，可是他却一点也不奢华、不铺张。他不抽烟、不喝酒，吃的也很简单。他唯一的嗜好是和朋友们一起打网球，在打网球的同时当然也谈生意，他觉得自己的生活已经很"舒适"。

索罗斯的行为和犹太人的传统有关，也和他自己的亲身经历有关。第二次世界大战结束的时候，居住在匈牙利的索罗斯希望过上好一些的生活，于是离开布达佩斯前往英国，去投奔他的一位亲戚。不过，刚到英国的时候，日子也并不那么好过。据他自己说，在英国的第一年，他做过侍应生，有时不得不吃残羹剩饭；他去别人的农场，帮主人摘过苹果，当过油漆匠，他的伙食是那样糟糕，以致他"甚至嫉妒房东家的猫，因为它不愁吃穿"。他回忆说，就是在那个时候，他学会了怎样攒钱。他每周给自己定下的预算是4英镑，他的每一笔开支都记录在自己的账目上，目标是把花费控制在4英镑之内。

尽管是世界级富豪，但索罗斯的人生理想也不过是过有限度的富裕生活。能够恪守这种理想，没有坚定的人生信念是做不到的。

面对金钱保持健康正常的理性

对钱的节俭，并不是做一个吝啬鬼，像巴尔扎克小说《欧也尼·葛朗台》所描述的那样。过于吝啬，就成了金钱的奴隶。

节俭，是一种美德，这其中包含了对劳动的尊重，当然也是对钱的尊重。如果任意挥霍金钱的话，那就不光是浪费，是有意炫耀，甚至还可能是一种人格变态。唯有心灵健康的人，才能够在金钱面前保持一种正常的理性。

犹太人的《传道书》是这样看待生活的：

美丽、力量、财富、荣誉、智慧、年老、成熟和孩子气都是正当的，而且就是世界。去吧，高高兴兴地吃面包，快快乐乐地喝酒，你的行为早已经得到了上帝的恩准。把你的衣服洗得干干净净，头上永远不要缺了香油。和你钟情的女人共浴爱河吧，一生中飞驰而过的岁月都是在阳光下赋予你的——你所有飞驰而过的岁月。仅仅为此，凭着你在阳光下所获得的权利，你可以尽力发掘你的生活。

不管什么，只要在你权利许可的范围内，你就用最大的力量去做。

有一则故事说：卡恩来到一家大型百货公司里，看着琳琅满目的商品，感到有些眼花缭乱。这时候，他看见一位衣冠楚楚的绅士正站在面前，嘴里叼着一根雪茄。卡恩脑子很灵敏，他走上去对绅士说：

"您抽的雪茄我在那边就闻到香味了，味道真的很香，价格一定不便宜吧？"

绅士回答说："要2美元一支吧！"

卡恩一听，不禁叫了起来：

"好家伙，果真贵得很哪！请问您一天要抽多少支雪茄呢？"

"10支左右。"

"天哪，您抽烟抽了多久了？"

"40年前就抽上了。"

"什么？40年！太可惜了。要我说呀，这40年您要是不抽烟的话，省下的钱足够买下这家百货公司了。"卡恩用手指着周围的商品和货架，夸张地说道。

那位绅士这时反过来问他：

"您一定不抽烟了？"

"我不抽烟。"

"那么，您打算买下这家百货公司吗？"

"哪里，这得多少钱呀，我可不敢想这个事情。"

"我告诉你吧，这家百货公司就是我的！"

这位绅士，这位犹太人，他处理生意和生活的关系就是这样理智。

平等观念，人本意识——博爱心

己所不欲，勿施于人

读完这句话，我们会很奇怪：这不是我们的老祖宗孔夫子说的吗？的确不错，这句话原本出自《论语》，是孔老夫子教育他的学生们一句经典名言。根据这句话，我们可以推断，我们的老祖宗孔子是非常具有同情心和平等观念的。正因为人和人之间的关系是对等的，所以，必须要坚持人同此心，心同此理的原则，就像俗话说的那样"将心比心"，这样才不会造成强迫和压制的不幸。而在犹太人那里，也早就有着和孔夫子同样的观点。

犹太教曾经有一位首席拉比希莱尔，他出身贫寒，所以对身处社会底层的人们有着很深的同情心。他聪明而早慧，在对教义的学习和领悟上比别人有着更快更深的独到之处。凭着这一点，后来他继承了犹太教义的衣钵。有一次，他们那里来了一个游方的人，那个人表面上是慕希莱尔之名来拜访他，但实际上却有些像中国古代的那些侠客，是不服别人的盛名要来一比高低的。他见到希莱尔后，提出了一个非常偏执的请求，他要求希莱尔在他抬起自己的一条腿站立的时间里，把所有的犹太教学问都告诉他，并且许诺：如果希莱尔做到了，他将皈依犹太教。希莱尔答应说：好吧。等那个人的脚刚刚抬起来，希莱尔就说：

"不要向别人要求自己也不愿意做的事！"

希莱尔告诉他："这就是我们犹太教全部的学问所在。"

过一般人的生活很重要

犹太人虽然善于赚钱，可是由于他们长期以来没有自己的国家，在全世界到处流浪，因此能够在一地当上行政官员的情况十分少见。虽然美国的基辛格担任过国务卿，但那毕竟是现代社会才可能发生的事，而以前，他们只能靠经商、靠手艺为生，靠头脑、靠智慧生存，权力对于他们这个民族来说，应当是很陌生的。正因为此，这个民族不像那些古老的民族，对于政治、对于官场、对于权力表现出万分的热衷和崇拜，而由政治、官场和权力孳生而来的颐指气使、神气活现、盛气凌人等等的现象在他们那里很少见到。他们待人诚恳而周到，礼貌而恭敬，绝不会有所谓"看人打卦"，见到贵人和见到普通人表现出两种脸色的情况发生。除了赚钱，他们最希望的是"过一般人的生活"。

有一位拉比，对神虔诚，对人恭谨，做任何事情十分审慎而有节制。他一生行为高洁，从没有违背上帝教导的行为在他身上发生。加上他具有渊博的知识和高深的学问，因此他受到当地人们的高度热爱和景仰。问心无愧而行为有道的人应当长寿，这是人们的衷心祝愿，而他恰好成为这一心愿的印证。他活到了80岁。过完80岁生日之后，有一天，他感觉身体一下子衰弱起来，身体机能呈加速度退化，于是预感到自己已接近生命的尾声。他必须把自己的遗言留给弟子，便通知弟子们来到他的床前。弟子们到齐之后，他没有说话，却哽咽着哭了起来。弟子们一下子紧张起来，赶忙劝慰他们的老师：

"老师，在这个时候，您为什么要哭呢？难道您一生当中有一天放松了自己的学习，没有读书吗？难道您有过一天因为懒惰和疏忽忘记了教导自己的学生吗？难道您有一天没有代替上帝向众人行善吗？您是最敬神的人，在我们这儿，您也是最受尊敬的人。您的一生完美无缺，无怨无悔，您有什么值得哭的地方呢！"

拉比用仁慈的眼神看着自己的学生们，说道：

"你们说的并不错，可是，正因为这样，我才要哭的。就像你们所说的那样，刚才我的确反省了一生，问过了自己：你读书了？你敬神了？你行善了？你所有的行为是否符合神的教导？不错，这些我的确都做到了。可是，我想起问自己：你是否曾经像一个普通人那样，参加了一般人的生活？我只能遗憾地告诉自己：没有。我过了拉比的生活，却没有过一般人的生活，这就是我哭的原因啊！"

听完老师一席话，弟子们对自己的老师更加了解，也更加尊敬了。

两个故事说明犹太人的基本品行

曾有中国人批评自己国家的人说，外国人在一起，比的是能力。比如几个人中，有一个崭露头角了，另外的人想方设法要超过他，于是自己便拼命努力，把别人比下去。而中国人在一起则不是这样：有一个人出头了，其他人不是想办法超过他，而是千方百计压制他，排挤他，一定要将他踩到和自己一样，甚至比自己更低才肯善罢甘休。

其实，其他民族也有像我们这样的类似情况，而这种情况自然也是受到批评的。

有一天，一位拉比在路上碰到两个孩子正在比个头高低，结果争来吵去没有个结论。于是其中一个力气大点的孩子就强迫另一个孩子站到旁边的一口水缸里，而自己则站在缸沿上，于是宣布：我比你高！拉比看见这种情况，于是对弟子们说：如果世界上的人们都这样，为了证实自己比别人强，就强迫别人下到水缸里，自己则爬到高处去炫耀，去获取优胜的资格，那就太可悲了。

在犹太人中，有学问、有道德的人是绝对不会这么做的。一次，几位拉比要在一起开会，商议一件重要的事情。会议主持人原来邀请了6个人参加，可开会的时候却多了一个人。肯定其中有一个人未被邀请，属于不请自来。到底是谁呢？大家正面面相觑的时候，里面一位最有名望的拉比站起来，转身走到门外去，表示他就是那位未收到邀请的人。其实，真正弄错了的并不是他，他这样做是考虑到，那位弄错了的拉比在这样一种场合，要是起来承认自己弄错了的话，可真是一件难堪的事。于是他就想到了自己来承当这一份尴尬。

《箴言》所体现的基本精神

> 不能让贫穷的人更贫穷，
> 不能让被虐待的人再出丑。
> 损害这些人生命的人就是损害自己，
> 敬畏上帝的人才是幸运的。

> 铁石心肠的人会招来灾祸，
>
> 就像是吼叫的狮子和饥饿的狗熊。
>
> 没有觉悟的统治者是残忍的，
>
> 憎恶不正当利益的人长命百岁。
>
> 国王如能让穷人得到公平，
>
> 他的王位将永远坚如磐石。

——《箴言》

  这些箴言是犹太人鼎盛时期所罗门王时代由以色列宫廷贵族们编写的，编写箴言的目的是作为教育犹太贵族子女的读物。从这里面，我们似乎可以看到中国上古时期那些具有民本思想的哲学家们的博大精神。中国古代最具有民本思想的人是孟子，在他的弟子们根据他的言行记录下来的《孟子》一书中，有些话与犹太人的《箴言》的确有相通之处。比如孟子说的"老吾老以及人之老，幼吾幼以及人之幼"，"民为本，社稷次之，君为轻"等等。但所罗门王的时代是犹太民族处于辉煌阶段的时候，他们的上层人士能够有这样的清醒的看法当然不简单，而孟子提出的思想则是在"礼崩乐坏"、天下大乱的战国时代，孟子从社会实际当中看到了那些在位的君王为了自己的私利，丝毫不把百姓的痛苦放在眼里，因而造成国本动摇、社稷颠覆的事实，才大声疾呼，声明"民贵君轻"的主张，这里面就有了某种程度上的区别。而且孟子的主张根本就不被统治者所重视，所以平等思想和民主观念从来就没有在中国封建社会里占有哪怕一点点的地位就不难理解。

每个人都可能成为真理的发现者

  日本学者手岛佑郎曾经在犹太大学读过书，他对于犹太人的生活习性也十分了解。据他观察，犹太人内部是十分平等的，他们从不根据个人的身份来区分高低贵贱，也不把人的职业分成三六九等。他写道：在以色列，上至军队下至普通百姓，人们相互之间都不用敬语，而是直呼其名，要不就用昵称。而在我们中国，下级见了上级一定称职务，老百姓见了官员更不能叫名字，有时有些官员的职务不好称呼，比如现在公务员序列上的什么"巡视员"、"调研员"之类，那就用比较含糊的方式一律叫

"某领导"。如果一下子没有弄清楚对方的职位，又觉得必须对对方加以尊称的，就叫"某主任"——反正主任一职有大有小，大可到省、部级，小可到村干部。你要是不这样叫，那就只能叫名字了，而这在官场上是很惹人不高兴的。不过，犹太人唯一对对方必须使用尊称的就是对方是老师的时候。有一次，手岛先生在课堂上按照西方的习惯，直呼教授的名字"阿哈罗"，结果引得大家用怪异的眼光回头看他，他意识到自己这回出丑了。他这才懂得，在以色列，你可以对长官不用尊称，但对于老师却一定不能马虎。

犹太人之间平等相待的观念是出自古老的习惯。从前，拉比们开会，研究教义问题，发言不是按照资格从大到小或从尊到卑，而是从年少的开始。拉比们认为，如果不是这样，由高龄者或地位尊贵者先发了言，那接下来的人发言就会受到约束，有所顾忌，从而不能真实表达自己的想法。正因为长期养成的平等意识，所以犹太人哪怕面对权威，也不会战战兢兢，权威们的意见，他也只是认为那不过是某个人的意见。这样，唯上、唯书的情况一般不会出现，只要具有深厚的知识和敏锐的观察力，每个人都可能成为真理的发现者。

犹太人还认为，所谓"法"是上帝赐予的，在上帝面前，每个人都是平等的，没有任何特权。只有遵从法律而不是遵从权威，才被认为是实现上帝意旨的根本途径。

据说，犹太人在从事祭祀等宗教仪式和典礼的时候，也是很公平的，不会按照人的社会等级来区别对待。我们从电影里看到，基督教的牧师在给人做弥撒或布道的时候，参加者不论身份如何，都规规矩矩地站在教堂里听讲或等待牧师的安排，没有说是当官的或者家里有钱的就可以有特殊的座位或优先给予关照。上帝面前人人平等，由此而引申出"法律面前人人平等"的观念，是犹太人给世界的一个重要奉献。

洛克菲勒对儿子的批评

洛克菲勒凭着自己的打拼和奋斗，建立起一个无与伦比的、强大的金钱帝国。这里面有智慧，有汗水，有顽强的斗争和不懈的牺牲，但是，其中也包含了他对待员工的人本主义态度和平等意识……在他卸下公司的职位，让儿子接任之后，他还一直关注着小洛克菲勒的成长，包括他对待员工们的态度和利益的做法。当然，他的关注是基于公司的利益的，但是，这里面表明一个睿智的企业经营者必须要具有对属下每个人所抱的人性化理念。

老洛克菲勒在任的时候，为了提高公司的竞争力，非常注重对员工的训练和培养，每年花在这方面的开支是巨大的，尤其是公司高级管理人员，从他进公司那一天起，一直到成长为一名合格的白领，那些花费很是可观。老洛克菲勒的原则是，不要轻易辞退一名员工，也不要让他们由于对公司不满意的原因而辞职，总之，要尽量"将员工的离职率降到最低点"。然而，小洛克菲勒在接任公司管理权之后的第四个月，公司有一名叫泰勒的员工向公司递交了辞职报告。听到这个消息，老洛克菲勒的感觉是"很震惊"，于是他提起笔，亲自给儿子写下了一封信。

信上说，他知道"泰勒是一个性格很特别的人，但是，在业务上他又是一个极其难得的人才"。洛克菲勒知道儿子和泰勒相处不来，主要是由于泰勒那怪异的性格。不过，在这件事情上，老洛克菲勒批评的主要是自己的儿子。他说，在泰勒辞职这件事情上，儿子有值得反省的地方。因为，仅仅是泰勒性格让人看不惯，就必须要辞职，那是由老板的狂妄自大所造成的。洛克菲勒告诫儿子，发迹于他们那个年代的企业家，"几乎都有疯狂的性格倾向"，但性格不同甚至有些怪异，并不是某个人的罪过，反而，它体现了"造物者的神奇"。作为老板，对这一点必须清醒认识，必须宽容，必须学会尊重别人，必须允许别人的个性和思维方式与自己的不一样，必须懂得认可每一个人的工作成绩。在老洛克菲勒的经验里，每一个人都是与他人不同的，这绝不是别人的错误，而我们自己必须学会和他们相处。他说：

> 我们的公司需要他们，他们也需要我们的公司。当你在指责他们的性格特点的时候，其实只是你自己的爱好、看法、处世方式、人生观和他们有些不同而已，并且此时你的地位比他们优越，所以你可以去指责他们。简单地说，就是一不同的人，就会有不同的看法。同样的事情，一千个人会有一千种结果……同事们对你和我的性格特点，肯定也会有一些他们的不同看法，只是他们不愿意当面说出来罢了。
>
> 所以，在工作中，你最好不要去触及员工们的性格弱点，更不要斤斤计较这些小事情。因为我们的目标是要把工作做好，而不是要把所有的员工都调教成一个模式，事实上，这也是不可能的事情。除非你自己想要脱离这个团体，否则你永远也别想把你的想法强加到员工们头上。你所关注的，仅仅是公司的业绩。而对于他

们用什么样的方式、什么时候去完成他们的工作任务，则是他们自己的事情，你不要多加干涉，除非超时或完成的质量不行。但是他们自己也很明白这一点，所以一般不会出现这样的结果。

……我亲爱的儿子，我真的希望你能清楚地认识到这件事情。我们只是公司的经营者，而不是员工们的性格调教师。我们没有这样的权力，也没有这样的义务。

洛克菲勒甚至直接夸奖泰勒是一名优秀的员工，希望儿子能学会保持员工的工作士气，保持公司的和睦氛围。并用开玩笑的口吻对儿子说，如果不能做到这一点，那么，"我得赶在你还没有把我们公司的员工赶光之前，把你送进精神病院，去疗养一段时间"。

在这封信里，洛克菲勒展示了一代优秀企业家宽广的胸襟和眼光。他把对员工人格、性格、品格的尊重看作是企业管理人员的一项基本素质，他明确地认为，员工虽然是企业的资本，但绝不是老板个人的私有产品。要让他们有成就感，要鼓励他们，帮助他们实现自己的人生理想，而最好的企业家是，他能够将企业的目标和员工们的人生目标结合起来，这样的企业将是一个和谐完美的团队。而他之所以能有这样的认识、这样的观念，就是因为他把员工和自己的人格看作是平等的。而从洛克菲勒的信中，我们不是可以隐约地看到古老的《箴言》在其中的影响吗？

"纳什均衡"——对人性的洞察和把握

有一位经济学家写过一段文字，说明单纯的挣钱和做企业的能力并不能够相提并论。一个优秀的企业家，必须是能够充分尊重人和理解人的，而尊重人和理解人，首先需要的是对人性的深刻洞察和把握。这段文字如下：

一、"纳什均衡"中有这样一条定理：如果你知道了他人的选择之后，你就能做出对自己最有利的选择。所以，反过来讲，隐私权实际上是人们实施自我保护的重要权利。进而言之，尊重他人的此项权利就是希望社会也能尊重自己的这项权利。

二、每一个人的意愿都是非常个性化的，所以因不同的意愿做出的各种选择也是复杂的，我们只能对他人的选择提出某种建议，而不可能代替他人做出选择——这就是对人的尊重。

三、信息不对称是永远存在的，所以对人的尊重，就是尊重他人处理自己拥有的全部信息的权利。

做到上述要求的目的，从企业方面来讲，当然是最大限度地调动员工的积极性和创造力，让他们能够心甘情愿地站在企业的立场，和企业同心同德，同生死，共存亡。在《孙子兵法》中，这叫作"上下同欲者胜"。洛克菲勒们的成功，固然与其过人的聪敏和智慧密不可分，但更与他们对人性深刻的洞察和把握、对人的充分关爱和尊重密不可分。我们在前面讲了 Google 创始人谢尔盖·布林通过创新取得成功的例子，这里有必要再补充介绍一些他成功的另一方面的因素。

谢尔盖·布林读博士期间休学创业，以后一直没有机会去完成自己的博士学业，但是，他非常倾向于招收那些有着博士学位的人，在他的公司中，拥有博士学位者占到员工总数的 5%。布林懂得，高素质的员工、具有创造力的员工和那些只会听从指挥，从不懂得动脑子的人不同，他们喜欢思考，喜欢按照自己的思维方式去行事，他们绝不是唯唯诺诺的人。于是布林在公司里设立了一个不成文的规定：所有的工程师在工作日不要求整天忙忙碌碌于具体事务，而是每天至少要拿出四分之一的时间来从事创造性的思维，来设想领先于时代的点子，哪怕这些点子可能对公司的财务前景造成不利。布林还允许员工用 20% 的时间从事自己所感兴趣的任意一项工作而不看作违反工作纪律。当然，这些人在工作时间所获得的研究成果，必须卖给公司。更让那些习惯于传统的人不可思议的方面是，布林居然允许员工们带着自己的孩子甚至宠物来公司上班，而且，公司里重要岗位的员工都拥有单独属于自己的办公室，而且办公室内的装修按照其本人的意愿进行，充分体现个性化的色彩而不必整齐划一。当然，在对员工们生活方面，他的安排也细致入微，员工们在公司就餐、洗浴、健身、按摩、洗衣甚至看病，全部 100% 免费，真正创造了一种"免费型"的公司文化。

做有人情味的商人

"生杀予夺"，这是对于在一个特定的领域或环境里对属下拥有绝对权威的人的形容。依照我们的概念，个体企业、私人资本的老板就是拥有这种权威的人。在他们的领地里，只要不触犯法律，他们可以随意行事，随意对待员工，而我们似乎也认可这样的行为。正是这种认可，造成了个别私营企业主的疯狂。有一则新闻报道说，山东临沂一位叫孙文流的农民千里迢迢到河南打工，却被老板打断了胳膊和腿，又被扔到野外。身无分文的他不得不拖着残躯，独自爬行6个月，回到山东老家。孙文流所遇到的老板不要说人情味，就连人味都彻底丧失了。而美国国际农机公司的创始人、世界上第一部收割机的发明者西洛斯·梅考克，他的行为与此恰好形成鲜明的对照。

西洛斯·梅考克掌握着公司的所有大权，但他从来不"滥用"职权。他懂得，人的权利是平等的，即使他是你属下的员工也是如此。在实际工作中，他既坚持制度的原则性，同时在处理事件时又体现浓郁的人情味。有一次，一位在梅考克的公司当年处于困难时期和他一起共渡难关的老员工违反了公司制度，酗酒闹事，迟到早退，公司的管理层做出了将其辞退的决定，梅考克批准了这一决定。但事后，梅考克了解到这位员工的家庭情况，发现他之所以会变成这个样子，是因为妻子去世，留下的两个孩子，一个跌断了腿，另一个小的孩子因为吃不到妈妈的奶水日夜啼哭。老员工不堪家庭压力，在极度的痛苦中借酒浇愁，所以影响了工作。于是梅考克主动找到这位员工，对他说："你不是把我当作朋友吗？现在你什么都不要想，赶紧回家料理后事，照顾孩子们。你放宽心，我不会让你走上绝路的。"说完，从事先准备的包里掏出一大叠钞票递给他——这些钞票足以解决这位员工眼前的困难。

其实，我们国内也有像梅考克这样注重人情味的老板。西部某省有一家私营企业，一次一位员工突患急病，必须立刻送沿海大城市治疗，否则将性命不保，该老板不惜专门包了一架飞机将员工送抵目的地。这种行为一时传为佳话。民工孙文流所遇到的老板和这位老板不仅精神境界上相差甚远，他们最终在事业上的差距也可以预料。

凯姆朗公司的经营思想——爱的精神

人们都认为企业之间讲的是竞争，企业内部的管理讲的是严格，但是，如果有一位企业家讲他的成功经验是爱，是提倡爱的精神，这几乎要让我们大吃一惊。而的确就有一位犹太企业家是这样总结自己的成功之道的，这一"成功之道"竟吸引了大批的学者和专家去对其进行研究，总结他的经验。

美国的凯姆朗公司起初是一家很小的服务性公司，它的经营业务很小，范围也很狭窄，不过就是帮助客户的住宅草坪施施肥、喷喷药而已。这家公司的员工起初不过只有 5 个人。但是，公司的创始人杜克先生却有着和别的企业家不一样的思想。一般而言，一个人办了企业，首先想到的是如何尽快使它赚钱，如何占有市场份额，如何迅速发展壮大，而杜克先生却不是这样。杜克早年曾经历过非常穷困的生活，1949 年的时候，他为了养活自己年迈的父母和三个孩子，不得不终止大学学业而回到家里的小农场去干活。到 1968 年，他下定决心，将自己的小农场卖掉，再从亲朋好友那儿借了几万美元，开办了这家凯姆朗公司。这家只有 5 个人的公司里，员工甚至还包括他那已经 70 岁高龄的父亲。

公司的起步自然很艰苦，所以杜克经常一大早就开车出门，去替自己的顾客修剪草坪、养护花木，总是要干到天黑才能回来。这样的辛劳一直持续了好几年。

杜克对自己的父亲十分爱护，对公司其他成员自然也一视同仁，他将他们视为自己家庭成员的一部分，总是替他们的生活和需求考虑。再加上他自己亲身参加劳动，也总能设身处地地想到员工们的艰苦和困难。杜克的做法自然使所有的员工对公司都抱有一种"家庭"的感觉，所以他们对待自己的工作也非常地尽职尽责，认为自己不仅是在替老板干活，同时也是在为自己干活。

别看杜克的父亲年纪已经大了，他多年的人生经验却为公司起到了不可代替的作用。父亲把其余员工都看作和自己的儿子一样，他总是告诫杜克：

我们的人第一，顾客第二，这样做，一切都会顺利。

杜克非常赞同父亲的看法，所以他和员工们处得简直就和亲兄弟一样，他甚至让员工参与公司的决策，每次重大的决定，都要事先和员工们进行商量。而且，即使是那些只负责施肥和喷药的员工，在凯姆朗公司也被称为"草坪养护专家"，而不是一般地就叫作"工人"。杜克在管理上"以人为本"，而员工也以公司为家，大家齐心协力，把公司的名气办得越来越大。

员工们既然对公司的发展有了参与意识，在处理和顾客的关系上自然也就非常主动。由于杀虫药具有毒性，员工每次给草坪喷洒了药物后，都会在顾客的门上挂上一个牌子，上面写着提醒事项。"药液未干前，请不要在草坪上坐卧。"就是这样一句简单的话，体现了凯姆朗公司与众不同的作风，从而打动了众多客户的心，因此，许多顾客和凯姆朗公司签订的都是长期合同。

员工们去给顾客处理草坪和花圃，一般都是独自外出，而这些工作的责任心非常强，稍不注意，就会出现差错，或者与顾客提出的要求不尽吻合。一旦出了错，员工们总是自觉赔偿，分毫不差，根本就不需要顾客前来提醒。这样的话，公司的声誉一天比一天提高，对凯姆朗公司也越来越信赖，所以，凯姆朗公司开业16年后，员工发展到5000多名，壮大了上千倍，而年营业额竟高达3亿美元。

公司发展了，杜克的管理思想并没有发生丝毫变化，他照样用自己真诚的爱心对待所有员工。一次，他主动提议购买位于莱尼湖畔的废船坞，把它改造成公司职工的免费度假村，公司的高级财务管理人员费了老大的劲才说服他放弃这一想法，因为他们认为这超出了公司的支付能力。后来他瞒着财务人员买下一艘豪华游轮，供职工度假使用，还包租了一架飞机让工人去华盛顿旅游。事后，一位主管财务的副总裁对别人说："杜克要我签字的时候，根本就不知道我是否付得起这笔钱，可是，当我想到那些从来没有坐过飞机的工人上飞机时的表情时，我再也无话可说。"

这里员工流失率为何是零

对待雇工、下属的态度，一方面证明雇主或老板的人品和道德，从另一方面看，其实对雇主或老板也并不是一件无益的事。现在的企业管理思想，在逐渐突出一种"人性化"的倾向，这不仅是现代民主思想深入人心，平等观念大范围普及的结果，同时也是企业在发展过程中逐渐看到，这种思想对企业带来的好处。犹太人很早就从事商业活动，他们又非常善于总结实际生活中出现的带规律性的事实，所以将对待雇工必须讲人性、必须抱有一颗同情心作为一项约定俗成的规矩。而我们曾听到和看到过一些企业老板为了无限度地榨取所谓"剩余利润"，不惜将雇工的工资压到最低，以至他们甚至付出劳动却不能果腹。这样做的结果是，老板省下了一部分工钱，员工的收入抵不上付出，于是，他们在有办法的时候，就会毅然"炒老板的鱿鱼"，而在没办法的时候，就只好消极怠工，或者马虎了事。如此，最后会导致企业生产的产品质量打折扣，劳动效率不高，劳资双方都受到损害。

在 2004 年的时候，中国广东、浙江等沿海地带，一些原先吸引大批农民工的城市，一度闹起了民工荒。研究者仔细做了调查和分析，发现这里面首要的原因就是，这些地方的企业长期利用民工们缺乏讨价的能力，一直将他们的工资压到最低水平，这导致了改革开放这些年，中国城市和工业经济长足发展，人们收入不断提高，但农民工的工资却在长达 10 余年的时间里，总是在一年五六千元的水平线上徘徊。后来，这些地方物价上涨，原先的工资水平已不足以维持农民工的基本生活，更不用说有所节余以供养家人，于是民工们便只好放弃回到这些地方打工的念头。后来地方政府注意到这个问题，及时在不少方面采取措施，使得情形有所改善，民工荒才没有造成严重的后果。当然，就是在民工荒问题出现的时候，也有思想开明、胸襟开阔的企业老板，从人性化的角度去看待员工和企业的关系，因此，他们在处理类似的问题时，为其他企业做出了很好的示范。比如，广东某一乡镇有家电子制造厂，虽是工厂，但更像大学校园，厂里的网吧、影吧、咖啡厅、图书馆、美容美发室和健身器材等，工人们可以免费享用花园似的厂区，让人来了以后流连忘返……《羊城晚报》记者在这里采访时听到和看到的都是：厂里的工人们对企业老总怀着深深的敬意和感情。他们说，老板和员工吃饭的时候都坐在食堂的饭桌上，而且吃的是一样的饭菜。员工们的意见、情绪和建议，他在这样的时候了解得最多。有一位职工因患传染病而主动辞职，企业老总想方设法找到他，将他送到广州最好的医院里治疗，并负担所有的医疗费用。平时，工人们会主动给老总写信和发电子邮件，老总坚持做到每信必复。工人们住的宿舍，不仅有空调、冰箱、写字台等设备，而且 24 小时有热水供应，就和旅店里的条件一样。逢年过节，全厂 2000 多名员工，都能在食堂门口拿到一枝老板赠送的鲜花……就在整个珠三角地区闹起民工荒的时候，这家厂的员工流失率几乎为零，而它要扩招 100 名工人的消息传出，前来应聘的竟达到 2000 多人，竞争之激烈，超过高校的研究生招考。这家企业的老总名叫李同乐，他的名字正好印证了他的为人风格。他说："我这个企业总共投资 10 个亿，为员工们建设娱乐设施只花了600 万元。但员工们有了认同感和归属感，都会更加努力工作。这个投资太值了！"

我们在前面曾经提到，《塔木德经》里曾规定，雇主对待自己的雇工不能刻薄寡恩、敲骨吸髓，从这家电子制造厂的事例看，犹太人的智慧绝不是空穴来风、没有道理的。

张弛有度，进退有节——节制心

休息日就是圣日

摩西十戒里有一条是：

当守安息日为圣日。前六天做工，第七天歇息，任何工作都不能做。

《圣经》故事里讲上帝创世纪，前五天创造了天地万物，第六天创造了人，到第七天的时候，他就休息了。"他赐福给第七日，圣化那一天为特别的日子；因为他已经完成了创造，在那一天歇工休息了。"犹太人恪守《圣经》里的教导，他们在人间不折不扣地按照上帝的行为去做，所以，每个礼拜的第七天，都安排来做礼拜，敬奉上帝。当然，这也是让疲劳了一周的身体可以得到休息。犹太人的这种智慧可以算得上是世界罕见的。从世界历史来看，能够像犹太人这样每隔六天就花出整整一天时间什么活也不干，简直就像是天方夜谭。古埃及文明、古希腊文明、古罗马文明和印度文明里，都没有犹太人这样的行为，古代中国到了封建社会，才在官场上有每十天一次的汤沐日规定。但犹太人的休息是全民的，在这个时间里，他们不从事任何体力劳动和商业交易，而只是集中到一起诵读祈祷文，听拉比们讲解《圣经》里那些深邃的思想和感人的故事。这样，平时紧张的情绪可以得到放松，而精神同时也得到升华。以前，犹太人都把这样的安排当成是神的旨意，现在，世界上几乎所有的人都认识到，"不会休息，就不会工作"的道理。一个人不论多么聪明、多么能干，假如不善于调节的话，就容易劳累过度，反而使得效率降低。"八分的紧张和二分的松弛"，这样才能保持最好的工作状态。

犹太人不像日本人那样是工作狂，他们做事情总是条理有序，张弛有度。他们的计划很详细，他们的行动很果断，但他们的安排也很周密，绝不因为紧张就不顾一切。

犹太人曾经这样算账：

一个人每工作一小时可以挣得 50 美元，一天工作 8 小时就是 400 美元。如果每天休息一个小时，一年就是 365 个小时，这样算起来等于 18000 美元。这值得吗？

但是，从另外一个角度算账，结论又完全不同。

假如一个人一天工作 8 小时，一下都不休息，一天可以赚 400 美元，除去星期天，一年可以赚 12 万美元。但由于身体压力过大，受到损害，减少寿命 5 年的话，总共将减少收入 60 万美元。要是这个人每天休息 1 小时，每天将减少收入 50 美元，一年就是 15000 美元。假如他的工作年限是三十年，所减少的收入也才 45 万美元。增加寿命 5 年，可以多挣 60 万，减少工作时间，减少收入 45 万，这样一正一反来计算，这个人一生还能够净赚 15 万美元。正因为这样来算人生的账，所以犹太人对于休息日是不轻易放弃的。而且，在假日里，他们一般不谈论有关工作上的事，不思考有关工作方面的问题，他们要求真正的放松。

在犹太人眼里，工作是神圣的，没有工作就不会有食物；但休息也是神圣的，因为只有工作而没有闲暇，人会丧失他的灵性。这同样也是渎神啊。

自我约束，拒绝贪婪

古希腊的《伊索寓言》里曾经讲了一个狐狸吃葡萄的故事，说从前有一只狐狸，看见一座园子里结满葡萄，它很想尝一尝。可是，想尽了办法却进不到园子里去，只好放弃自己的打算。它离开的时候安慰自己：那些树上的葡萄说不定是酸的呢。

犹太人那儿也有一个狐狸吃葡萄的故事，不过这只狐狸吃到了葡萄，但它同样得出了一个结论。起先，葡萄园围着篱笆，狐狸也进不去，可是它不像伊索笔下的狐狸耐不住性子，而是围着葡萄园转圈子。就这样连续饿了三天，饿得皮包骨头，却意外地能够从一个小洞里钻进去了。进了葡萄园，狐狸便敞开自己的肚皮拼命地撑，直到把肚皮撑得圆鼓鼓的。可是，它想从葡萄园出来时却没法出来了，于是不得已，又把自己饿了三天，这才从原先那个洞里钻出来。离开葡萄园的时候，狐狸感慨地说：

"多么美丽的葡萄园啊，你的果子又多么好吃，你的一切都值得赞美。可是，你究竟给了我什么呢？我怎样进去，就得怎样离开。"

这个故事似乎也体现了中国式的智慧——一种轮回的观点，一种祸福相依的观点，一种"有得必有失"的得失平衡的观点。不过，中国古人的这种观点最终导向了虚无，而犹太人所表达的意思是节制，是自我约束、杜绝贪婪。

懒蚂蚁和聪明人

最近，英国科学家研究出一种理论，说世界上最聪明的人多数都是懒人。之所以得出这个结论，是因为他们根据人类中的许多现象归纳出这样的事实：几乎所有的发明都是因为有人不愿意花费那么多的功夫、那么繁重而琐碎的劳动去做某样事，于是就绞尽脑汁要减少自己付出的辛劳，这样，新的工具、新的发明就产生了。其实，这种理论也得自对生物界的观察。有科学家发现，在几乎所有的蚂蚁群中，总是有少量的蚂蚁不像其他那些蚂蚁那样勤快而繁忙。它们懒洋洋的，既不主动寻找食物，又不愿干累活，于是就跟在别的蚂蚁后面"捡便宜"。令科学家奇怪的是，这样的蚂蚁在蚂蚁群中并没有受到驱逐，反而被大家所容忍。最后，科学家发现，每当关键的时候，这些懒蚂蚁所发挥的作用，可是那些勤快的蚂蚁所无法替代的。蚂蚁是一种十分弱小的动物，它们的生存基础很容易受到环境变化的影响，比如说下大雨、刮大风或有别的动物侵入它们的领地等等。当周围的环境发生重大变化，蚂蚁们原先的觅食场所遭到破坏的时候，大多数蚂蚁都急匆匆的，慌不着调，没头乱窜，这个时候，那些平时看起来懒懒散散的蚂蚁却挺身而出，将蚂蚁的队伍带到一个安全的、有食物的新的居住地。这些懒蚂蚁是如何做到这一点的，科学家们尚未发现其中奥秘，但他们深信，正是这些蚂蚁平时不那么劳碌和紧张，所以它们能够有空闲随时注意和发现生存环境中一丝一毫细小的变化，并了解到与当前生存看起来没有关系的另外一些事实。而这些知识，只有在关键的时刻才会起到作用。假如蚂蚁群不能容忍这些蚂蚁的"懒惰"的话，那么一到危机时刻，缺少了"懒蚂蚁"的智慧，蚁群就将遭到灭顶之灾。

犹太人虽然善于经商，他们在经商时所表现出来的敏捷和机变让人们不得不叹服，但他们有一种独到的习性，就是善于运用智慧。懂得休闲，懂得张弛有度，懂得合理安排时间，是保持清醒、保持创造力的最佳途径。有一个日本人回忆，他一次和犹太富翁富凯尔博士去东京神田区参加一个由当地所有书店联合举办的旧书展销会。东京是世界上人口密度最高的城市之一，这次书展又是一次很少举办的大规模的活动，因此许多的日本人都不辞辛苦来到这里。当富凯尔博士和他的日本朋友乘车来到这里的时候，这里早已是人山人海，挤得水泄不通。两人只好在离展销地还有一里多路的地方下车，步行前往目的地。好不容易进了展厅，早已是满身大汗，一身狼藉。富凯尔博士有所感慨地发起了牢骚：

"唉，日本的人口怎么这么多？他们每天慌慌张张地在街上挤来挤去，不知道做些什么！哼，三个日本人一天做的事，我一天就可以做完。"

他的日本朋友听了当然不高兴，于是反驳说：

"你每天下午两三点钟的时候，都要来我家里聊天，日本人哪里有像你这样懒怠的家伙！"

博士听了，也不生气。他向日本朋友解释说：

"你听我分析一下就明白了。真正的聪明人，他们的日子都过得比较清闲。为什么呢？因为他们肯动脑筋，所以他们干一个小时的工作所能够获得的报酬，比别人花 10 个小时所得报酬还要多。所以，他们能过得既富裕又清闲。你想想，一个人整天在街上忙乱地窜来窜去，紧张地奔走，不给自己留下一点思考的时间，他们不知道如何节省时间，不知道如何改变自己，不知道如何去创造新的机会，又怎么会有大的成就呢？"

日本朋友一听，这才明白了富凯尔博士的意思。

神赐给我们的时间，每个人都是 24 小时。可是，有的人运用这 24 小时，能成就大的事业、大的气候，有的人尽管把这些时间都填得满满的，却到头来默默无闻，无所作为，合理地安排和运用时间，可是一门很大很大的学问。

奖懒责勤的汉弗特

汉弗特是一名犹太老板，他在加拿大的首都渥太华开了一家豪华宾馆。他自己整天的行为并不像一般人所想象的对自己的家业甚为用力。他不事必躬亲，也不紧张忙乱，他每天只是吩咐别人该干什么之后，自己就当上了"甩手掌柜"，悠闲自在地心有旁骛起来。别人看他似乎并不专注于宾馆的事情，但宾馆开得倒挺不错，不知其中奥妙。后来经过分析才知道，原来他早就明白科学家们总结出来的道理：聪明人未必是勤快人，勤快人往往在工作中更加盲目、不动脑筋。到年终的时候，汉弗特会在宾馆里开展评比活动，他让员工们自己评出 10 名最勤快的人和 10 名最懒的人。评选结果出来后，他把那 10 名最懒的人叫到办公室里。这些人心里都很忐忑，心想这下事情不妙，老板说不定会炒我们的鱿鱼呢。可是谁知道，一进老板的门，汉弗特却满面笑容地说：

"祝贺各位荣幸地被评为本宾馆最优秀的员工！"

看见这 10 个人惊奇的样子，汉弗特请他们入座，然后真诚地对他们说：

"其实，在整个一年里，我就已经对你们几位的工作做了观察。比起其他员工，你们的确在工作上花的力气少一些，但是，这里的原因是，你们总是一次就把餐具送到餐桌上，习惯一次就把客人的房间收拾干净，一次就把该干的工作干完，讨厌多走半步路，讨厌做第二次。因此，你们闲下来的机会自然就多，在别人眼里，你们似乎在偷懒。但是依我来看，我们店里最优秀的员工正是这些'懒汉'，他们懒到连一个多余的动作都不想去做。可是，那些勤快的员工，他们整天忙忙碌碌，不在乎把力气花在多余的动作上，做一件小事也不在乎多跑好几趟。比起他们，你们更有效率。"

听见老板的夸奖，这几位员工心里一块石头才落地。

爱斯基摩人这样捕狼

狼，是草原民族——蒙古人一生中最强劲的对手。狼具有坚韧、聪明、团结、吃苦耐劳的精神，它们的组织性非常强，在长期的和人类进行抗衡的斗争中，它们积累的经验以及无可比拟的狡狯也经常会让老练的猎人栽跟头。2004 年，中国图书市场出现了一本畅销书，书名叫《狼图腾》。该书作者通过对蒙古草原上狼的生活的描绘，充分展示了狼这种野兽是如何具备和人类历史上最强悍的民族蒙古人斗智斗勇的能力的。但是，任何一种强大的力量都会有它自己的弱点。在对付狼的问题上，居住在北冰洋地区的爱斯基摩人却有一套有效的办法，这个办法最基本的一点就是利用了狼的贪婪本性。

狼虽然很聪明，但它有一个特点，就是贪婪。中国成语里就有一些有关狼的贪婪的表述，比如狼子野心等等。严冬季节，狼群出于饥饿，需要到野外来捕猎，寻找食物，爱斯基摩人就趁这个机会来捕狼。狼的聪明，使它能觉察出人下的各种圈套。它能够闻出铁器的味道，毒药对它灵敏的嗅觉来说，也是很不容易起作用的。狼比狗聪明得多，有时狗会被人下的药毒死，而人们却从未听说过狼被毒死的。狼的疑心很重，而且很有战术，它们出动的时候就和人类作战一样，会派出尖兵和后卫，负责侦察的狼责任心很强，警惕性也非常之高，所以采用埋伏包围的办法进行围歼，一般也难以奏效。而爱斯基摩人由于掌握了狼的特点，他们采取的办法并不复杂，具体来说，就是，他们用一把尖锐的刀子，在上面涂上一层动物的血，等血凝冻住之后，再往上涂第二层血。再让血冻住，然后再涂……这样反复多次，不久，那锋利的刀刃就被一层厚厚的血坨给裹得严严实实，从外表上，不仅看不出刀的形状，而且一点也嗅不出铁的气味。经过这样处理的刀，被爱斯基摩人埋藏在狼必然经过的地点。

狼来了，它们顺着血腥的味道寻找到这里。在反复侦察，排除了外在的险情之后，开始放心地舔食起刀刃来。当动物的鲜血的味道在空气里弥漫开来的时候，狼的神经被刺激得越发兴奋，于是越舔越快，越舔越有力，自己的舌头被割破了，也丝毫没有察觉。这时候的狼，贪婪的本性已经完全被刺激出来，它丝毫感觉不到舌头被割破的痛苦，反而巴不得一下子就将那空空如也的胃填满。很快，狼的血流干了，精疲力竭地倒了下来。可是，至死它也没弄明白，自己怎么会搭进性命的。

利令智昏，这是生存，也是经商的一个大忌。犹太人深深知道这一点，所以他们的原则是：适可而止，见好就收。

该放弃时要放弃

该出手时就出手，这是电视剧《水浒传》主题歌里的一句词。这句话经歌星刘欢一唱，不胫而走，以至国内大人孩子没有不知道的。但与之相对应的，我想还应该有一句话，叫该放弃时要放弃。

有一个电视节目，内容是数钞票比赛。比赛的方法很简单：主持人拿出一大把面值各不相同的钞票，杂乱无章地摆放在一起，让嘉宾去数。如果在规定的三分钟里，你数出的钱准确无误，那么所有经你点过数的钱就归你。如果数错了一分钱，那就前功尽弃。当然，数钱的时候，现场绝对不会是安静的，且不说兴奋的观众会在台下鼓噪，主持人也会采用各种各样的办法对嘉宾进行干扰。这一回，经过紧张的三分钟节目，数钱的时间停止，主持人开始清理几位参与的嘉宾们手中的钱是否准确无误，结果是，第一位：3472 元；第二位，5836 元；第三位，4889 元；第四位仅仅数了 500 元。但是，经过核对的结果是：只有第四位数出的钱一分误差也没有，于是这 500 元当然就归他所有，而其他几位嘉宾虽然数得多，可是却分别相差 100 元、5元和 10 元，虽然很可能仅仅是点错了一张纸币，但由于他们不懂得适可而止，总希望尽可能地多得到一些，结果是一分钱也没有到手。而那位只数了 500 元的人就很聪明：自觉放慢节奏，宁可少，但要做得好。有一位犹太富翁就是这样教育他的儿子的。

这位犹太富翁临终的时候，把儿子叫到跟前，对他说："我死了以后的十年之内，即使你有 1000 个发财的机会，也千万要忍着不去做，只有这样，才能够守住我给你留下的家业。十年之后，你再放开手脚去干，到那个时候，我对你的一切就都放心了。"这位富翁这样叮嘱儿子是什么意思呢？原来，他知道自己的儿子此时尚缺乏应对复杂世事的经验，他的品行修炼也十分不够，面对各种诱惑和陷阱，不容易抗拒得住，也不容易分辨得清。中国古话说，忍字头上一把刀。做到忍耐是不容易的，可是，这位犹太富翁的儿子听从父亲的劝告，经过十多年的磨炼，不断积累经验，终于成熟了。他人情练达，处事老到，行动机敏，作风果断，判断准确……具备了这些优点，果然出手不凡。他将父亲的事业发扬广大，最后形成了一个产业托拉斯，集餐饮、百货、运输、房地产、娱乐等等项目于一体，所经营的项目竟达百余种。

千万要防止"过劳死"

犹太人崇尚的是"钱生钱"，而不是"人省钱"。有一位犹太人已经 70 多岁了，却替自己在芝加哥买下一幢豪华住宅。有人问他："你这么大年纪了，买下这幢住宅也享受不了几年，有这个必要吗？"可是老人却反问说："难道只有几年时间就不可以享受吗？"他这句话就和犹太经典里的话几乎一模一样。

犹太经典里说：即使一个人已经活了很久，也要让他尽情享受，要记得将来黑暗的日子会多么漫长。那唯一的将来是一片虚空。

据说，洛克菲勒早年就不懂得这个道理，他在 33 岁的时候就成为了百万富翁，但他像上足了发条的钟，拼命地挣钱。他的眼里只有钱，没有别的，他也几乎从不考虑别的事情。为了钱，他甚至向来家里做客的朋友收取住宿费，这一度令他的名声非常不好。但是，钱并没有给他带来更多的东西，就像现在我们有些人说的那样，当钱积累到一定的程度，它只是一个数字而已。一千万和两千万对于使用它的人来说，不会有实质上的区别。洛克菲勒不打牌，不游宴，不为了休闲而外出旅行，他甚至不观看任何艺术表演。由于将精力过度集中到挣钱上，洛克菲勒的身体过早显出衰退的迹象，不仅头发提前脱落，就连眼睫毛也掉光了，有人在背后说他"看上去像个木乃伊"。后来，他认识到自己行为的荒唐，便下决心改变自己的形象。他不再吝啬，也不再为钱而疯狂。他开始懂得享受美食，也开始注意身体的休息，他提前退休，把班交给自己的儿子。他学习打高尔夫，整理庭院，和邻居聊天，尤其是他觉悟到，钱必须有它最佳的去处。他选择了慈善事业作为自己最后的目标。他的人生坐标改变了，他的形象改变了，他为金钱与人生的关系做出了一份最好的注解。

但是，从世界角度看，许多人并没有做出洛克菲勒那样的业绩，却给病理学带来了一个新的名词：过劳死。过劳死的现象在日本一度比较严重，在西方也流行过，如今在中国也出现了一些这样的案例。这一类人，他们的奋斗精神也许值得赞赏，但由于缺乏自我节制，不会调节紧张的情绪，以至于丧失了最宝贵的生命。

说起过劳死，这里不得不多说两句。20 世纪七八十年代是日本经济迅速繁荣的重要时期，所谓"经济起飞"这个词就是从那个时候来的。经济的迅速发展，有着各个方面的原因，它使得日本的许多人产生了一种亢奋的工作心态。日本人拼命工作，一点也不注意休息，甚至还嘲笑西方国家的人们那种相较而言近似慢条斯理的工作态度。日本人的这种工作态度固然赢得了世界上一些人的赞扬和夸奖，但是，这种高度紧张和亢奋的工作态势造成了一个很严重的社会问题，就是，在那一段时间里，日本每年都有 10000 多人因工作节奏太紧张，劳累过度而猝死。日本人一度引以为骄傲的工作态度一时引起了世界舆论的高度关注。到 1994 年，日本厚生劳动省正式把工作过度列为一种"职业灾害"来对待。可是，政府的这种关注并没有引起那些拼命挣钱、拼命工作的所谓"成功人士"的同等重视，更没有引起那些正在快速发展的企业的重视。第二年，也即 1995 年，日本 12 家著名的企业（包括精工、全日空等在内）的总经理在盛年之时，居然纷纷相继谢世。还有不少死者家属因为家人的去世而通过法律途径向用人单位讨说法，进行索赔，一时，在日本企业界引起轩然大波。日本开始制定法律，以制约社会的这种"不正常"现象。2000 年 5 月 14 日，日本前首相小渊惠三突然患病住院，不久即去世，经医学专家调查，证明其为"积劳成疾，过劳猝死"，一时成为全日本的一条重大新闻。时隔四个多月，日本川崎钢铁公司的员工因过劳死亡，死者家属向广岛高级法院提起诉讼。这个时候，法院已经公开把立场转换到员工这一方面来。法院对此案的判决结果是，川崎公司向死者家属支付 1.1 亿日元的巨额赔偿金。此判决似乎形成一种转折，到了 2001 年，日本劳动省终于将经过慎重研究而修改多次的相关法规拿了出来，这部法规加大了对于企业加班加点的行为的控制。以前的法律规定，雇员是否过劳死，要看其死前一周是否有超负荷工作的情形，而新的法案将这段时间延长到 6 个月，也就是说，员工在死前 6 个月有超时工作的情况，企业都将承担责任（超时工作的具体尺度为每月加班时间是否多于 80 个小时，也即每天是否多于 3 个小时）。不仅如此，新的规定还将其他一些过去未能关注的条件加了进去，这些条件包括：死者出差的次数、工作时间的规律性、办公场所的温度状况和噪音情况等等。依据这部法律，死者家属打官司便有了更多的获胜可能，而企业受到的制约也大大增加。

中国富豪的心理压力

自 1980 年以来，仅记录在案的中国企业家自杀事件就有 2000 起之多，这是一个惊人的数字。这一现象，引起了一些从事社会、经济研究和心理研究的专家们的关注。

专家们发现，这些富人们别看平时在外面形象高大，威风八面，但实际上，他们中的许多人心理上已经呈现极其脆弱的现象。比如说，他们中绝大多数人处于"精疲力竭"状态，不少人容易被激怒、发脾气，有强迫意识，他们常无法控制自己，不能集中注意力，不能做决定，效率低，易怒烦躁，也很易酒精成瘾，甚至滥用药物。

分析这其中的原因，当然是多方面的，但是一个根本的原因就是他们不懂得节制，不能够控制自己的欲望和行为，不善于调节自己的心情。有的专家为他们开脱说，中国历来存在相对完备的社会道德而缺乏经济道德，由于没有明确的经济道德标准，因此人们往往用社会道德来衡量经济活动，对经济活动的主角——商人、企业家，以传统社会道德标准评判，显得对他们稍显苛刻……这样的话，不说是强词夺理，起码是本末倒置。同一个社会模式，将经济道德和社会道德以二分法的方式加以区别的理论在全世界闻所未闻，此专家的这种分析方式不知什么，从何而来？实际上，该专家的另一番话倒是多少说到了点子上。他说："有些企业家在相对成功之后迷失了生活的目标，也就是说他们失去了生存的意义；还有，一些企业家或深陷于自己身边复杂的人际关系，或是陷入完全的拜金主义；更有一些企业家由于掌控了较多的社会财富，往往会无节制地突破生命节律，与常人的生活节拍相异，这些，都是中国富豪们产生心理问题的原因。其实，这里面还有原罪的问题，还有在中国从事经济活动的环境问题（比如要花更多的时间和精力去和政府权力部门周旋，去拉关系、请客送礼等等），都成为大量耗费企业家精力，使他们的节奏加快，压力加大的重要原因。相较而言，中国富豪们比起犹太人来，更不容易放松，也更不愿意"放弃"。这么高数字的企业家自杀现象，在犹太人千百年来的经商史上也未听说过。

钱是神圣的，却不是唯一的

洛克菲勒在上了年纪之后，终于认识到钱尽管是神圣的，却不是唯一的。人才是钱的主人，而绝对不能把钱看作人的主人。他认为，用脑过度或劳累过度，使自己一直处于超负荷的劳动之中，是不明智的；过度的紧张和压力，会使一个人的身体过早地陷入衰弱。尤其是人一旦上了年纪，各种疾病就会随之而来，所以，他不光自己依据自己的身体情况随时调节工作时间，还会主动找一些有关生理健康方面的书籍，或者寻求健康专家，从那儿获得有益的知识。他总结出：人的身体器官，就如同机器零件一样，需要适度的休息和养护，否则会损坏得更快。他说："上帝赋予我们健康的身体，我们就要好好珍惜。"他给儿子写的一封谈论这个问题的信，可谓是他个人人生经验的归纳。由于是写给儿子的，他毫无隐讳，娓娓道来，字里行间，语重心长，读了给人教益颇深。我们把这封信节录于下，或许可以让你得到启发。

亲爱的儿子：

……

我可以总结出以下不良习惯来，供你思考。

首先，很多人有这种习惯，尤其是男人，几乎每一个小时都会有两三次把尼古丁和焦油送到肺、血管里，给自己的呼吸器官乃至整个身体系统造成很大的伤害……此外，还有人自己饮食过量、过油腻的坏毛病。的确，美味的东西，能吸引人胃口大开。但是，当你摄入过量的糖分和脂肪时，那些无法消耗的东西，就变成了你身体的负担，最后导致你的消化系统乃至整个身体过早丧失功能。

你自己每天重负着几十磅的赘肉，压力重重；你的以脾胃、心脏为主的身体循环系统，每天承担着大量的香烟、土豆、汤肉的分解工作，还有你所喝下的整打整打的啤酒，甚至烈性酒；到了晚上，为了让自己彻底的放松，再来一根烟，一杯酒，一杯咖啡或浓茶，然后熬夜狂欢到凌晨4点……长此以往，就是铁打的身体，也会垮下去的。

也许你可能会反问，大多数人都不像我说的那么极端。但是，过于复杂的食物，如烟草、烈酒、大麻、咖啡因等进入人的体内，就等于慢性自杀。据我的观察，即使没有像我说的那么极端，一般的人，也占到了其中的三四项，这也不少了。

你对"健康压力论"感到怀疑，我可以理解，因为你还年轻。但还是请你认真地听我讲解："压力"一词，虽然是19世纪的常用语，但它的产生，确实在洪荒泛滥的原始社会开始的。人一出生，就要开始面对各种各样的压力因素。现在的年轻人，很容易认为"压力"是一个新名词，要知道，居住在洞穴里的原始人群，为防止野兽的侵害，也面临巨大的压力。直到今天，还有千千万万的穷人，面临饥饿与死亡的威胁。而科学家则把压力当作疾病的起因来研究，并对所有的压力做了系统的分析。韩斯·西里夫是最先确定压力学的学者。

……

某保险公司曾经进行过这样一个市场调查，对很多超过100岁的老年人进行采访，结果得出一个基本规律：工作和休息都应该有一个度，也就是一定量。不管如何，都不要超过这个量，否则，就会引起负面作用。

……

开发你所有脑细胞的潜力，确定自己的目标，再动用自己的脑筋去思考和处理问题。你要有能力抑制自己的烦恼，放松自己的情绪，使自己的精神得到舒畅，然后头脑才能变得清晰和犀利。用这样清醒的头脑去处理问题，就不会有什么差错，甚至还会大大提高效率。也就是说，你应该在头脑最清醒的时候思考和处理问题，这样能找到问题的最佳解决方案，有助于问题的圆满解决。

使自己精神放松的方法有很多，比如沉思、冥想、体育锻炼、肌肉放松、和朋友谈笑风生等。经过一段时间锻炼，慢慢养成科学合理的思考和处事方式，以后不管遇到多么复杂的问题，你都能以平静而稳健的心态把问题处理得更加完美。

......

在此，我要特别提醒你，人生的要素，有很重要的一项，就是责任感。当然，你也有选择的权利，你可以接受责任，也可以逃避责任。但是，根据我的经验，不愿意承担责任的人，就像一个不能接受考验的逃兵，他们在自己的人生道路上，是不可能取得什么成就的。

跟你啰嗦了这么多，你可能感到厌烦了。没关系，这种感觉，在我30岁之前也曾经有过。随着年龄的增长，就会有所改变。班门第斯里为此曾经说过："健康是所有人动力的源泉。"而且我认为，职员在我们公司里，也应该具备幸福健康，这样才能发挥他们自己的聪明才智。

纵观以上理由，我希望你有机会的话，尽量参加一些有关压力的研讨会。如果你能听进去我的这些建议，加入到他们之中，或许就有可能使你长寿20年。麦那智斯在公元前300年前就说过："健康和知识是我们生活在这个世界上所获得的双层财富。"而最关键的是你是否关心自己的身体，是否重视健康。

你可以从你周围的朋友身上，学习到他们所具有的优秀品质，把各种优点写下来，每天提醒自己，激励自己向他们学习。这些内容包括幽默感、忍耐力、坚强的意志、大公无私的品质、大无畏的勇气、自信、责任感、心胸宽广、高尚等，在我写这些条款时，我心中就已经感受到了他们的力量。

现在，我把我所总结的一个对压力的处理方式的相关经验介绍给你：

轻松的心情，清醒的头脑，清澈透明的心，专注于一件事情，并持续训练。

幸福是一种成就感。所以你得豁达地处理你的压迫感，奋勇向前，达到目的，获取成就感，也获得幸福。

此外，还有一种减轻压力的好方法，也很受大家的欢迎，就是找一个远离人群、远离喧嚣的都市、非常静谧的地方，做一些爬山、钓鱼等活动，陶冶情操，心情就能得到放松。因为，人总是需要休息的。在紧张的时间和狭小的空间里，人很难取得好的工作效率。

自由自在、心情愉快地度过一天，会让我们感觉到，即使是上帝的生活，也不过如此。

爱你的爸爸

尽管这封信抄录得长了一些，但我想，这当中体现了犹太人，尤其是犹太人中最杰出的人物之一洛克菲勒对于生活、身体、金钱和事业等等人生最重要方面的问题的经验和思考，具有很深的借鉴意义。应当说，它对我们每个人都是会有价值的。

一笔生意，两头盈利

节制心的要求，不光是体现在对个人欲望的控制上，还体现在与对手谋求双赢，而不要争得两败俱伤上。

有两个这样的故事。一个是说，一只狮子和一只野狼外出寻求猎物，它们同时发现了一只小鹿，于是两人商量好，共同去追捕那只鹿。在它们的默契配合下，小鹿很快就陷入走投无路的绝境。野狼此时离小鹿近，它朝小鹿猛扑过去，一下就把小鹿给扑倒在地。而狮子也恰好赶到，它上去朝小鹿的脖子上狠狠咬去，可怜的小鹿当场毙命。

而分享猎物的时候，狮子依仗自己力量大，是兽中之王，便想独吞猎物。野狼见狮子反悔，当然不干，它对狮子表示了强烈抗议。

狮子见野狼不服，便痛下杀手。可是这野狼面临生死关头，做起了垂死挣扎。它拼出全部力气和狮子搏斗，竟然也使狮子身受重伤。野狼死了，而狮子开始醒悟，自己的行为多么愚蠢：它虽然咬死了野狼，可是自己并没有得到任何好处，不仅已经到手的小鹿享受不了，自己还不知该怎样挨过身体的疼痛呢。

还有一个故事与此类似，说的是一匹马和一只鹿的事。这匹马首先发现了一块肥美的草地，它每天都到这里来享受美餐。不久，一只鹿也发现了这块地方，于是也来这里觅食。终于，两只动物在同一个时间里遇上了，于是便展开了争论。马一心想把鹿赶出去，鹿却不听它的。这时草地上走来一个人，马便想借助人的力量将鹿赶跑。人的诡计此时用上了。他对马说："要我来帮助你赶跑这只鹿可以，但是鹿跑得那么快，我追不上它，只有给你套上笼头，让我骑在你身上，我们两个齐心协力，一定能把鹿赶跑。"

马的贪心使它迷了心窍，它答应了人的要求。可是，从此这匹马便再也摆脱不了笼头，成为了人的奴隶。

犹太人在商业竞争中，对这种两败俱伤的现象了解得很透彻，因此他们一般不会去干像故事里的狮子和马那样的蠢事。他们中间流行一句话，叫做"一笔生意，两头盈利"，意思就是说做买卖最好做到双赢。

在美国，有一家老字号的犹太人银行，它是 1844 年由德国维尔茨堡移民来美国的亨利·莱曼开创的。起初，他移居美国的时候，和自己的两个弟弟定居在亚拉巴马，做的是杂货生意。亚拉巴马是个传统的产棉区，当地农民除了棉花，没有任何值钱的物品，由于当时商品交易不很发达，他们手里也缺少现金，购买杂货无法支付现钱。莱曼兄弟可不死板，他们分析了当地的情况，一改犹太人做生意的传统，积极鼓励农民以棉花代替货币到他们的杂货店里换取杂货，这样，他们店里的销售量大大增加，而棉农也获得了实惠。莱曼兄弟将换进的棉花统一租车卖到外地，不仅保障了棉花的收购和销售价格的稳定，使自己处于商品交换的主动地位，以后再到外面打货，还避免了放空车的浪费。而棉农们也省去了自己到外面去卖棉花的时间和精力，方便了生产和生活。

乐善好施，积德造福——慈善心

现代慈善事业的开创者——洛克菲勒

"爱你的邻人吧，就像爱你自己一样。"这是基督耶稣说过的话。耶稣是提倡一种普遍的爱的精神的，他甚至说，假如别人打你的左脸，就把右脸也转过去让他打；假如别人要拿你的衣服，就连裤子也送给他。耶稣的话，实际上表达了一种博大的慈爱和宽厚品德。如前面所反复说过的，犹太人如此善于赚钱，他们所积累的财富远远高于世界上其他的民族，他们精明，他们好胜，他们无孔不入，他们斤斤计较，他们节俭到近似吝啬，他们算计到一毛不拔……他们拥有的财富遭来多少妒忌和谩骂。什么吸血鬼、吝啬鬼、小气鬼、贪财鬼等等。但是，许多人却不知道，事实上，犹太人可以算得上世界上最慷慨大方的民族之一，他们虽然积累了大量的无与伦比的财富，但他们并不像有些人所想象的那样，时刻准备把这些财富带到棺材里去。他们懂得，财富积攒起来是要发挥它们的作用的，钱不能发挥作用，等于没有赚来是一个道理。但是，他们不肯将自己辛苦赚来的钱视做粪土任意挥霍，却一心要让它们再使用的时候也发挥其最大的价值。钱如何才能发挥最大的价值? 就是让它们流向最需要它们的地方去，也许这个地方与自己以及自己的亲属没有任何直接的关系。曾经被誉为"世界首席公民"的亿万富翁洛克菲勒，虽然连平时子女的零花钱也要他们自己付出劳动来换得，但是在资助公益性事业方面，却十分的大方。在他的一生中，经他亲手捐献出去的钱财达 5.3 亿美元，而在他的影响下，他整个的家族一共捐献给世界 10 亿美元的财富。

洛克菲勒有一句名言：尽其所能获取，尽其所能给予。他在用钱上是极其精打细算的，所以他捐钱也并非不讲效益，只图名声。他要把他捐出的钱投在最需要的地方。在他所处的时代，古老的东方帝国中国刚刚从封建王朝的腐朽统治下蹒跚地走出来。经过列强的欺凌、军阀的混战，这个国家已是千疮百孔，而这个国家的人民更是灾难深重。尤其是缺医少药，成为社会下层人民最大的困扰之一。洛克菲勒所有的捐款都用于医疗教育和公共卫生方面。1915 年，他组建的洛克菲勒基金会成立了中国医学委员会，1921 年，由该委员会负责，在北京建起了中国第一家医科大学——北京协和医科大学。这所大学为中国医学事业做出的成绩有目共睹，可以称得上是卓越而非凡的。没听说洛克菲勒曾经到过中国，但他给中国的捐款数额巨大，仅次于给他的祖国美国。有人说，他的捐助带来了两场革命，一是在世界范围内对传统的慈善事业的革命。以前，所有有钱人实行捐款，一般更注重的是自己的名声，通过捐赠来显示自己高尚的品德，所以他们的捐助方式无非是对自己喜爱的团体给予金钱的赞助，或者替某些机构建几所房子，再镌刻上自己的名字，以图不朽。而洛克菲勒改变了这种现实。他要把捐款当作一项真正的事业来做，他图的主要不是自己名声的不朽，而是能够对世人真正有所帮助。他的这种捐款目的和捐款方式得到全世界的赞扬，并成为以后的慈善家们效仿的样板。他的行为带来的第二场革命就是，他在中国这片土地上，彻底扭转了人们关于医学和医药的观念，使得原始的医学和医疗卫生事业开始转变为与世界接轨的一种全新方式。

除了公共事业外，洛克菲勒在保护世界文化遗产和自然遗产方面也做出了自己的贡献。他曾经出资修缮法国的凡尔赛宫，设立了阿卡迪亚和格兰德泰顿国家公园，甚至向纽约联合国总部捐献了黄金地段价值千金的地皮……以至于美国一位曾经为一桩案子审理过他的检察官在洛克菲勒死后这样说：

> 除了我们敬爱的总统，他堪称我国最伟大的公民。是他用财富创造了知识，舍此更无第二个人，世界因为有了他而变得更加美好。这位世界首席公民将永垂青史。

仁慈来自上帝的教诲

犹太人之所以在慈善和捐助方面如此慷慨大方，当然也和他们的传统有关。犹太人中流传一句话，叫"上帝赐予，也可以收回"。从宗教的眼光来看，上帝是公平的化身。尤其是基督教信奉的耶稣，被看作是上帝之子，他本人就生长在一个贫穷的家庭，他的经历和圣迹，一直与穷人有着十分密切的关系。上帝既然给了犹太人以聪明的头脑，使得他们能够赚取大量的钱财，当然就不能违背上帝的意愿，做出为富不仁的事情来。

在波兰里塞斯库这个小村庄，有一位犹太人拉比，叫做艾立麦来科。作为拉比，他的经济情况与村民们相比，当然要好一些。但是，艾立麦来科拉比对比他穷困的人们心里充满了同情，他不认为自己的钱只是供自己一个人享用的，他甘愿将自己的收入拿出来扶贫济困，村里很多孤儿和寡妇都受到过他的接济。对于来他这儿求学的学生，他视他们的家庭经济情形，对那些家境实在不好的免收学费，还赠送给他们书籍。他义务为年轻人操办婚礼，还为那些人质家庭交付赎金……所以，艾立麦来科拉比在村子里的威信很高，人人都尊重他。他还负责管理着村里的捐款基金。尽管如此，在这个以当地居民为主，居住着异教徒的地方，还是有一些人反对他。他们制造谣言，说他的乐善好施是假象，是为了达到个人目的，还说他私下占有基金，要把那些钱独吞。艾立麦来科拉比自己没有做亏心事，面对外来的造谣和中伤，他并不去辩解。但是他的学生们深深知道老师的人品，因此对那些造谣生事的人非常气愤。他们主动站出来，证明老师的清白。一个他的非犹太人学生给这个村的村长写了一封信，说明老师的真实情况。信中这样说："尊敬的村长，托拉比这位有情有义之人的福，我们平民百姓能够安定地生活。（在老师的教导下，）我的个人生活可以说是犹太人生活的一面镜子。我每天早晨起来祈祷，中午倾听人们诉说自身的困惑，到了深夜，还要接待络绎不绝的造访者……"弟子的信，使村长了解了真实情况，他表示了对拉比的信任和支持，那些造谣者终于没有了市场。

犹太人何以能走遍天下

犹太人之所以走遍天下，当然与他们的一种经营策略有关。由于到处都曾遭受过迫害，到处都有人不分青红皂白地诅咒和凌辱他们，于是他们学会了以忍为上的做人和做事的行为方式，同时，也有一部分犹太人采用以善为本的经营策略，来取得当地人的谅解和支持，来消除人们的偏见。

犹太商人施特劳施，当初只是个商店里的小小记账员，后来他一步步努力，竟然成长为美国最大的百货公司之一的总经理。他事业成功的诀窍之一就是，行善积德、广种福田、广造福祉。他不仅对本公司职工的福利一直保持着关心，而且多次到纽约的贫民窟走访、考察。他捐资兴建了多家牛奶消毒站，并先后在美国36个城市给婴幼儿分发消毒牛奶。为了帮助解决许多贫困家庭抚养孩子的艰难问题，到1920年的时候，他一共在美国和其他一些国家设立了297个施奶站。他于1909年在美国新泽西州建立了第一个儿童结核病防治所……当然，他也不忘记自己本民族的福利。1911年，他到巴勒斯坦，替那儿的犹太移民建立了牛奶站、医院、学校、工厂等福利或经营项目，为本民族的人提供服务。

还有一位犹太商人希尔斯·罗巴克，也是经营百货公司的，同样取得了良好的效绩。他当年起步时的投资是37500美元，而30年以后，他的资产增值到了1.5亿美元。具有如此巨额的资产，他并没有打算把它们全部留给子孙，而是广泛开展慈善事业。他为美国南方一些贫困地区建立乡村学校，出资270万美元帮助解决芝加哥黑人的住房问题，他还为28个城市的"基督教青年联合会"捐款，向芝加哥大学、芝加哥科学和工业博物馆赠款达500万美元。1917年，他创立朱利叶斯·罗森沃尔德基金会，提供的基金总额为3000万美元……

犹太人的善举，当然赢得了人们的赞誉。他们企业的知名度在提高，影响面在扩大，营业额在增长，信誉和效益在同步发展。而帮助地方发展公益事业，也使得一些地方的政府十分满意，并对他们的行为给予褒奖。比如在英国的罗思柴尔德家族就有人被英国王室授予勋爵爵位，有些犹太人还因此而获得当地政府所给予的开矿、修路、开发房地产等行业的特许和优惠条件，从而拓宽了赚钱的路子。

不过，慈善事业固然能给经商带来更好的发展前景，但这并不完全是一个相辅相成的对等关系。以经济回报为唯一目的的行善，并不是真正的行善；而行善带来的好处又往往并不局限于经济收益。我们从《塔木德经》的教诲中可以看出犹太人行善的真正目的：

　　肉越多，蛆越多。

　　财产越多，忧虑越多。

　　妻子越多，魔法越多。

　　婢女越多，不贞越多。

　　男仆越多，抢劫越多

......

一个鸡蛋能抵消所有的罪过吗

中国有这样一句老话，叫做"放下屠刀，立地成佛"。这句话的意思是，一个人只要有心向善，哪怕你过去一直都在为恶，此时此刻转变念头，佛门也会接纳你成为一个信徒。犹太人的观念里，其实和我们有着同样的认识，他们也有一句话，叫"天空是从你的脚下开始"，其含义与"放下屠刀，立地成佛"有相似之处。

有一个犹太故事说，从前，有一个人十分的吝啬，对待别人也很刻薄，大约平时自己也是过分节省的。这一天，他快要死了，他的家人见他已经多日没吃什么东西，都劝他多少吃一点才好。他想了想，说："你们给我煮一个熟鸡蛋，我就吃。"

鸡蛋煮好了，家人将蛋壳剥去并送到他手里。他正要吃的时候，家门口走来一个乞丐，讨要一口吃的。或许是人之将死，其言也善，他对家人说：

"把我手里的鸡蛋给那个穷人吧。"

临终的时候，他的儿子问他：

"父亲，你将去的地方会是个什么样的？"

那人回答："要以实际行动行善，那样，你就会在你将要去的世界里有一席之地。我终身都没有行过善，可是，刚才那一个鸡蛋却能够抵消我所犯下的罪过。我相信，我将要为天堂接纳了。"

当然，这个人施舍这个鸡蛋的时候，一定是出于临终前的大彻大悟，绝不是向上帝讨价还价，要不然，他不可能产生那种将为天堂接纳的信心。尽管他的行为晚了一些，而且他的施舍也微不足道，可是，在犹太人看来，只要有了慈善心，不管你捐献了多少，都会得到上帝的肯定。

慈善事业不分国界

犹太人进行慈善事业是不分国界、不分民族的。在遭受纳粹迫害的年代，犹太人当中的一些志愿者成立了移民协会。由于当时大量的犹太人主要是向美国移民（比如 20 世纪最卓越的科学家爱因斯坦就是从德国移民到美国的），所以这个协会设立在美国。当第二次世界大战结束后，纳粹迫害犹太人的暴行成为了历史，犹太人移民协会原本的使命也就正式完成。但是，这个协会并没有就此解散，而是继续工作，帮助别的民族中需要救助的人们。比如，匈牙利曾发生了武装动乱，有一些人从这个国家逃出，进入美国，犹太人协会便出面对他们进行安置和帮助。

除了帮助中国的医疗卫生事业，洛克菲勒对于美国的黑人也做出了很大的贡献。他曾捐出一笔巨款给塔斯基古黑人大学，以帮助完成黑人教育家华盛顿·卡文的意愿。要知道，洛克菲勒所处的时代，美国的种族歧视还很严重，一般美国白人还是将自己这个种族看得比其他种族更高一等，特别是比黑人要高一等。犹太人虽然属于白色人种，但作为饱经忧患与凌辱的民族，他们的意识当中，对于种族歧视是并不十分认同的。洛克菲勒的行为，很自然地代表了犹太人的心理倾向。曾经，有一种肠道疾病严重威胁着许多生活贫困的人们的生命，这种疾病是由十二指肠虫引起的。著名医学博士史太尔发明了消灭十二指肠虫的药品，但由于患这种病的人许多连衣食都困难，拿不出余钱买药。史太尔博士忧心忡忡地发出呼吁：

"只要 5 美分的药品就可以为一个人治愈这种病——可是谁会捐出这 5 美分呢？"

洛克菲勒挺身而出，他正是捐出这 5 美分的人。

正是在进行了这次捐助以后，洛克菲勒发现了使用自己巨大财富的最有效的方式。洛克菲勒国际基金会正式成立，它的宗旨是：致力于消灭世界各地的疾病、文盲和无知。

在对别人进行捐助和帮助的时候，犹太人的财富当然起到了很大的作用。但是，即使那些并不富裕的犹太人甚至是处于贫困状态的犹太人，在对于慈善的态度上也是很干脆利落的。居住在布鲁克林区的麦歇尔，养了 6 个孩子。他凭在工厂做工的收入，生活当然很拮据，必须靠加班才能维持一家人的生计。可是在一次捐助活动中，他毅然将自己一个月的加班费全部捐了出去。他说，只要是为了自己民族的利益，任何人都应该不遗余力。

财富的福音

与洛克菲勒差不多同时代，有一个大名鼎鼎的企业家兼慈善家，他的名字叫安德鲁·卡耐基。卡耐基赚钱的本领与他那个时代最出色的富豪们不相伯仲，但他对于金钱的认识显然更胜一筹。在他的企业如日中天的时候，他将它全部转让给摩根集团，把属于自己的那部分股份拿出来，成立了卡耐基基金会。他专门为金钱该如何使用写了一本专著，名字叫做《财富的福音》。在这本书里，他反复阐明了他的思想，也可以说是他的理想，就是要让金钱能够对社会产生最佳效果。他的几个最主要的观点如下：

1. 富人对于社会有着不可推卸的责任；

2. 他和自己的家人应当过"恰如其分"的而不是铺张浪费的生活；

3. 财富本来就属于社会，把本该属于社会的余财捐献出来造福社会，是富人的最佳选择；

4. 散财和聚财同样需要高超的能力，才能够取得最佳的社会效果；

5. 解决贫困和贫富悬殊的问题，不能单纯靠救济，不能奖励懒汉，要帮助穷人自立，才有利于社会进步；

6. 公益事业中，教育和健康为其中最重要的方面。

卡耐基的看法和犹太人经典中的观点如出一辙。正是在洛克菲勒、卡耐基等这样一批最杰出的富人的带动下，美国的公益捐助大量投向了这样几个方面：大学教育；免费公共图书馆；医院、实验室以及相关机构；公园；公共游泳池等等。这种公益捐赠产生的巨大社会效益与早先那种布施性的捐助不可同日而语，它确确实实给社会带来了福音。

所有的好事最好在活着的时候做

以前许多人要把自己的钱捐献出去，或者要进行某项带有慈善性质的事业，往往采用立遗嘱的方式，就是说，他准备捐出去的钱，要等他死后再开始发挥效用。上述洛克菲勒的例子可以看出，犹太人在这件事的处理上要聪明得多。他们不等到自己死后才让金钱为自己的慈爱之心焕发光芒，而是在生前就能够亲眼看见金钱是如何为人类共同的事业发挥作用的。有这样一个故事，能说明人们在这件事上的态度。

从前，有一个国王，他公正、善良，对百姓很爱护。当然，作为一个国王，他同时也很富有。年迈的时候，国王准备把王位让给自己的儿子，并对儿子说："儿子啊，你来接替我的位置吧，包括我所有的财富，它们也将都成为你的。不过，我希望我留下的这些财富将来能够施舍给国内那些穷人，好让他们永远怀念我的灵魂。这件事，你一定要等我死了以后再办。"

儿子继承了父亲的王位，也听从了父亲的教导。他像父亲那样公正、善良，对百姓怀有一颗慈爱之心。不过，他却有一个让人看不懂的举动，就是每当他夜间骑马外出的时候，都要点上一盏灯笼，而他点的灯笼不是放在马前的位置探照路面，而是放在马屁股后面，跟随着自己。宫廷内的臣属们十分奇怪，却又不敢询问其中的原因。

这一天，老国王向宫中的人问起新国王执政的情况，大家都对新国王的品德赞不绝口。但是，大家也把新国王那个怪异的举动告诉了老国王，都说不知道新国王这样做想表达什么意思？

老国王于是把儿子叫到自己跟前，对他说：

"亲爱的儿子，我已经听到了许多关于你执政的好话，都说你做得挺不错。很好啊儿子。不过，我还要问你一句话，既然你经常在晚上骑马出行，点起灯笼照照路面当然不错，可是，灯笼放在前面不是比放在马后面照明的效果更好吗？"

儿子毕恭毕敬地回答说：

"敬爱的父亲，对您的关心我很感谢。不过，既然您问到这件事，我不能不告诉您我的真实想法，就是，你给我留下这么多钱财，我以为要把它们施舍给穷人，不如趁您还在世的时候就做。如果等到您百年之后再施舍的话，其效果不就等同于在马后打灯笼吗？"

父亲一听，恍然大悟，觉出了儿子对自己的爱心，也感到他的意见十分正确。于是更改自己的指令，并感慨地说：

"所有的好事最好是在活着的时候做！"

给予所能够带来的……

"给予，也是一种幸福"，这是犹太人在慈善事业中所获得的一种经验。

当然，我们谈了许多犹太人在这方面的例子，并不是说别的国家、别的民族的人民就没有这种高尚的行为和表现。对别人的无私的爱，会给自己带来幸福，带来快乐，甚至带来健康的人格和成功的人生，这其实也是各个国家、各个民族的人民所具有的一种普遍经验。

在某个欧洲国家，有一位成功的女性，她一共拥有三家较大规模的酒店。当别人问起她如何获得成功的时候，她的回答颇为令人意外，但却让大家都很感动。她说，她之所以能取得今天这样的成功，是与少年时的一次经历分不开的。那还是在她读书的时候。那时，她的父亲所在的工厂倒闭，只能回家，而哥哥也失去了工作，全家只能靠母亲一个人替别人做衣服来维持生计。劳累的母亲心情总是不那么好过。有一次，母亲生病了，没法再做衣服，家里的收入来源便也暂时断绝了。由于没有钱，电力公司在她家开始拖欠电费之后，停了他们家的电，然后，煤气公司又停了煤气，最后，自来水公司要来停水，只是在公共卫生部门的干预下，才没有把他们家的水停掉。

也许是"少年不知愁滋味"吧，这一天，她兴冲冲地放学回家，一进家门就嚷开了："老师要我们每个同学明天都带些东西到学校去，捐给那些最困难的人，帮助他们渡过难关！"母亲听了，立刻高声说道："我不知道还有比我们更穷的人家！"就在这时，她的外婆拦住母亲，说："咱们家里不是还有刚刚做好的一罐果酱吗？就让孩子拿去好了。"外婆又开导母亲：

"如果你让孩子从小就把自己当作穷人，那她一辈子都会是个穷人。她会消极、会悲伤，会永远等待着别人的帮助而很难自己振作起来。一个人只要还有力量去帮助别人，他就是富有的。"

说完这些话，外婆不知从哪儿找出一张漂亮的纸和一根丝带，将家里唯一的一罐果酱包扎好，让她第二天带到学校去。当她把家里的果酱送给那些急需帮助的穷人时，她的心情是自豪而欢快的。

正是从那个时候起，她懂得了一个道理：如果你不想要别人的帮助，你就必须发奋工作；而如果你想帮助别人，你就必须努力创造出这样的条件。

慈善是做人的本分

《塔木德经》记载了这样一个故事：

有一家农户是当地最慈善的人。对于犹太人的事业，他丝毫也不吝惜，每年都要拿出自己收成的一部分捐献给拉比和他们所在的学校。有一年，他的庄园遭受到天灾，所有的农田、果树和牲畜，不是被风暴摧毁就是被瘟疫袭击，总之，几乎是颗粒无收。而他过去借过一些债。债主们喜欢借钱给他，因为他总是很守信用地归还，可是这回听说他遭了灾了，债主们的态度却发生了变化。他们纷纷来到他家，把他家里的财产全部扣押了下来，只留下一小块土地供他养活一家老小。别人都替他惋惜，他却十分泰然地说：

"唉，这是神的旨意啊。这些家业本来就是神赐予的，现在神要夺回去，又有什么可说的呢！"

拉比们不知道他家里遭了灾，还是像往常一样来到他家。见他家已经变得一贫如洗，都很同情地说些宽慰的话。可是他和妻子却带着歉意说：

"过去我们能为学校尽一份力，为老人和穷人的孩子捐献一些钱，今年实在没有能力了，实在遗憾！"

这个犹太人和他的家庭把无偿地捐献看成是自己的本分，即使在最困难的时候，他们仍不觉得在捐献的问题上自己"不应该"，而是"应该"，只是此时再也没有能力罢了。

还有一个故事，是说有一个犹太人继承了家里的一笔财富。在安息日的前夜，他就开始为安息日日落时的食物做准备了。可是他临时出门，路上遇到一个穷人，那个穷人伸出手，向他乞讨一些钱，说是要用来购买安息日所需的食物。

这个人对神很虔敬，他见眼前这个乞讨的人到现在才来准备安息日的食物，认为他是在欺骗自己，于是很生气地斥责他，而且拔腿就走。回到家里，他告诉妻子在路上的事，妻子对他说：

"这可是你错了。因为你从来没有品尝过贫穷的滋味，对于穷人的状况没有概念。我是在穷人家里长大的，我记得小时候，家里经常在安息日的最后一刻，还眼巴巴地等待着父亲回来，因为他正为家人四处寻找哪怕一点点面包。不是那个穷人不敬神，实在是因为他太穷了。你今天没有施舍他，你就对他有罪。"

听了妻子的话，这个人赶紧出门，寻到那个穷人，给了他丰富的食物，并恳请他的宽恕。